〔中国书籍文学馆·散文苑〕

人间最是情难了

题图 丽萍

罗文华 / 著

中国书籍出版社
China Book Press

图书在版编目（CIP）数据

人间最是情难了 / 罗文华著 . —北京：中国书籍出版社，2014.3
（中国书籍文学馆·散文苑）
ISBN 978-7-5068-3982-2

Ⅰ . ①人… Ⅱ . ①罗… Ⅲ . ①随笔—作品集—中国—当代 Ⅳ . ① I267.1

中国版本图书馆 CIP 数据核字（2013）第 305203 号

人间最是情难了

罗文华　著

图书策划	武　斌　崔付建
特约编辑	陈　武
责任编辑	许艳辉
责任印制	孙马飞　张智勇
出版发行	中国书籍出版社
地　　址	北京市丰台区三路居路 97 号（邮编：100073）
电　　话	（010）52257143（总编室）（010）52257153（发行部）
电子邮箱	chinabp@vip.sina.com
经　　销	全国新华书店
印　　刷	北京富达印务有限公司
开　　本	650 毫米 ×940 毫米　1/16
字　　数	269 千字
印　　张	21.5
版　　次	2014 年 7 月第 1 版　　2014 年 7 月第 1 次印刷
书　　号	ISBN 978-7-5068-3982-2
定　　价	40.00 元

版权所有　翻印必究

序

李敬泽

"中国书籍文学馆",这听上去像一个场所,在我的想象中,这个场所向所有爱书、爱文学的人开放,不管是白天还是夜晚,人们都可以在这里无所顾忌地读书——"文革"时有一论断叫做"读书无用论",说的是,上学读书皆于人生无益,有那工夫不如做工种地闹革命,这当然是坑死人的谬论。但说到读文学书,我也是主张"读书无用"的,读一本小说、一本诗,肯定是无法经世致用,若先存了一个要有用的心思,那不如不读,免得耽误了自己工夫,还把人家好好的小说、诗给读歪了。怀无用之心,方能读出文学之真趣,文学并不应许任何可以落实的利益,它所能予人的,不过是此心的宽敞、丰富。

实则,"中国书籍文学馆"并非一个场所,它是一套中国当代文学、当代小说的大型丛书。按照规划,这套丛书将主要收录当代名家和一批不那么著名,但颇具实力的作家的长篇小说、中短篇小说集和散文集等。"中国书籍文学馆"收入这批名家和实力作家的作品，就好比一座厅堂架起四梁八柱，这套丛书因此有了规模气象。

现在要说的是"中国书籍文学馆"这批实力派作家，这些人我大多熟悉，有的还是多年朋友。从前他们是各不相干的人，现在，"中国书籍文学馆"把他们放在一起，看到这个名单我忽然觉得，放在一起是有道理的，而且这道理中也显出了编者的眼光和见识。

当代文学，特别是纯文学的传播生态，大抵集中在两端：一端是赫赫有名的名家，十几人而已；另一端则是"新锐"青年。评论界和媒体对这两端都有热情，很舍得言辞和篇幅。而两端之间就颇为寂寞，一批作家不青年了，离庞然大物也还有距离，他们写了很多年，还在继续写下去，处在最难将息的文学中年，他们未能充分地进入公众视野。

但此中确有高手。如果一个作家在青年时期未能引起注意，那么原因大抵有这么几条：

一、他确实没有才华。

二、他的才华需要较长时间凝聚成形，他真正重要的作品尚待写出。

三、他的才华还没有被充分领会。

四、他的运气不佳，或者，由于种种原因，他的写作生涯不够专注不够持续，以至于我们未能看见他、记住他。

也许还能列出几条，仅就这几条而言，除了第一条令人无话可说之外，其他三条都使我们有足够的理由对这些作家深怀期待。实际上，中国当代文学的丰富性、可能性和创造契机，相当程度上就沉着地蕴藏在这些作家的笔下。

这里的每一位作者都是值得关注、值得期待的。"中国书籍文学馆"收录展示这样一批作家，正体现了这套丛书的特色——它可能真的构成一个场所，在这个场所中，我们不仅鉴赏当代文学中那些最为引人注目的成果，而且，我们还怀着发现的惊喜，去寻访当代文学中那相对安静的区域，那里或许是曲径幽处，或许是别有洞天，或许是，众里寻他千百度，蓦然回首，那人却在，灯火阑珊处……

自　序

《列子》有言："商太宰见孔子曰：'丘圣者欤？'孔子曰：'圣者丘何敢？然则丘博学多识者也。'"孔子被尊为"圣人""至圣先师"，但是他自己不敢承认，只说自己"博学多识"。说自己"博学多识"，在孔子那里是句谦虚的话，而到了我们这里，这句话却是不敢说的，因为在现代社会这不是一句谦虚的话。"博学多识"，只能作为我们努力的方向，将其贯穿于我们的生命历程。

收在本书中的百篇随笔杂文，是我近些年继续朝着"博学多识"方向努力的一点收获、一个小结。这些文章大多与书籍相涉，也便记录着我的一段读书经历。由于性格、兴趣和职业的关系，我写出的这类文章似乎可以归于"大文化随笔"，即使不是关注与追问文化本身，也是以文化的视角来观照社会现象。批评文化浮躁，抵制急功近利，张扬文人个性，探求学术真谛，是我写这些文章的出发点。

三十多年来，文化人越来越多，文化现象越来越多，文化在社会发展过程中出现的问题也越来越多。我们的思想家、杂文家，由替文化人说话，逐渐转移到替自己认为正确的文化人说话；由批评社会对文化的不重视，逐渐转移到批评文化本身的不完善；由尽力提升文化的社会功用，逐渐转移到尽力防止文化对社会的负面影响……出现这样的转移，是社会的进步，也是文化的幸运。如同《红楼梦》和《儒林外史》这样的伟大作品，出现在文化高度发达乃至中国传统文化集大成的盛世，它们的文化批判价值比一般作品更高，它们自身的文化价值也因此更高。

雨果在著名的《克伦威尔·序》中说过："基督教把诗引到真理。近代的诗艺也会如同基督教一样以高瞻远瞩的目光来看事物。它会感觉到万物中的一切并非都是合乎人情的美，感觉到丑就在美的旁边，畸形靠近着优美，粗俗藏在崇高的背后，恶与善并存，黑暗与光明相共。"文化的繁荣，更多地体现在文化的多元与复杂上。承认这种多元与复杂，承认美与丑、善与恶等都是互相关联、互相推演的，在此基础上去追求真理、接近真理，只有这样，我们的文化批评才能"高瞻远瞩"，我们的"大文化随笔"才能具有更深厚阔大的人文情怀。

对于我来说，这些年除了不懈地争取读万卷书外，行万里路的机遇也越来越多，想去的地方也去了不少，而且确乎都是文化的行旅。再一想，我们这些读书人生活过的岁岁年年、日日夜夜，我们的所见所闻、所思所想，又何尝不是文化的行旅？又何尝不是在育成自己的文化里东突西奔、上下求索？

罗文华

2013 年 12 月 18 日写于

天津镇东晴旭看七十二沽往来帆影轩

· 目录 ·

第一辑 读书生活

有没有一顿比《三字经》更可口的快餐 / 002

给书话"啃老族"扎一针 / 005

不敢写书评 / 008

论书评家的修养 / 011

爱读"私家排名榜" / 014

要读书,不要"被读书" / 017

重归纸质书 / 020

枳逾淮亦能为橘 / 023

弘扬"百花小开本" / 026

往日风景自有它丰美之处 / 029

别把毛边本鼓捣毛了 / 032

签名签的是缘分 / 036

读书,从春天开始 / 039

可读性?嫩肉粉? / 042

琐谈旧版书重印 / 045

我看"图说""正说"书 / 047

刷书族：随时随地 COPY / 050

"慕客"引领新阅读 / 053

第二辑 藏书淘书

做有为的藏书家 / 058

处置藏书应有多种"版本" / 061

在书房里肃然起敬 / 064

南开自有藏书缘 / 067

给书店遗址挂个牌儿 / 070

为书摊求饶 / 073

让书店卖服装是个馊主意 / 076

独立书店，你好！ / 079

书店应积极倡导图书消费 / 082

第三辑 书评书话

千秋知己何人在 / 086

以出世的精神做入世的事业 / 090

揭橥文学"谜"与"奇" / 093

遗憾中的欣慰 / 096

鲁海自有夜航人 / 099

烽烟炮火中的一声箫鼓 / 103

回望副刊名人　总结办报经验　/ 106

《柴德森纪念集》前言和编后记　/ 110

王稼句诠释天津风俗　/ 114

太平有象　风俗有本　/ 117

光阴驹隙滋味长　/ 120

心灵花园常需修剪　/ 124

一路笙歌一床书　/ 127

2010 年我最喜欢的一本书　/ 129

2011 年我欣赏的两本书　/ 130

我们的高地　/ 132

人间最是情难了　/ 136

第四辑　咬文嚼字

《建党伟业》编导应该好好补补历史　/ 140

别跟着老外拿慈禧糟改　/ 143

假装的艺术，请慎用　/ 146

替张泽贤先生"填空"　/ 149

张之洞乎？张之万乎？　/ 151

帮《人间草木》改书名　/ 153

人名地名回译要复原　/ 155

《玄奘西游记》地名小误　/ 157

碑文不是墓志铭 / 159

《玉碎》置景张冠李戴 / 162

第五辑 文人相重

重提"不做空头文学家" / 166

挑错儿也应厚道些 / 169

不悔少作惭童年 / 172

做学问不能太"宅"了 / 175

文人宜简不宜繁 / 178

北大三代鲁研人 / 181

伟大的布衣 / 186

也说范张恩怨 / 190

秀才人情纸一张 / 192

向秋石先生致谢 / 197

华枝春满柴德森 / 203

写给秋光中的略萨 / 208

第六辑 收藏鉴宝

玩转那一晕旧时明月 / 212

过我眼，即我有 / 215

雾里看花难鉴宝 / 218

大梨"鉴定家"是财迷"收藏家"捧起来的 / 221

鉴宝好比看医生 / 224

别忘了，皇帝也会"看走眼" / 227

没有火眼金睛，别看拍卖图录 / 230

"捡漏儿"可遇亦可求 / 233

"捡"来有用即是"漏儿" / 236

古玩市场为何纠纷少？ / 239

节日的盛宴 / 242

第七辑 文坛艺苑

在校园里寻找文化归属感 / 246

由老贾小人儿书摊思考夏日休闲文化 / 249

树碑须知 / 252

花好月圆 / 256

写作文怎样才能有词儿？ / 259

知识，能改变命运吗？ / 262

慈善事业与媒体传播 / 265

正确对待先人 / 271

赏画不是吃快餐 / 273

马儿跑得好，还是要吃草 / 276

中国到底有没有大象？ / 279

乳虎啸谷少年风 / 282

第八辑 文缘雅趣

食读，性也 / 286

杂树生花 / 290

温暖的书衣 / 294

旧书市，新感觉 / 298

津门百衲"二十四史" / 301

好大学不如好高中 / 304

遇堵车拐进故宫 / 311

遭遇明偷暗盗 / 314

自买盗版书 / 317

系友书缘 / 320

我心开放 / 323

第一辑　读书生活

有没有一顿比《三字经》更可口的快餐

像我这个年龄的人，童年时代是不可能以《三字经》《弟子规》为启蒙读物的。但我小的时候，虽然正逢"文革"，却常听长辈们不自觉地念叨起《三字经》中的一些内容，我觉得很上口，也就不自觉地记住了里面的很多句子。改革开放后，传统经典得以解禁，我便认真地通读了一遍《三字经》。当时第一印象是，靠它记知识太便利了。譬如记历史知识，三国两晋南北朝时期的朝代更替是最难记的，但一背《三字经》里那相关的几句，这段历史就好记多了："魏蜀吴，争汉鼎。号三国，迄两晋。宋齐继，梁陈承。为南朝，都金陵。北元魏，分东西。宇文周，与高齐。"因此，从那时直到现在，我一贯感觉《三字经》其实就是一顿快餐，这顿快餐不仅方便，而且可口，好像如今的麦当劳、肯德基，遍地都是，孩子们都能接受。这种方便可口，这种都能接受，就是《三字经》的普世价值，亦即它数百年来存在的合理性。

前些日子，山东省教育厅下发通知，"要求中小学开展传统文化教育要认真甄别和筛选，原则上应以地方课程《传统文化》规定的学习篇章作为诵读的主要内容，不可不加选择地全文推荐如《弟子规》《三字经》《神童诗》等内容"。山东省教育厅表示："有的地方和学校在开展中小学生经典诵读活动时，对诵读活动的内容研究不深，分析不透，甄别不够，致使一些带有糟粕性的内容流入学校，扭曲了学生的价值观念，腐蚀了中小学生的心灵，造成很坏的负面影响……"就此通知，报纸和网络已经进行了一些讨论，很多人都对山东省教育厅这种做法有异议。有专家担心，如何认定国学经典中带有"糟粕性的内容"，以及是否删除这些"糟粕性的内容"会有很大的争议，更可能造成很大的混乱；也有专家提出，如何对这些经过过去的实践检验过的理论和经验进行删改，是一个极为棘手的工作……我想，如果从传统启蒙读物的普世价值来看待这个问题，可能会得出较为客观的结论。

对于《三字经》的思想内容，不同的时代，不同的人群，肯定有着不尽相同的理解。不要说产生于封建社会的《三字经》，就是如今已经国家教育部门审定的中小学语文教科书里的课文，包括先进人物和优秀作家写的，要想从中找问题、挑毛病，恐怕任何一篇也难以逃脱。我们认可像《三字经》这类启蒙读物的普世价值，就在于我们觉得它们毕竟存在一个全社会共同认知的价值底线。譬如《三字经》里讲的"玉不琢，不成器，人不学，不知义"，这肯定是体现着明确的价值观的，但这样的价值观会遭到哪个人或哪类人的反对？它随着时代的变迁会失去意义吗？答案显然是否定的。正如王国华先生所指出的："先有普世价值观做大背景，我们的文化、文学才站得住脚。"

前几年，我们《天津日报》曾经报道过一位家住和平区嫩江路的能背《三字经》的102岁老人李宝雁。她说自己"一天书也没念过，小时候家里穷哪有钱供我念书呀"，但她却能字正腔圆、抑扬顿挫地背诵《三字经》。她深有感触地说："《三字经》读起来爽口，记起来顺口，一字一句都是做人的道理。"一位没有多少文化的百岁老人，亲身经历过几个不同的历史时期和社会形态，却能记诵《三字经》几十年，并在晚年结合自己的人生经验给《三字经》较高的评价，是不是说明《三字经》具有一定的超越时代乃至社会观念的普世价值？她对儿孙们说："看书不能白看，要感悟人情世故，做人要有道德，做事要分清是非。"这讲的不也是普世价值吗？

前些天遇到长城保险天津分公司总经理曹先生，他送给我一本该公司印的《弟子规》小册子。他告诉我，该公司要求全员学习《弟子规》，每天都要请一名员工谈谈自己的感受，这有助于员工做好本职工作，进而服务好每一位客户。我想，《弟子规》中的一些具体要求已不适应于今天的社会，但《弟子规》要求孩子们懂规矩、守规矩，提示人们要按游戏规则办事，这是永远也不会过时的。

说来说去，其实就是简单的一句话：如果还没有找到一顿比《三字经》更方便可口的快餐，就先别拿《三字经》糟改。看着传统的东西不顺眼，那就自己编一套正儿八经的东西出来。强调"不可不加选择地全文推荐如《弟子规》《三字经》《神童诗》等内容"，实际上是把自己的价值观强加给古人，然后再拿这不古不今、非驴非马的玩意儿糊弄孩子。20世纪30年代，鲁迅在看到新印的《看图识字》不如过去的《日用杂字》后，曾感慨道："然而我们这些蠢才，却还在变本加厉地愚弄孩子。只要看近两三年的出版界，给'小学生'、'小朋友'看的刊物特别的多，就知道。"

2011-02-22

给书话"啃老族"扎一针

近日,与书话研究专家王成玉先生通信,谈起书话写作与出版现状。我说,当前看到报刊上的书话文章,常有千篇一律之感,其中一个重要原因,就是年轻的作者在读书、写作方面不肯下功夫,失去创造力,却总想从老先生那里讨饭吃。成玉先生鼓励我作文谈谈这个现象,给书话"啃老族"的屁股上扎一针。

"啃老族",也叫"吃老族""傍老族"或"尼特族",他们多是二三十岁的年轻人,具有谋生能力,并非找不到工作,而是主动放弃了就业的机会,赋闲在家,不仅衣食住行全靠父母供养,而且花销往往不菲,社会学家称之为"新失业群体"。如果给"啃老族"一个最简单的评价,那就是:没出息。

年轻的文人在文章里向年老的文人表示敬意,当然值得肯定;然而,倘若年轻的文人靠着年老的文人写文章,那就太没出息了。看看现在报刊上发表的书话,看看现在出版的书话集,就知道书话"啃老族"真的已经成为一道文化景观了。

这些年轻的作者,学无所长,藏书又不够档次,文笔也拿不出手,于是看好"啃老"一行,大写起书话来了。他们大多采取如下步骤:第一步,给那些功成名就、著作等身的文化老人写信,充分表达自己渴慕已久的心情，以及亟待学习的愿望。同时，汇上书款，要求文化老人在其著作上签名后寄来，自己会好好拜读、珍藏。当然，也会有一些年轻的作者不辞千里之远，提着土特产，直接登门拜访文化老人，这样当场就能够得到签名本，而且拿着头一位文化老人的签名本再找第二位索要签名本，就会容易一些了。第二步，利用已经到手的文化老人签名本做文章，写书话。这些"书话"大抵是一个套路：先写自己在没认识老先生之前就如何崇拜老先生，如何做梦都想见到老先生；再写见到老先生或接到老先生寄来的书之后，老先生对待自己是多么的热情，老先生表现出多么高的人格魅力，自己是多么的感动；最后则是对老先生其人其书的大段介绍，基本上是从老先生的书里抄的，而且抄的路数一样——不同作者写同一老人，就像是一个作者写的。第三步，将这些"书话"投给报刊。一些小报小刊的编辑，既约不来老先生写的稿件，又不清楚事情的来龙去脉，见有写文化老人的稿件，为求名人效应，也不加甄别审理，就给这样的"书话"大开绿灯。而这些"书话"作者得名得利，吃惯了甜头，进而聚文凑册，买个书号一印，书出来后再给老先生们寄去"求正"，哄得老先生们高兴，再赠来更多的签名本乃至墨宝……

回想20世纪80年代至90年代中期，中国的知识分子普遍喜欢书话文章，特别是张中行、金克木、陈原、冯亦代、姜德明、董鼎山、谷林、孙犁、柯灵、黄裳等老先生撰写的书话，倡导读书之风、思考之风、探索之风和平等待人之风，反对官腔、八股，因而受到读者的拥簇，成为知识分子的精神家园。再看现今"啃老族"生产的"书话"，写的是空话套话、八股文章，传播的是投机取巧、重名重利，实与当年老先生们书话中所体现的人文精神背道而驰。鲁迅在《中国人失去自信力了吗》中说"中国人现在是在发展着'自欺力'"，没有创造力的书话，实际上就是"自欺力"在起作用。

近些年，随着"书话热"的持续升温，关于"什么是书话"的问题，也引起了一些争论。有人要给书话定一个框框，有人要突破书话的固有模式，众说纷纭，莫衷一是。然而，就书话本身来说，我觉得，不管人们怎样试图重新评定它的概念，唐弢在《〈晦庵书话〉序》中首倡的书话散文四要素，依然是站得住的，即"一点事实，一点掌故，一点观点，一点抒情的气息；它给人以知识，也给人以艺术的享受"。同时，我也觉得，书话文体仍然是一个可以自由表达的窗口，写作上可以有不同的侧重点，藏书家、思想家、学问家、文学家都可以在书话中发挥出自己的特长，但就是不能人云亦云、言之无物。

前不久，收到姜德明先生寄赠的、香港文汇出版社再版的他的书话集《与巴金闲谈》。巴金爱书是出了名的，姜德明更是藏书大家，两人在闲谈和通信中，几乎都围绕着一个"书"字，使读者如饮甘醴，受益匪浅。这样的书话集，知人知书有见识，足以引导阅读，唤起读者的阅读兴趣。

反观那些"啃老族"出的"书话集"，我不禁要问：大小伙子，大老爷们儿，自己干点儿什么不好，何必总跟白发苍苍的老头儿老太太熬鳔呢？

2011-02-28

不敢写书评

在文坛上混了二十多年，迄于今日，什么文章都敢写，唯有书评不敢写。

书评，说是不敢写，其实是不愿写。为啥不愿写？有人逼着你写，或者以求着你写的方式逼着你写，你能心甘情愿地写吗？

近十几年来，我每年都要收到三四百种赠书，都是朋友们的新著。这些赠书的朋友，其中的大多数并不给我任何压力，他们知道我喜欢他们的著作，至少是希望了解他们的写作动态，于是大大方方、痛痛快快地把书寄来，什么要求也不提，最多说一句"希望批评指正"之类的客气话。对于他们的赠书，因为我是不带任务地接受，没有心理负担，所以能够轻轻松松地看，踏踏实实地看，所以看了以后能够把自己真实的阅读感受告诉作者，或者写些实事求是的评论文字。像聂鑫森、王稼句、金梅、章用秀等著述丰富的作家、学者，每位分别赠过我数十种著作，但他们从未提出过让我写书评。前不久，王振德先生赠我"大红袍"本《中国近现代名家画集·王振德》和八卷本《王振德艺文集》，分量很重，但王先生却只字未提写书评的事。我问他有没有人写书评，他说："我只管写书，书评的事不归我管。"就我来说，自己出了书，也总要送给喜欢书的朋友们，做到礼尚往来。2005年那一年间，我出了六本书，总共送出去一千多本，几乎把几万元稿费都花掉了，但没有请求任何一位受书的朋友写书评。多少年来，我与大多数写书的朋友，一直打的就是这份"秀才人情纸一张"的交道。这份交道，是朋友式的尊重，是文人间的互勉。

然而，也有少数写书的朋友，让我颇有些憷头。他们没事不找我，一找我就没好事——当然也不能说就是坏事——写书评！一接到他们的书，我头就发涨心就烦，好像孙悟空在听唐僧念紧箍咒一般难受。如同我前面说的，他不是逼着你写，就是以求着你写的方式逼着你写，甚至还会理直气壮地质问"你为什么给某某人写却不给我写"——给你脖子上挂秤砣，给你心里添堵最终弄得你谁的书评也不能写，该写的也不能写，即使想写也不敢写。

20世纪30年代，萧乾先生在主编《大公报》副刊时，积极致力于书评实践和培养书评作者队伍，他不仅发表了大量的书评，而且完成了中国书评理论的开山之作《书评研究》。他说："我办书评专栏有一个原则，坚持自己花钱买书来评，不评赠书。"其书评的独立性可见一斑。当今，以萧乾前辈的原则来比照，"自己花钱买书来评"我能做到，但"不评赠书"则很难做到"一刀切"。比如，长期为我们报纸副刊撰稿而又深得读者喜爱的骨干作者出了新书，就不妨用书评的形式宣传一下，因为这样的信息对读者来说还是有用的。再如，有的作者为评职称、评奖，提出要宣传一下他的著作，如果他的书确实不错，我们也应该尽量帮助人家过这个坎儿，成全人家跳这个龙门。

我们拿"不评赠书"当作挡箭牌，实际上是想拒绝那些把自己的"名"看得过于重要、把自己的劳动看得比别人的劳动更为高贵的人。每当遇到这类朋友找来，我就想：你写本书固然不容易，但你张嘴就让我给你写篇书评，你想过我们写书评的容易吗？拿我来说，写一篇书评，至少要把书认真地看两遍，看的过程中还要记下些内容和感想，然后是写一稿，至少再改一稿，而且是利用业余时间写，怎么也要花费十来天的工夫。这工夫，大体相当于画家画一幅工笔画，或书法家写一幅千字文。试看如今，有哪位画家肯随便送人一幅工笔画？又有哪位书法家肯随便送人一幅千字文？此外，我也替那些过于好"名"的朋友惋惜：你写一本书，不管写得好坏，毕竟付出了辛苦；书出版了，你的名气肯定会随着你的著作传播出去的；如果你过度宣传，刻意炒作，那么你这样做实际是在自残——自己残酷地抵消自己当初写书的辛苦，因为读者不是这么好忽悠的，他们一旦看破你的花活，在唾弃你的"名"的同时，肯定会放弃你的书。

吴小如先生在20世纪40年代发表过大量书评。他回忆说，他写这些书评时没有考虑人际关系，但结果并没有使人际关系变得异常复杂，而被评者的态度也真心让人佩服："我当时所指名道姓评论的那些知名大作家，有一大半我根本不认识，只有几位我的老师，如朱自清、沈从文、废名诸先生，算是熟人。但他们从未因我评过他们的书而对我特别垂青或格外讨厌……像废名先生，尽管他不同意我对他的批评，却仍把我看成一个有出息的学生。"听了吴先生的话，现在的书评就更不敢写了——那些逼着你写书评的朋友，能有废名先生的度量吗？

2011-03-08

论书评家的修养

拙文《不敢写书评》一发，在各地读书人当中引起了一阵小小的反响。武汉学者王成玉先生为此写了《书评一说》，言于拙文"读后深表同情，亦感同身受"；拙文的第一读者宋曙光先生评论说"还是要看书的质量和文化含量，水平不高的书不评，即使是熟人朋友的书"；石家庄《藏书报》编辑潘宝海先生也为此写了《可以写书评》，说拙文"是一位有底线的作者自述"，同时指出"纯色的书评还是可以写的，也是需要的"。

好的书评，确实还是需要的。其实，我在上大学时和到报社工作之初，曾经写过不少书评，所评之书多是自己想评的，自觉自愿，想写就写，因而不仅赖此认真地读了不少好书，而且着实锻炼了写作、评论能力，获益匪浅，受用无穷。直到现在，我还是鼓励青年作者和到报社实习的大学生、研究生们认认真真地写些书评。认认真真地写书评，首先能够认认真真地阅读文本，其次能够逐渐提高对文本的鉴别、分析能力，再次还能够学习和汲取所评之书的精华，这对年轻的读书人来说尤为必要。好的书评，是好的学术风气和文化环境的引擎；营造好的学术风气和文化环境，要从年轻的读书人做起。

好的书评，需要有好的书评家。而好的书评家，恰是当下所缺乏的。书评前辈萧乾先生认为，书评应具有"客观性、新闻性、服务性"，并指出理想的书评应符合四个条件：第一，评论之前首先要展示原书的概貌；第二，应避免空话、浮话、套话、废话，精练是文章的来源；第三，以思想和智慧取胜，忌流于俏皮、浅薄和油滑；第四，和创作一样，书评的形式和内容应相互和谐。这四个条件中，第二条和第三条实际上讲的就是书评家的修养。现在很多"书评家"的书评写不好，除了不符合萧乾先生提出的这些基本条件外，更重要的是他们缺乏书评家所必需的修养。这种修养，体现在学术水平上，更体现在道德水平上。目前最突出的问题，是社会文化浮躁滋生出的"红包书评"，使书评作者失去了独立的批判精神，书评成了"书捧"。

吴小如先生在《书评难写》一文中谈了自己书评生涯的真实体验："直到十一届三中全会以后，写文章才没有那么多的清规戒律，然写书评仍感到很难。首先写书评不再像40年代一样，一切都是自愿的，而是碍于情面，徇于人际关系……"正是这种情面，这种人际关系，使那些恪守规范、坚持原则的书评家望而却步，同时使那些见好就吃、给钱就写的"书评家"如鱼得水。

写此文时，正巧看到最近一期《读书》上秦燕春先生的书评《"且待小僧伸伸脚"》，其中写道："书评是我不太喜欢的一种文体，也写得少，因为每次忍心为他人辛劳吹毛求疵的时候我都必须面对更为揪心的煎熬：同为作者的我，自己的著述又在何种程度上经得住类似认真的拷问。"这与拙文《不敢写书评》的观点不谋而合，但更为可贵之处，是其在同时具有书评家和书作者两个身份的情况下，头脑中保持着的自省精神。书评家的修养，是包含着书评家的自省精神的。

多年来，大家一直公认《文汇读书周报》在推荐好书方面具有权威性，这主要是该报有一批具有自省精神和高雅品位的书评家做后盾。多年来，很多朋友都认为《读书》杂志不如上世纪80年代好读了，而我倒是觉得，该刊虽然失去了像张中行、金克木那样的通家及其妙文，但在推荐图书方面还是比较严格的，所发书评大都是由比较权威的专业人士写的，起码能够保证书评的学术水准。可惜，现在像《文汇读书周报》《读书》这样负责任的报刊并不多，而充斥媒体的大量书评，都是在替新书及其作者裹上甜蜜的糖衣，涂上迷人的油彩。这样的书评，其作者或许只是想为新书捧场，别无他意，但这样的书评公开发表在大众传媒上，极容易起到变相广告的作用，常常误导读者，让读者买了不值得买的书，花了冤枉钱。书评作者成为"书托儿"，是学术的堕落，也是道德的沦丧。

1933年，鲁迅在《我们要批评家》中说过："这回的读书界趋向社会科学，是一个好的、正当的转机，不惟有益于别方面，即对于文艺，也可催促它向正确、前进的路。但在出品的杂乱和旁观者的冷笑中，是极容易凋谢的，所以现在所首先需要的，也还是——几个坚实的，明白的，真懂得社会科学及其文艺理论的批评家。"七十多年后的现在，我们需要的，也还是几个坚实的、明白的、真懂得书的书评家。

2011-03-16

爱读"私家排名榜"

日前,看到诗人朵渔先生为一家周刊开列的书目,包括"2010年被高估的十本书"和"2010年被低估的十本书",并分别写有简要评语。因这些书我大都看过,所以觉得他的选择十分精准,而他的评价又颇中肯綮,是一道有特色的"私家排名榜"。读之,就像吃上了一桌近年来渐成时尚的"私家菜",美厨名品,风味独具。

2009年底,南方一个城市组织各地专家担任评委,评选出年度"十大好书",在媒体上广泛宣传。但我发现,一本被评为"十大好书"之一的图书的编订者,竟然也公开出现在评委之列。尽管这位评委是我的朋友,但为读者着想,我也毫不客气地在网上予以批评,指出"参评图书的作者、编者、编辑、策划者、出版者和发行者,根本就不能参与评选活动,这是最起码的游戏规则",这位编订者不仅担任评委,而且"在该书评选'争议非常大'的情况下仍不回避,最终形成评委编订的图书被评委团评为'十大好书',而且还说'用信誉作了担保','要负责任',可见该活动的公正性如何了"。南京学者王振羽(笔名雷雨、文云乡)先生与我呼应,在《文汇读书周报》发表他的"私家排名榜",在推荐自己喜欢的年度"十大好书"的同时,批评"一帮无聊有闲的文人,又开始各怀鬼胎言不由衷地向公众推荐也许自己根本都没看过的所谓好书、新书。在这种说不清道不明的在背后利益驱使之下的'推荐',令人疑窦丛生,也让人哑然失笑……"我把通过这种评选活动形成的排名榜称为"商定排名榜",系套用鲁迅《"商定"文豪》中的"商定"一词。鲁迅说:"就大体而言,根子是在卖钱,所以后来的书价,就不免指出文豪们的真价值,照价二折,五角一堆,也说不定的。"而今的"商定排名榜",不是背后有利益企业在赞助,就是出版社或书商想借排名榜的东风超量推销图书。事实证明,近些年很多种上了"商定排名榜"的图书,都图的是卖个鲜亮,随后很快就会打折销售,而且降价幅度比一般图书还要大。因为书商们心里明白,这些靠宣传乃至炒作得以"热卖"的新书,一旦热乎劲儿过去,立马就会滞销压货,再难出手。于是,鲁迅所讽刺的"照价二折,五角一堆",便成为现实的书业写照。

因此,真想买好书、读好书,就别拿"商定排名榜"太当回事儿;有工夫浏览一下"私家排名榜",反倒可能有些收获。

春节前,收到《温州读书报》主编卢礼阳先生征稿信,内容是让各地书友推荐"2010年我最喜欢的一本书"。就我而言,2010年购书和收到朋友赠书有一千余册之众,其中好书也不能算少,但硬要说出哪一本书自己最喜欢,实在是一件很难的事。考虑再三,我诚心诚意地推荐了南京作家薛冰先生所著长篇小说《城》(陕西人民出版社2010年1月出版)。我对该书的评语是:"文化底蕴丰厚,情节亦颇精彩……写得浪漫而深沉,华美而凝重……只说'赏心乐事乔家苑'一章,即使列入'三言二拍'亦毫不逊色也。"这个评价不一定准确严谨,但实是出于内心,无关利害。《温州读书报》很快就以大幅版面刊发了书友们推荐的"2010年我最喜欢的一本书",周振鹤、周立民、阿滢等知名作家、学者,还有一些以前未闻其名的读书人,都推荐了各自喜欢的书。如赵诺先生推荐《读书与怀人:

许君远文存》(眉睫、许乃玲编)，评语为："读许君远的文字，心里安安静静的，随时都有些小感触，也不时有所得益，一些零散的小知识、小趣味隐藏在他淡然质朴的文字里，也许正是由于他在今天没有太大的名气，读的时候更有偶得的欣悦感。"许君远1928年毕业于北大英文系，曾在天津《庸报》做编辑，他的书我读过一两本，比较了解，所以觉得赵诺先生推荐得有道理。再如陈骋先生推荐《听橹小集》(王稼句著)，评语为："在作者柔橹所荡起的轻声中，读者只需静静地听，就可以对彼地文风很盛的现象有个清晰的感受。"王稼句擅以散文笔法写江南风物，他的书我读过数十种，谙熟于心，所以十分赞同陈骋先生的推荐。将《温州读书报》刊发的这几十条"2010年我最喜欢的一本书"一一串起，也就构成了一个别样而真实的大众荐书排名榜。这个排名榜上的图书，是各地书友在相互没有沟通的情况下推荐的，而且排名不分先后，呈现出面目丰富、品类各异的格局，虽然有的不免带有推荐者的些许感情因素，有的书较为小众些，但个体的真实集合成为整体的客观，个体的偏爱集合成为整体的卓见，自然比那些"商定排名榜"的忽悠行为要有价值得多。

张爱玲说过："凡人比英雄更能代表这时代的总量。"因为凡人的生活愿望就是人类的基本生活愿望，普通读书人所喜欢的书就是当下社会的精神脉动，他们的情境更为立体，细节更有味道。这正是我爱读"私家排名榜"的缘由。

2011-03-22

要读书，不要"被读书"

每年都宣传"世界读书日"，很多地方都举办"读书节"，号召人们多读书，读好书，学习文化，增长知识，这当然是件大好事。然而，有些地方以组织系统或行政渠道发通知、发文件，像是要搞一场"运动"，就实在有些过分了。某地党委办公厅下发文件，要求处级以上干部集中读书每年不少于五天，其他干部不少于三天，如此量化读书时间，可谓用心良苦，但文件一出，却引来了多方议论，很多人都认为这种要求流于形式，实无必要。

为鼓励读书而推行"被读书"，出发点可能是好的，但其过程和结果必然与读书的旨趣相去甚远。

真正的读书，如同晨兴夜寐、一日三餐，不需要别人劝令。真正的读书人，压根儿就没有把"读书"当成问题。爱书的人，见到好书，就像有的人见到美食、美女一样，垂涎三尺，流连忘返。而那些心里并不想读书的人，却往往喜欢装成读书人，做给别人看，从而自觉或不自觉地成为"被读书人"。

值得重视的是，很多从其学历及所从事的职业看本来应是读书人的文化工作者，却也加入了"被读书人"的行列。由是，我想起近年与几位中青年作家的交流，话题都与读书有关。

一次，是在外地开会，而且开的就是读书会，有两位作家先后发言，观点竟如出一辙："在座的都是读书人，但大家心知肚明：我们哪有时间读书啊？谁会老老实实地读书啊？买书、藏书在很大程度上就是摆个样子呗。"我实在听不下去了，当场予以反驳，并指着与会的苏州作家王稼句为例说：如果王稼句不花时间读书，不老老实实地读书，他那几十本有分量的著作是怎么写出来的？接着又借用孔庆东的话说：至于读书的时间，如同贪官的良心，挤一挤总还是有一点儿的。

还有一次，是与一位作家聊天儿，他很诚恳、很交心地对我说："那些不读书的作家实在太傻了，在现在这种情况下，我们只要读一点儿书，就比他们强不少，就能说说道道了。"他这话，我是不同意的，但想到如果反驳他，弄得他连那"一点儿书"也不读了，岂不更糟，于是只好一笑了之。

另有一次，是在朋友餐叙时，我作自我批评，说自己写书的时候读书最少，意思是说写大部头著作，任务重，时间紧，用力专，就没有空暇看闲书杂书了。席上一位作家听了，马上就自告奋勇地介绍经验说："我与你恰恰相反，我写长篇小说的时候，看书最多，桌子上除了词典，还有好几本参考书。"我知道这位作家虽然出版过几部长篇，但一点儿反响也没有，如今终于明白了：人家是现写现查，现趸现卖，这样写出来的长篇小说能有人看吗？我随即对这位作家说："你的经验很宝贵，值得推广。当年曹雪芹如果学习了你这经验，照着《康熙字典》和《四库全书》写小说，那《红楼梦》肯定会写得更伟大。"

上述这几位中青年作家都是小有名气的，但他们或认为读书是"摆个样子"，或读一点儿书为了"说说道道"，或为写作临时读书"抱佛脚"，如此看待读书、对待读书，说明社会浮躁风气熏染出来的"被读书人"，已使"读书"在摆脱以往不受重视状态的同时，又陷入了另一个窘境。

近读卞毓方先生新著《千手拂云，千眼观虹——季羡林、钱学森、陈省身、侯仁之、杨绛、黄万里的人生比较》，发现书中写到的六位同在1911年出生的长寿大师虽然早已功成名就，晚年却依然读书不倦。数学大师陈省身年逾九十时每天仍然很早就起床读书，他说："我已经老了，数学本是年轻人的事业，像我这个年龄还在前沿做数学的，在世界上是没有的。我的想法很简单，就是想在有生之年再为中国做一些事情。"他提出"21世纪，中国要建成数学大国"，被称为"陈省身猜想"。陈省身先生怀着他的"猜想"走了，后来者必须像陈先生那样，积极、主动、创造性地读书、治学，才有可能实现这个神圣的理想。靠那些附庸风雅、自欺欺人的"被读书人"，是不能繁荣中国文化、不能创造美好世界的。

"必读的书，我已饱读。"这口吻听起来像《圣经》，但它是阿根廷当代作家博尔赫斯说的。他说他和蒙田、爱默生不谋而合：我们只应该阅读我们爱读的东西，读书应该是种享受。

2011-04-20

重归纸质书

今年的"世界读书日",提倡向纸质书阅读的回归,不约而同地成为很多媒体共同的声音。《太原晚报》开设了"4.23世界读书日专题",用三个整版的篇幅刊发了主题分别为"书比人长寿""人比书精彩""人书比翼长"的文章,满纸书香。上海电视台"新闻透视"栏目则播出了关于"碎片化"时代的阅读的报道,发人深省。

现代生活的快节奏和工作的高效率,要求人们在短时期内获得海量信息以取得更高效率,于是,人们似乎已经进入了"碎片化阅读"的时代。人们每天从手机、网络上能接触到海量信息,好像一切信息、知识都变得唾手可得,阅读显得极为轻松、容易。然而,通过手机、电子书阅读并不等于真正的阅读,它们大都是转天就会过时的碎片阅读。真正的阅读,深层次的阅读,仍然是读书。

我们不必局限于传统的纸质书阅读,但目不暇接的信息碎片轰炸,确实正在破坏着我们独立阅读和思维的习惯。很多人浮躁得一年都读不了几本书,长此以往,他们最终会沦为信息时代的垃圾受众。

与今年"世界读书日"紧相衔接的,是清华大学建校100周年纪念日。水木清华,钟灵毓秀,留下无数读书美谈。上世纪20年代,清华国学研究院导师陈寅恪先生讲课时,开宗明义地说:"前人讲过的,我不讲;近人讲过的,我不讲;我自己讲过的,我不讲。现在只讲未曾有人讲过的。"1965年,清华毕业生、世界级应用数学大师林家翘先生在芝加哥见到清华校友、历史学家何炳棣先生时说:"要紧的是不管搞哪一行,千万不要作第二等的题目。"陈、林两位先生的话,代表了清华精神,也代表了中国现代读书精神。正是坚持这种精神,清华才会成为中国最好的大学之一,才会涌现出梁启超、冯友兰、陈岱孙、费孝通、钱钟书、吴晗、曹禺、季羡林等一大批中国人文社会科学学术大师,叶企孙、茅以升、竺可桢、华罗庚、钱三强、钱学森、邓稼先、钱伟长等一大批中国自然科学学科和工程技术领域奠基人和开拓者,以及杨振宁、李政道等享誉世界的诺贝尔奖获得者。这些精英人物,尽管学术领域各有不同,但是他们却有着一个共同之处:都是"书虫""书痴"。

王国维在《人间词话》中提出过著名的"读书三境界"。从第一重境界"昨夜西风凋碧树。独上高楼,望尽天涯路",到第二重境界"衣带渐宽终不悔,为伊消得人憔悴",再到第三重境界"众里寻他千百度,蓦然回首,那人却在灯火阑珊处",始终贯穿着一种精神:读书必须持之以恒、锲而不舍,必须勤勤恳恳、孜孜矻矻,必须循序渐进、举一反三。而"碎片化阅读"则恰恰不能做到这一点,那往往是浅尝辄止、一知半解、浮光掠影、得过且过,那样的阅读就连读书的第一重境界也难以进入。王国维先生也是清华国学研究院的导师,他的"读书三境界"之说无疑也是清华精神的有机组成部分,是现代中国人读书的法脉。

大约十年前,读过一篇题为《藤本的菜,纸本的书》的短文,作者的姓名早就忘记了,但文章的标题却一直印象很深,因为我觉得那标题很有味道。作者说他在都市家居的防盗网上种丝瓜、苦瓜、四季豆,不仅"推窗见绿,一派宁静安详",而且可以享受"藤本的菜"的收获;读书,则喜欢读纸本的书:"纸本的书,印刷要精美,天头地脚留得要宽，方好批注……一书在握，没有感觉是件很难受的事……读书最惬意的时候，是躺着……"当时，我们很多人也如这位作者所说，对着电脑屏幕读书，开始感觉还不错——海量存贮、网上查找资料、下载图书、浏览新闻，日子过得神仙一样；后来，就眼睛痛了，就坐骨神经痛了，就腰间盘突出了，"最后，所看的东西成了'东东'了，文献成了'信息'了，而'信息'又大爆炸成了'垃圾'了"。十年过去了，阅读的"碎片化"程度比那时不知道要严重多少倍，我们如今再读《藤本的菜，纸本的书》，竟与读陶渊明的《归园田居》有着相同的感觉了。

网络，给我们带来了无穷无尽的便利，同时也给我们提供了强有力的偷懒的借口。无数昔日的"书迷"，逐渐蜕变为目下的"网迷"，他们在放弃潜心修研的过程中，也丧失了从容淡定的心境。

由"世界读书日"，联想到"地球一小时""亚洲熄灯日"。我们可不可以将后者的具体做法介入到前者中，约定在某一天，至少是某一天的某一个小时，大家都关上电脑，关上手机，在这个时间段儿只阅读纸质书？

如果我们能像为提高环保节能意识、保护地球资源、分享低碳生活而自觉熄灯那样，自觉控制"碎片化阅读"，高度重视纸质书阅读，愉快而沉静地徜徉于纸质书的世界里，那么我们的内心一定会陶醉于纸质书所洋溢的脉脉馨香中，也一定会真切地感受到苏格兰散文家、历史学家卡莱尔所说的："书中横卧着整个过去的灵魂。"

2011-04-28

枳逾淮亦能为橘

"橘逾淮为枳"是个著名的典故,现在,我们要反过来说了:枳逾淮亦能为橘。

因为小学课本里有《晏子使楚》一篇,所以大家非常熟悉"橘逾淮为枳"这个典故。它出自《晏子春秋·内篇杂下》中晏子所言:"橘生淮南则为橘,生于淮北则为枳,叶徒相似,其实味不同。"所谓"味不同",说白了就是橘好吃而枳不好吃。

枳不好吃,是因为生于淮北;如果将其移植到淮南,变成了橘,不就好吃了吗?

在当代出版界,竟就出现了一个"枳逾淮亦能为橘"的奇迹。

上海远东出版社近些年推出的"远东收藏系列",是在国内外收藏界和学术界有着较大影响的图书品牌。前不久,上海远东出版社在天津举办了"远东收藏系列"年会,并向南开大学文学院赠送了该系列图书。会上隆重推介了这家出版社近年出版的天津作者的新书,包括章用秀的《古玩投资实用宝典》、倪斯霆的《旧人旧事旧小说》、侯福志的《天津民国的那些书报刊》、由国庆的《老广告里的岁月往事》、张元卿的《漫拂书尘》、王勇则的《图说1915巴拿马赛会——光耀世博史的中国篇章》、马波的《浮梦旧书海》,还有张铁荣、王羽关于中国现代文学的研究著作。这些书不仅每种都印了数千册,而且在发行几个月后就几乎售完,并受到专家和读者好评。因其中倪斯霆先生的《旧人旧事旧小说》一书是由我写的序,我尤为关注,但见该书发行未久,香港《文汇报》就刊发读者书评,高度赞赏,又听天津图书批发市场的书商说,该书屡进屡罄,供不应求,我这才吃了定心丸,也感到特别高兴。因此,在天津举办的这次"远东收藏系列"年会,是一次推介会、研讨会,更是一次总结会、庆功会。

外埠出版社,尤其是作为中国文化中心、出版重镇的上海的出版社,在短期内密集地出版十余种天津作者的本版书,这在出版史上是第一次;上海出版社连续出版这么多天津作者的书,且在短期内即见"双效",这在出版史上也是第一次。因此,说此举创造了当代出版界的一个"奇迹",是毫不过分的。

事先,即两年多以前,我在向上海远东出版社编辑室主任、"远东收藏系列"策划人黄政一先生郑重推荐上述几位天津作者及其著作的同时,也将估计可能会出现的不利因素据实相告,并提出了几个需要出版社考虑的问题:第一,写天津历史文化的书,在天津都很难出版,你们上海就敢出?第二,有几位作者从未出过书,你们给他们出书有多大的把握?第三,上海为天津出书,市场在哪里?前景会怎样?上海远东出版社的领导和编辑们认真地研究了我的意见,黄政一先生答复我说:打破藩篱,不拘一格,事在人为。而今的事实业已证明,上海远东出版社是具有战略眼光的,其决策是正确的。同时,"远东现象"也证明,天津的出版资源是极为丰富的,天津的收藏家和研究者是具有雄厚实力的,关键在于如何利用和挖掘。最近,该社计划在总结已有经验的基础上,在天津继续组稿,并决定近期出版王振良、刘运峰等天津中青年学者的新著,让更多的"枳"逾淮而成为"橘"。

"出版，经济只是手段，文化才是目的。"这是中国出版界前辈刘杲先生所总结和倡导的出版理念。他认为，出版产业对社会的最大贡献是文化，传播和积累文化是出版产业的天职。上海远东出版社正是继承和发扬了近现代上海出版业的优秀文化传统，其取得的成功经验，简单说来，就是下功夫挖作者、抓原创、推系列、打品牌，而坚决不搞"跟风书"。最近，资深出版家李景端先生对"跟风出版"提出了严厉的批评："出了一本《中国不高兴》，就引来这《不高兴》那《不高兴》。你有《水煮三国》，我就有'水淘''烧烤'多种烹调三国。盗墓书一吃香，我跟着就来'挖墓惊魂''守陵秘闻'……正跟还不够，还要再来个反跟，于是《反盗墓》《说不》《反细节决定成败》等故唱反调的书纷纷出笼……"这些"跟风出版"，主要是受逐利驱使，想借别人畅销的东风，变换手法来赚钱，其实质是"跟风牟利"。这种"跟风牟利"的短期行为，等于饮鸩止渴，很快就会砸了自家的牌子。

"远东现象"说明，多一些与文化人同声相应、同气相求的出版家，多一些具有眼光、魄力和爱心的出版家，肯于想点子、找出路、化风险、破难关，那么枳逾淮亦能为橘，有价值的著作就不会被埋没，中国的出版事业才能真正繁荣起来。

2011-05-31

弘扬"百花小开本"

近十几年来图书出版的一个强劲势头，是书的开本越做越大。一本书，出版者能做成16开的，绝不做成32开；能做成大32开的，绝不做成小32开。喜欢读书的朋友都有这样的感觉：一是现在出版的书开本大得要双手端起来看，一只手肯定拿不动；二是家里原来的书柜不适用了，因为现在出版的大开本书的长度往往超过了书柜里隔板之间的高度。书的开本越做越大，可能与时下文章越写越长有关，也可能是出版者为了多赚些钱，有意将小书大做，卖的是厚皮小馅的包子。

在"大书"走红的出版大潮中，偶然见到两套陆续出版的"小书"，就感到眼前一亮，备觉珍贵稀奇。一套是上海书店出版社出版的"海上文库"，还有一套是海豚出版社出版的"海豚书馆"。且不说这两套丛书的内容如何，单是它们小32开简洁而朴素的装帧，就足以令读书人亲之近之，摩挲把玩，爱不释手。阅读这样的"小书"，好似品尝大餐之余的小菜，觉得格外爽口清心。

由此想到，"小书"在近百年中国出版史上是曾经辉煌过的。仅说以丛书形式出版的"小书"，像上世纪二三十年代商务印书馆陆续出版的"万有文库"、上世纪八九十年代三联书店陆续出版的"读书文丛"等，都堪称文化经典，它们影响广泛而深远，在读者心目中留下了不可磨灭的印象。在传播思想、普及文化方面，这些"小书"所起的作用，是任何"大书"也无法取代的。而将这些独具价值的"小书"逐一推出，汇成一套数十种乃至成百上千种规模的丛书，则就是一部皇皇的"大书"，一部不朽的典籍。

由此又想到，上世纪60年代至90年代天津出版的"百花小开本"也是这样一套书：以"小书"的清音，鸣奏出"大书"的回响。

"百花小开本"，指百花文艺出版社出版的小开本散文系列，因其小巧玲珑，携带方便，被读者称为"口袋书"。这一开本的诞生，与孙犁先生有关。1962年，孙犁将一部分散文编为《津门小集》，交由百花文艺出版社出版，因为字数太少，很难印成一本书，使编辑犯了难。编辑希望孙犁再写一些，病中的孙犁无力执笔，这一难题只能交给美术编辑陈新来解决。陈新不愧是一位经验丰富的书籍装帧设计专家，他先是把32开本横竖各裁掉一部分，然后缩小版心，利用题图和尾花弥补文字的不足，这样，只有28000字的《津门小集》竟印成了一本典雅、漂亮的小书。这本书获得了意想不到的成功，既给病中的孙犁带来了喜悦，也受到了读者的欢迎。《津门小集》的成功使得百花文艺出版社形成了一个不成文的规定，就是今后出版散文书都采用这一开本。于是，在"文革"前又出版了叶君健的《两京散记》、巴金的《倾吐不尽的感情》、碧野的《月亮湖》等十余种。1975年，恢复工作不久的百花文艺出版社原社长、负责天津人民出版社文艺组工作的林呐要求责任编辑谢大光依然采取小开本的形式出版散文书。"文革"结束后，百花文艺出版社恢复建制，"百花小开本"的出版也进入了一个蓬勃发展时期，从1979年到1991年，"百花小开本"又出版了八十余种。这些小开本散文书，既包括冰心、叶圣陶、孙犁、罗大冈、冯亦代、冯牧等一批老作家的新品，也包括玛拉沁夫、王蒙、邓友梅、冯骥才、蒋子龙、张贤亮、叶文玲等文坛主力的佳作，还有贾平凹、赵丽宏等文学新秀的处女作，季羡林先生的第一本散文集《天竺心影》也是以这种开本出版的。许多作家都以能在"百花小开本"中占有一席感到骄傲。近百种"百花小开本"，好似百花齐放，散发着诱人的芳香，为各地文艺出版社所钦羡，为全国散文爱好者所钟爱。

南开大学文学院教授、传播学系主任刘运峰先生多年来致力于搜集、整理和研究"百花小开本"，成果可观。他认为，"百花小开本"虽然已有二十年没再出版新品，但在今天的出版环境中愈加显示出它们独特的魅力。尽管它们开本不大，但由于版式疏朗，一点儿都不让人觉得小气。最值得称道的，是它们的封面设计，大多出自天津装帧高手、美术名家之手，这些封面或清新淡雅，或质朴厚重，但都可归为一点，那就是"自然和谐"，它们本身就是完美的艺术品，具有独特的艺术风格，而这一风格也正是百花文艺出版社的出版风格。最近，刘运峰精心撰写的《百花小开本散文百种经眼录》初稿被刊于《天津记忆》第七十九期，得到天津、北京、上海、南京、苏州等地很多藏书家和学者的赏评，大家都认为"百花小开本"及其出版理念是值得纪念、总结和弘扬的，《百花小开本散文百种经眼录》应该正式出版。

中国已经进入了品牌竞争的时代，"塑造品牌""品牌化经营"是近几年企业最流行的说法，图书这种特殊商品自然也不例外。"百花小开本"是在全国产生过重要影响的天津出版业的著名品牌，它们不仅为散文读者推出了从内容到形式皆堪称优质的精神盛宴，而且还体现了出版社领导者和创意者"创一流出版社的雄心壮志"（百花文艺出版社老编辑董延梅先生语）。正式出版《百花小开本散文百种经眼录》，深入研究"百花小开本"现象，对天津出版业打造新的图书品牌，推进可持续发展，有着不可忽视的示范价值和参考作用。

2011-06-13

往日风景自有它丰美之处

近年来，我关注到天津中青年学者在两个领域取得的成果，一个是对以天津为中心的民国北派通俗小说的研究，一个是对以天津为重要收藏基地的民国书报刊的书话写作。前者以近期出版的张元卿、王振良主编的《津门论剑录——民国北派武侠小说作家研究文集》为代表，该书分为五个部分：民国通俗小说综合研究，还珠楼主研究，宫白羽研究，王度庐研究，以及郑证因、刘云若、朱贞木等研究，它以新颖的角度、大胆的质疑、鲜为人知的史料，给人以耳目一新的感觉。后者的最新成果是近期出版的李夫力所著《民国杂书识小录》，该书分为四个部分：西风送书来、带图画的书、沽上寻故纸、被遗忘的书和人，这些文章可谓历史的旁证，读来随处可见历史的痕迹和缩影，也是继张元卿的《漫拂书尘》、侯福志的《天津民国的那些书报刊》、倪斯霆的《旧人旧事旧小说》和马波的《浮梦旧书海》之后，天津中青年学者近年出版的又一部以民国时期出版的书报刊为主题的书话集，在各地学人和读者中颇有影响。

对以天津为中心的民国北派通俗小说的研究，和对以天津为重要收藏基地的民国书报刊的书话写作，看似是两个领域，其实它们之间关系非常密切，甚至可以说是一个文化现象的双翼。民国时期大量的文学现象、学术现象、出版现象，大量的作家、作品，都无法回避地呈现在这双翼上。这些有文化眼光的天津当代中青年学者，抓住民国时期天津文化的丰富多样性特质，在这两个领域进行深入细致的挖掘与整理，不断推出新发现、新成果，业已初步形成当代天津新的学术生长点和新的出版选题库。

天津学者的这些新发现、新成果，引起海峡两岸学术界的高度重视，叶洪生、龚鹏程、林保淳、范伯群、周清霖、孔庆东等著名专家学者近年都为此专程来津考察交流，对天津的这一历史文化现象进行了更广领域、更深层次的学术论证。史料说明，民国时期一大批通俗文学大家、名家，如董濯缨、赵焕亭、凫公、戴愚庵、刘云若、还珠楼主、宫白羽、郑证因、何海鸣、朱贞木、李燃犀等，都长期在天津工作、生活和出版作品，使天津成为民国北派通俗文学的重镇，同时也推动了天津报业的繁盛。可能是由于这个原因，很多专家学者都对当时天津等地的小报产生了浓厚的兴趣。如孔庆东就认为，研究小报上的作品，"为整个现代文学史的研究拓展了空间"。

然而，对待通俗文学和小报作品，我们还是能听到另外一种声音。如对小报作品，就有学者认为："今天一些研究者对60年前、80年前小报副刊的研究，不正是让那时的人们感到滑稽的事吗？现代小报副刊上的作品，是现代文学中的一部分，这当然是铁的事实，然而，这只不过是一种邻猫生子般的事实。这些小报作品，在当时没有起码的可批评性可研究性，在今天也没有成为'新的学术生长点'的资格……"其中提到的"邻猫生子"，是一个洋典故，见于梁启超在《中国史界革命案》中所转述的英国哲学家斯宾塞的话："或有告之曰：邻家之猫，昨日产一子，以云事实，诚事实也；然谁不知为无用之事实乎？何也？以其与他事毫无关涉，于吾人生活上之行为，毫无影响也。"对现代小报副刊作品不屑一顾的学者就认为，

"如果某种'史料'仅仅包含邻猫生子一类的信息，那它实际上就只能算伪史料"，而对这种史料的发掘，就是"伪发掘"。

对此，我则以为，用"邻猫生子"来比喻现代小报副刊作品没有价值，未免有失宽容。即使当时的文学批评研究界没有人注意这些小报作品，没有人把批评研究的目光投向这些小报副刊，没有人认为它们也应该进入批评研究的视野，也并不等于这些小报副刊和小报作品现在就没有研究价值。如果按照他们的思维模式，那么古代民歌《孔雀东南飞》和《木兰诗》恐怕就不会流传到今天，更不会被选入中小学语文教材，被列为中国文学史上的重要作品了。我赞同潘宝海先生的看法："史料研究应以真实反映、还原历史为准绳，而不是以价值大小来做研究上的分岭……与今日以占有的资源抢占、瓜分现代文学研究领域的风气相比，这种以老报刊为研究对象的'伪发掘'倒值得尊重。"

2007年，我到北大五院参加毕业20周年聚会时，孔庆东特意问我天津有哪些图书馆和私人收藏家存有民国小报。我知道他要更多地看这方面的东西，做这方面的学问。一位在央视"百家讲坛"讲过鲁迅和金庸的学者，肯花费大精力研究当时零售价只有一分钱的市民小报，并在学术上有所斩获，正是对历史和文学丰富多样性肯定与尊重的表现。

姜德明先生的《流水集》近日再版，使我们得以重温这位著名报人、藏书家、书话家在该书引言里发出的真切的人生感悟："在旧书肆的新文学版本还没有被拍卖家们包围的年代，我是个痴迷的搜访者。写书话也没有什么堂皇的设想，总以为历史不应被割断，往日风景自有它丰美之处。"是啊，"往日风景自有它丰美之处"，但需要我们去重新发现；有些历史已经被"割断"，也需要我们去细心补缀。

2011-07-06

别把毛边本鼓捣毛了

图书里的毛边本,近年来被炒得愈来愈火,以致现在不管什么书都要出毛边本,网上书店销售毛边本的不计其数,还出现了专门经营毛边本的书店。喜欢藏书的朋友们更是格外痴迷毛边本,甚至以拥有多少毛边本作为私人藏书质量和品位的重要标准。

毛边本,又称毛边书,这个词在一般词典上是查不到的。在《鲁迅全集》里曾对其有一个十分简明扼要的注解:"书籍装订好后不切边。"19世纪末至20世纪初,英国书界大兴此道,原因据称为"取其(毛边)朴素、原始之美"。20世纪初,毛边书作为舶来品,由日本传入中国。20世纪二三十年代,毛边本在中国风行一时,与新文学的勃兴互为因果,成为当时文化景观中一个突出的亮点。中国新文学巨匠鲁迅不遗余力地提倡毛边本,他在给曹聚仁的信中说:"《集外集》付装订时,可否给我留十本不切边的。我是十年前的毛边党,至今脾气还没有改。"他在给萧军的信中也说:"切光的(指萧军的长篇小说《八月的乡村》,有毛边本和光边本两种)都送了人,省得他们裁,我们自己是在裁着看。我喜欢毛边书,宁可裁,光边书像没有头发的人——和尚或尼姑。"鲁迅对毛边本情有独钟,以至他早年的著、编、译,从《呐喊》到《彷徨》到《坟》到《朝花夕拾》到《苦闷的象征》到《唐宋传奇集》，无一不是毛边本。其他新文学大家如周作人、郁达夫、郭沫若、冰心、叶灵凤、施蛰存等，皆出版过毛边本著作，这些人都可归于"毛边党"。

在沉寂了近半个世纪之后，毛边本于20世纪90年代在中国复兴，开始是个别作者特意要求印刷厂留出少量未裁本，用以赠送好友，后来为书商所看重，认为有利可图，于是批量生产与发行毛边本。这一"批量"，问题就来了。

依据我平时了解的信息估算，全国各地书友中，拥有二百种以上毛边本的，当有数百上千位。这些毛边本，除少数为民国时期的新文学书外，绝大多数都是近年出版的"特制毛边书"。这些"特制毛边书"，一般每种印制数百册，有的甚至达到该书印数的一半，并且采取"群发"方式，即通过网络批销或传销，力求迅速售罄，书商不会让书窝在自己手里。因此，当代"毛边党"中的大多数人，其实就是"特制毛边书""群发"的对象。他们为此耗资不少，并以这些毛边本都是"特订本""市面上根本看不到"作为炫耀的资本。他们煞费苦心购置毛边书，不为阅读，只为显摆，这与暴发户为冒充文化人在墙上镶嵌"伪书"（多为泡沫制造）并无多大区别，而与藏书家唐弢所说"我也是毛边党党员之一，购新文艺书籍，常要讲究不切边的，买来后再亲自用刀一张一张地裁开，觉得另有佳趣"相比，则有若云泥。

我关注毛边本近二十年，1996年还发表过专谈毛边本的文章《毛边情趣》，在我这个年纪的爱书人中算是资格较老的"毛边党"了。我特别欣赏藏书家陈子善先生的话："爱读书的朋友，可能的话，找一部毛边本边裁边读，一定也能放松自己的情绪，舒展自己的思想。毕竟，夜深人静，清茗一杯，在灯下欣赏毛边本特殊的美感，从容裁读毛边本，是一种优雅的生活态度，一种陶然的读书境界，别有情趣。"但归拢起来，我所存毛边本，迄今无逾百种。在寒斋三万多册藏书中，毛边本所占比例是相当小的，可以"九牛一毛"作喻；但我觉得这个比例却是十分正常的——真正值得收藏的毛边本也就是这么几十种，或者说我尽心尽力能够搜集的也就是这么几十种。因此，我对那些喜欢毛边本的年头比我晚得多，而通过"群发"渠道买到的毛边本的数量却比我大得多的当代"毛边党"人，并无羡慕之心。

寒斋所存毛边本，来源大致有四：一是作者所赠，这部分数量最多，作者都有名气，扉页有其签章；二是责编所赠，如上世纪90年代徐雁（秋禾）、龚明德等先生在出版社工作时，都寄来过其责编图书的毛边本；三是师长所赠，他们年岁大了，有些书不用了，便将其中收藏多年的毛边本送给我；四是我在旧书店买的，多为旧书，因我与旧书店的店主、店员大都熟识，所以知道这些毛边本的上家。总之，我存的这些毛边本，新书乃作者亲馈，旧书则流传有绪；新书里含着浓浓的友情，旧书上覆着厚厚的包浆。我觉得，唯有这样藏书，藏这样的书，才能体会到人间的真味，享受到书斋的乐趣。这也正是我不羡慕那些通过"群发"渠道大量购买毛边本的当代"毛边党"人的原因。

具有收藏价值的东西，往往都是稀量的，而且其收藏价值往往是收藏者在不经意间实现的，是经过岁月的长河和藏家的耐心淘磨出来的；批量生产，且又批量发行，买这样的东西，升值的可能性微乎其微，与收藏的真义也相去甚远。

明乎此，再看那些铺天盖地推销仿真画、高仿瓷、纪念币的广告，大家心里就有数了：这样的东西每种发行几千件（广告说是"限量发行"，谁知道它们真实的"量"究竟有多大），每件售价高达数千元甚至上万元，这样大的存世量，这样高的买入价，"藏品"怎么会有升值的空间？操作者还常常在广告上提示说，这东西的原件曾经在拍卖会上拍到数千万元甚至上亿元，以此证明这东西同样具有极其美好的升值前景，其实这也纯属忽悠消费者：他说的美好前景，你这辈子肯定是看不到的；如果你这辈子能够看到，那他自己早就留着那些东西发大财了。

　　本文谈的对象主要是毛边本，但本文谈的道理却不仅仅局限于毛边本。这些年人们腰包鼓了，有闲钱了，想玩高雅，玩奢侈，但真要玩好了，也不是一件简单的事。例如现在有人说，爱马仕会保值，百达翡丽会保值，但专家指出，百达翡丽一年生产四万多块，这四万多块里面并不是每一块都能保值的，特别在国内用柜台价买，保值根本没戏。"毛边党"也只能是小众，"群发"只会把毛边本鼓捣毛了。

　　我爱毛边本，也爱各种艺术品、纪念品。因为爱，所以怕。怕贪心的人一多，虚荣的人一多，生生地把好东西给毁了。

　　"芝麻开门"这句暗语，可不是随便叫着玩儿的。

2011–07–20

签名签的是缘分

有些名人，最爱的是名；有些没名的人，最爱找名人签名。

上海学者、藏书家陈子善先生是一位名人，一位很有情趣的名人。他不仅收藏和研究中国新文学签名本，发表过相关的系列文章，还喜欢搜集当代名人的签名。一次闲聊时，他拿出随身携带的一个小型的签名簿，让我欣赏里面的名人签名。打开后，第一页是三个字的签名，其中第一个字好认，是"林"；剩下的两个字写得太连，很不好认。于是我就把当代姓林的知名学者和作家猜了个遍，但陈子善先生都说不对，还一个劲儿地鼓励我"往最有名的人身上猜"。猜来猜去，我还是说得不对。后来，陈子善先生终于告诉我，是"林青霞"。原来，他搜集签名的范围不仅仅是学者和作家，还包括很多演艺明星。是呀，当今哪位林姓学者或作家能比林青霞有名呢？林青霞女士给陈子善先生签名，是名人之间的一种交往形式。

名人有名，往往自得；但名气大了以后，名也成为一种累，签名其实就是一种累。

北京收藏家马未都先生自从登上央视"百家讲坛"后，就被与易中天、于丹等学术明星相提并论。据说易中天的新书签不过于丹，就有人总结说，是因为易中天的名字写起来太复杂，而于丹则简单，只有两个字。马未都当然也不愿在签售上"吃亏",于是发明了一种可以节省时间、提高效率的"秘密武器",特意为新书签售设计了一枚纪念原子章,上面除了他的名字外,还刻着有关签发纪念的几句话,而且图章印出来给人的感觉就像是手写的,颇为逼真。此枚图章在签售结束后当众销毁,这样一来,当日盖章的图书便成了一种独特的收藏品。但是也有读者表示,马未都以章代笔的签售方式有点取巧,令人遗憾;特别是读者中有不少是收藏爱好者,他们认为手签的书更有收藏价值。有一次我遇到马未都先生在一家书城签售新书,组织者请他给我签一本,于是他把那枚纪念原子章盖在书的后扉,又在前扉用笔写了赠言,签了名,送给我。这种前后双"签"的书,形式更为独特,或许在痴迷于签名本的人眼里也更加具有收藏价值吧。

签名之累,累在辛苦还好,累在尴尬则更难受。

我曾经两次在书市巧遇同一位知名作家签售他的同一本长篇小说。尽管签售活动提前在媒体上发了消息,尽管主办方在签售现场不停地播放着宣传广告,尽管有些购书者疑似这位作家的熟人,但据我观察,这两次签售总共也没签出去四十本。这不过是一本普通的长篇小说,人人都能看懂,不像《尤利西斯》《追忆似水年华》那么难读,但却在这位作家所在的城市签得这样惨。这样的作品,即使有一百个评论家吹捧它,有一百个奖项授予它,也难以洗刷掉读者和市场给作者带来的尴尬。如此看来,签名的事也不是那么好玩的。

印象中,北京学者止庵先生是比较高傲的,但当我读了他的文章《我收藏的签名本》后,才知道他为了搜求签名本,偶尔也是会放下身段的。止庵说,他喜欢的外国作家有三位。头一位是阿兰·罗伯—格里耶,"在我看来,20世纪下半叶,世界上没有比他更重要的作家"。2005年的一天,止庵偶阅报纸,得知当天上午罗伯—

格里耶在北京国际图书博览会出席一个活动，遂匆匆带了他的《反复》和《快照集为了一种新小说》，赶到中国国际展览中心。经朋友介绍，罗伯—格里耶热情地与止庵握手，"他的手很宽厚，很有力"。他在止庵带去的书上签了名字，"我一直都为此感到幸福"。止庵特别喜欢的另两位外国作家是翁贝托·埃科和奥尔罕·帕慕克，他请埃科签了《带着鲑鱼去旅行》《悠游小说林》《开放的作品》《误读》和《波多里诺》，"末了一册，环衬印着埃科的签名，被他画掉，另外手写一个，亦是有趣味处"。请帕慕克签了《白色城堡》《伊斯坦布尔》《雪》《黑书》《新人生》和《寂静的房子》。《我的名字叫红》第一次印刷书衣用的是"泡泡纱"似的手揉皱纹纸，第二次印刷后改成书版纸；此外又有精装的"插图注释本"，共印两次，后一版环衬添加了作者自制的藏书票，插图亦根据他的意思换了几幅，这四种版本止庵都让帕慕克签了。止庵先生是一位很有眼光也很挑剔的藏书家，他不像有些书迷，逮住个名人就让人家签，也不像我，从不主动找名人签名。在签名方面，他也是位有个性的"选家"。

　　有些人批评搞签名售书就是炒作，我倒不这么看。搞签名售书固然是出版社或书商促销的一种手段，同时也是作者与读者加强沟通的一种方式。现在，社会上有各种各样的"迷"，与"追星族"相仿，搜求名人签名、收藏签名本也是一种"迷"，而在这样的"迷"中，是潜在着一定的文化能量的。拿签名来说，过去签的是友谊，是对友谊的纪念；现在签得太多了，不可能都产生友谊，那么如果能产生些缘分也挺好。所谓缘分，往往体现出一种互动的关系，即对名人来说，除了享受成就感，还应通过签名体会到受众带来的压力；对乐意让名人签名的人来说，除了通过接受签名而亲近名人，更重要的还要借鉴名人经验来打造与完善自我。

2011-08-03

读书，从春天开始

直到我写这篇文字的时候，这个冬天的天津也没有降下一场像模像样的雪。但是春节毕竟过了，元宵节也过了，冰河悄然融化，万物萌发生机，人们已经在盼着春分的雨水，在做着春天的打算。

大年初一，爸爸妈妈送给我一把古旧的瓷壶。这把瓷壶出自清末民初，压盖，双穿孔耳环配熟铜软提梁。令我最感兴趣的，是壶身所绘的浅绛彩人物读书图，是任伯年或钱慧安那路的，画中的书人、书卷，儒雅古朴，可敬可爱。我想，这或许是父母对我的一种鼓励和提示，让我在新的一年里切勿懈怠，潜心读书。

新春的几个节假日，我都在书肆、书摊间徜徉。数日前，在古文化街文化小城旧书摊见到一本《重辑渔洋书跋》，中华书局1958年一版一印。渔洋（王士禛）以诗负盛名，然其文亦条达顺畅，题跋之作，尤直抒胸臆，耐人寻味。蔡元培先生在《我的读书经验》一文中提到："我记得有一部笔记，说王渔洋读书时，遇有新隽的典故或词句，就用纸条抄出，贴在书斋壁上，时时览读，熟了就揭去，换上新得的，所以他记得很多……"当代学者钱仲联先生曾为王渔洋纪念馆题诗："蟠胸万卷笔如神，至竟诗人是学人。我诵渔洋读书记，天龙才许见全身。"王渔洋是真正的读书人，所以能够写出传世的书跋。《重辑渔洋书跋》我已有2005年上海古籍版，读后印象颇深，今见旧版，顿生怜意。摊主亦是熟人，持书询之，答曰只要一元；待结账时，竟说只管拿去，连一元也不用给了。数日后上网浏览，偶然发现这个旧版本网上拍卖竞价已至七十多元。《重辑渔洋书跋》是我今年淘得的第一本旧书，这或许也是对我的一种暗示，让我好好向渔洋先生学习，在新的一年里珍惜光阴，时时览读。

一年之计在于春。我们强调春的宝贵，歌颂春的创造力，自然也会想到"至乐无如读书"。读书，能够带来春天般充满生命力的快乐，这是一种智慧之乐、和美之乐。"春读书，兴味长。磨其砚，笔花香……寸阳分阴须爱惜，休负春色与时光……"春读这首《四季读书歌》，感觉是那么的朗朗上口，意味深长。

近日，在鼓楼东街博学书店买了一部文物出版社出版的《小莽苍苍斋藏清代学者法书选集》。赏读之余，想起小莽苍苍斋主人田家英，也是个典型的书虫。身为毛泽东的秘书，田家英工作之余的最大乐趣，就是淘书、读书。"爱书爱字不爱名"，是田家英在一首诗中的自我描述。毛泽东的部分书房就在田家英的院子里，这与田家英爱读书、淘书，并帮助毛泽东置办图书有关。由于田家英常去琉璃厂淘书，那里古旧书店的老师傅都跟他熟了。他的这一行踪，后来连毛泽东都掌握了，有几次临时有事找他，就让卫士直接把电话打到琉璃厂。眼前这部《小莽苍苍斋藏清代学者法书选集》，便凝结着这位书生多年的心血。博学书店的老板告诉我，这部书虽然价格不低，但是进了两次货都很快售罄。他把购书者的姓名透露给我，其中光是我认识的就有十几位。可见，天津懂书、爱书的朋友确实不少。他的话，使人真觉得春光明媚，春意盎然。

春天的好消息接踵而来，薛原先生所编《如此书房》一书已由金城出版社出版，并得到各地书迷的追捧。收在该书中的各地的书房，书房主人的职业和生活各有不同，但在对待书房的态度上却基本上一致，这也反映了中国知识分子价值观的稳定。事实上，在网络时代，纸本书的阅读仍是不能由网络阅读和电子书阅读来替代的。一间多余的书房，其实更是一个梦想的载体，这样的"奢侈"也是生活品质的提升。

《六十种曲》中有一种《白兔记》，其《牧牛》一出有云："一年之计在于春，一生之计在于勤……春若不耕，秋无所望……少若不勤，老无所归。"借着春光，乘着春色，为自己做个读书规划吧。千万不要等到给自己作"年终总结"的时候再慨叹："唉，一年才读几本书！"

读书，谈论有关读书的话题，让我们从春天开始。

2012-02-10

可读性？嫩肉粉？

又一个"世界读书日"来到了。为此。全国各地纷纷开展各式各样的读书活动，有些城市还将"读书日"延展成为"读书月"，以便更加广泛地宣传今年"世界读书日"的主题——"阅读，让我们的世界更丰富"。

想想也是，恐怕没有比阅读更能让我们的世界变得丰富的办法了。近年来，一方面，很多人质疑"现在还是不是阅读的时代"；而另一方面，又有信息证明，在欧美一些发达国家，人们的阅读兴趣有增无减。中国的作家王蒙也认为，与网上浏览、看电视或开车兜风不同，阅读有它自身的魅力，有它不可替代的作用。他说："与其他诱惑相比，思想对人的诱惑最大，而阅读便有助于人们的思考。"

既然阅读如此重要，那么研究阅读也就不是一件多余的事。如果真的研究起阅读来，那么第一个关键词，或者说最不能回避的问题，就是"可读性"。我做了二十多年编辑工作，对"可读性"深有感触。毫不夸张地说，对"可读性"理解的程度和拿捏的分寸，以及由此带来的诸种矛盾，始终缠绕着我，困扰着我，盘踞着我的业务高地。送审稿子，领导没有签发，理由往往是"可读性不够"或"可读性不强"；文章刊出后，读者有意见反馈回来，理由也往往是

"读不进去"或"读不下去"。对于有些文章，比如功利性很强的评论文章，我可以在退稿信里直言不讳："您这篇评论，只有被您评论的人才会关注。您不能为了给他一个人看，而让我们印发几十万份报纸吧？"然而，对于更多的文章，其"可读性"却不是这么容易确定的。一篇文章有无"可读性"，作者与编辑常常会有不同的认识，编辑部内部也会有不同的处理意见。

究竟什么是"可读性"？简单地说，指书报杂志或文章内容吸引人的程度；换句话说，即读物所具有的阅读和欣赏的价值。新闻可读性的研究是随着西方报业竞争兴起的，其目的在于改进新闻写作，以求扩大发行量。比较著名的有"罗伯特·根宁公式"，其标准如下："一、句子的形成。句子越单纯，其可读性越大。二、迷雾系数。指词汇抽象和艰奥难懂的程度。迷雾系数越大，其可读性越小。三、人情味成分。新闻中含人情味成分越多，其可读性越大。"虽然这些标准主要是针对新闻的"可读性"而言，但对于报纸副刊及副刊文章，它们也基本适用。但实际编辑工作的难度，不在于是否掌握标准，而在于怎样把握标准的"度"。不同的编辑，在文化品位、审美水平、阅读经验、编辑能力等方面自然会有所差异，这就决定他们对文稿的审阅态度和处理结果会有所不同，也就决定他们的编辑风格和版面风格会有所不同。

日前与武汉学者王成玉先生通信，讨论到"可读性"问题。王先生说，为什么现在我们对老一辈作家学者的文字充满敬意，视为经典，那是因为他们有旧学根底，有深厚的学养，写出来的文字当然就不一样，例如鲁迅、周作人以及当代的黄裳、钟叔河等。王先生认为，不要以为凡学问深奥的文章其"可读性"就差，过去有很多大学者写小文章，深入浅出，说明深奥的学问往往具有"可读性"。有些看似枯涩的文字，因其内涵丰富，有文化底蕴，道人所未道，就有"可读性"；有些看似有"可读性"的文章，漂亮却不耐读。一篇文章的"可读性",往往要反复读几遍方能略有体会,那种一览无余的"可读性",其实最没有"可读性"……

由王成玉先生说的"一览无余的'可读性'",我联想到嫩肉粉。据"百度百科"介绍,嫩肉粉又称嫩肉晶,其主要作用在于利用蛋白酶对肉中的弹性蛋白和胶原蛋白进行部分水解,使肉类制品口感达到嫩而不韧、味美鲜香的效果。嫩肉粉并非适用于所有肉类制品,在肌肉老韧、纤维较粗和含水量较低的肉中添加,可使肉质变得柔软多汁;但若在含水量较高、肉质细嫩的鱼、虾中使用,则会适得其反。我忽然觉得,我们日常阅读的不少文章,都是在过分强调"可读性"的编辑手里加工过的,或者干脆就是那些投其所好的作者直接写的。这样的文章,我们读着省力,就像吃用了嫩肉粉的肉那样省力,但那肉的口感毕竟太像豆腐或粉皮了。那些编辑和作者,太低估人类的咀嚼能力了。

熊十力先生提倡读书要有"沉潜往复,从容含玩"的功夫,即反复品读,细细掂量,慢慢欣赏,只有这样才能看得深,想得透,不至流于肤浅和平庸。能够值得人们"沉潜往复,从容含玩"的文章,才是真正具有"可读性"的文章。应该多给读者提供这样的文章。

2012-04-22

琐谈旧版书重印

我喜欢收藏一些旧版书,老滋老味的,满负着沧桑感。由此我觉得近年重印的一些旧版书做得很不到位:封面印得乌乌涂涂,半新不旧,好似再嫁的新人;有的为节约成本,便随意改变原书的开本、版心;有的版本选得不精,鲁迅的《呐喊》用的是第十三版;加之原书铅排而重印本为激光照排,所以难以达到原汁原味的效果。这样的书或许能够蒙住一些不太懂书的读者,但终究不是个玩意儿,属于"粗仿"。

比较而言,20世纪80年代上海书店影印的"中国现代文学史参考资料"就做得到位。如今,像其中周作人的《谈虎集》、闻一多的《红烛》这些书的纸张也发黄了,倘若剥下上海书店再版的封皮,里面的封面及整个装帧就跟真的民国版本差不多。近年重印的一些旧版书就做不到这一点。

我觉得重印旧版书应开发1949年以前出版的城市生活指南、旅游手册、地图册等,这类书研究价值、欣赏价值、收藏价值兼备,应该有相当的读者群。我从单位资料室借到一册1926年出版的《天津快览》,里面内容很丰富、全面,当时商家的门牌、电话号码都有。现在出版的历史书是不会包容这些民生杂事的。我最近出版的

《不要小看民国瓷》一书就征引了其中的史料,颇有说服力。这本《天津快览》我借了好几年也舍不得还给资料室。我想如果哪家出版社重印此书,在天津卖个四五千册当不成问题。

2005-05-24

我看"图说""正说"书

《图说……》和《正说……》是近年图书市场特别走红的两大类图书。其中的优秀之作在阐释文化经典、普及历史知识等方面发挥了重要的作用，得到了广大读者的认可和喜爱；而部分粗制滥造之作鱼目混珠，制造了新的出版垃圾，不利于提升我们民族的整体素质。

先谈"图说"。图书图书，有图才是书。中国很早就重视"图"的作用。古人常说的"左图右史"，除了形容图书多外，还有一层意思是说图与史是不能分离的，图与史分列左右，可以互相参补印证。当然，这里的"图"主要指地图。虽然如此，与汗牛充栋的纯文字书相比，中国古代的纯"图"书和插图书还是少得多。与欧洲相比，中国图书中的"图"也少得可怜。现在复制、制版、印刷条件方便多了，应该多出版一些图文书。何况，很多领域的图书，如文物类图书，如果里面没有一定数量的图片，就几乎无法让读者理解文字内容。"清乾隆松石绿釉青花釉里红海水云龙纹双耳扁壶"，用了这么多修饰语的一件文物，配上一幅实物照片，一目了然。

我们这一代人对"图"并不陌生，我们是看着连环画长大的。到了一定年龄，就不好意思再看带"图"的书了，因为只有看纯文字的书才说明自己"长大成人"了。近几年,随着"图"的地位的提升,我们找回并重温了自己曾经痴迷过的"小人儿书",我们自己写的书在出版的时候也希望配上几张好插图。如今的拍卖市场也跟着变了,带插图的古籍的价格要明显高于不带插图的同类古籍,而在十几年前古籍市场的情况正好相反。

好的《图说……》,以文带图,由图说文,文图互动,图文并茂。但我认为,在有些图书中可以更突出一下"图"的独立价值,因为好的照片本身就能"说话";图与文还可以适当剥离,图可以只起到控制阅读速度的作用。总之,"图说"不要都出成像连环画那样,图与文对应得那么严丝合缝,那么通俗化。文字与图画毕竟是两个异质的阐释系统,如果允许它们之间存在若即若离的内容形式的距离与参差,那么就会构成一个联结具体与抽象的巨大意义空间,具体到读者,可以发挥充分的想象,得到充分的享受。这才是图与文真正的相辅相成。

书中插图的数量也要恰如其分,适可而止。有的出版社对古代经典进行图解,配图过多,打扮得花枝招展,看上去很不舒服。有的出版社配插图,不征求文字作者的意见,自行其是。一位作家不满地说:"有时候图片在我的书里,就像半夜里醒来,被窝里猛地多了一个人,即使是美女,也吃不消。"前不久,我与南京大学教授、著名图书策划人徐雁谈起书话书的插图比例问题,他认为,近年出版的书话书插图过多过大,还是《晦庵书话》的插图比例最合适。

"图说"的负面影响当然也不能低估。重图轻文,是对过去重文轻图的矫枉过正。如果将"读图时代"理解为都要像吃快餐那样简便、快捷、轻松地读书,那绝对是错误的。比如一本文学史著作,里面配有大量的作家照片、手稿、书信、书影、图书广告、藏书票等,可以开阔读者的视野,这些图片本身也具备欣赏价值,但是看这些东西绝不能代替读这本文学史著作中所涉及的文学原著。读图,应该使我们的思维更丰富、更旺盛、更灵活，而不是更简单、更委顿、更微弱。

记得我上大四时，有一位同学就是读不下去专业书了，便整天和女朋友在图书馆阅览室翻看电影画报和生活类画报，也美其名曰"读书"，遭到很多认真学习的同学的鄙视。二十年过去了，那位整天看画报的同学的成就可以想见。因此，在打基础的学生时代，更不要走入一味"读图"和盲目"读图"的误区。

再谈"正说"。"正说"是针对"戏说"而言。"戏说"是对封建时代形成并长期灌输给读者的概念化历史的反动，"正说"又是对"戏说"的反动。因此，"正说"不止是一个概念，更是一种态度，一种严肃对待历史并且以当代历史观还原历史本来面目的态度。

然而，"正说"不是一个菜篮子，不能什么东西都一窝蜂地往里装。对曹操、孝庄、多尔衮、乾隆、和珅、刘墉、纪晓岚等有传说、有争议而且家喻户晓的历史人物，不妨"正说"一下；而对那些本来就没有传说、没有争议而且知名度不高的历史人物，如"某朝十二王""某朝十二后妃""某朝十二臣"等，就没有必要"正说"一遍，特别是挨个"正说"。一些所谓的"正说"图书，不是有的放矢、拨乱反正，而是无病呻吟、没话找话，有的书内容东拼西凑，排印粗制滥造，读后误人子弟，简直是"胡说"。做这些图书的人，实际是想搭"正说"走红之车，狠赚一大笔钱。

什么时候人们的历史知识能够达到正确对待"戏说"的水平，什么时候"正说"也就不必存在了。

2006-08-10

刷书族：随时随地COPY

近年来常常在书店看到一些特殊的"看书人"，他们避开营业员的视线，或躲在书架之间，或蹲在楼梯拐角，手里攥着一支特殊的"笔"，在书页上一行一行快速地刷着。凭直觉，我能猜出这是些光看不买的"读者"，在用一种先进的扫描工具来"抄"书。所谓"先进"，就是携带方便、录入快捷而又不易被书店营业员察觉呗。

后来向朋友打听到，这种神秘的怪"笔"叫"扫描笔"。也有人把它写为"扫瞄笔"，"瞄"在词典里的意思是"把视力集中在一点上"，用在这种笔身上，形象得很。此外，它还有个学名叫"E摘客"，电子商城里卖的。据说E摘客是一家科技公司推出的新一代资料笔，它可以做到只轻轻一刷，资料便自动进入笔中，而且存储容量大，至少可以存储300万个汉字，输入速度也非常快，每分钟可以输入六百字左右。E摘客是运用光学识别技术研制的，最初叫"随身抄"，迄今已经过了三代改良，上市以来销量一直不错，尽管每支价格要两千多元，但很受学生及商旅人士的欢迎，他们随身携带，随时随地copy，效率很高，成为时尚的"刷书一族"。

从用圆珠笔抄书，到用数码相机拍书，再到用扫描笔刷书，大学生小张已有四年的刷书史了，堪称"刷书族"的元老。他说："到了期末考试，或是老师安排必读书的时候，扫描笔'大显神威'。"今年春天，老师布置小张他们班的同学在五天之内看完一本 40 万字的专业著作，这本书在学校的图书馆就能借到。可是图书馆里只有四本，而全班有 40 个同学，根本不可能按时看完。那天一下课，同学们飞也似的冲向图书馆，就是为了能提早一步借到那本书。小张想到了他的扫描笔，"我分 3 次将那本书的内容全都扫下来，存进了电脑里，一点一点慢慢看。别人需要一天阅读完的书，我自己踏踏实实看了五天"。那一次，小张班里有三分之一的同学沾了他的光，他把自己扫下来的内容发给需要的同学。"自从上大学之后，那是第一次不用像打仗一样快速阅读老师布置的辅导书。"或许是看到小张使用扫描笔的方便快捷，这个学期，他们班又有两位同学先后购买了扫描笔，加入了"刷书族"。"现在我们的刷书族越来越壮大了，下一步我准备在学校的网站上建一个'刷书族'论坛，大家可以交流一下经验，还可以互相交换一下学习资料，一举两得。"

为学习、研究和欣赏而适当引用原文，或为储存资料于电子文本，在家里刷自己的藏书，不会有人与你争议什么；刷从图书馆里借的书，只要注意保护书籍，也没有人与你争议什么；但如果在书店里刷书，那就很可能产生争议。大多数书店的老板和员工对光看不买的"刷书族"十分反感，认为新书被他们轻易"刷走"，销售额肯定受到影响，有损经济效益，北京已有书店将"刷书等于偷书，禁止带 E 摘客入内"的告示公开贴在了店门上；但也有少数书店为争取"人气"，对"刷书族"采取相对宽容的态度，不鼓励，也不制止，况且用扫描笔一扫，比起把书按在手下用笔抄来，多少降低了对新书的损害程度。但不管书店的态度是严厉还是宽容，"刷书族"成员大多都是小心翼翼的，因为他们清楚地知道自己是在吃着一顿"免费的午餐"。

身为求知者和爱书者，我一向理解和同情书店里的"刷书族"。

但我本人从不在书店里刷书，只是有时用手机拍下书的封面或书脊，这是因为我不能确定这本书是否已经买过，需要回家查对一下；或者发现了朋友可能需要的书，拍下来发个短信推荐给他。我也始终反对少数书店对"刷书族"成员采取无原则的过分宽容的态度，你开书店为争取"人气"允许一些光看不买的人白刷书，却把已经被他们磨损的书按原价卖给消费者，以此转嫁经济损失，这不等于让消费者替书店为非消费者埋单吗？！

  书店里的争议可以暂时搁置，我们看重的是扫描笔为我们带来的新的生活方式。就像不能因为有人用照相机或摄像机偷拍他人隐私，有人用刻录机复制黄色光盘，有人用计算机骗取他人钱财，便把责任归咎于照相机、摄像机、刻录机和计算机一样。扫描笔如同扫描仪和复印机，本身并不具有道德属性，它是为适应快节奏的社会生活、提高人们的学习和工作效率而诞生的。愿它能在学子手中发挥好方便快捷的作用。

2007-10-28

"慕客"引领新阅读

如今"客"可是个越来越时髦的字眼儿了,到处都可以见到"客"的影子,如黑客(黑客的对立面叫"红客",也是搞破坏,不过是为了正义而破坏,如反战)、博客、播客、聊客、闪客等。它们大都与网络有关,足见当今世界的网络化程度。至于近年读书界逐渐流行的"慕客",有些局外人还不甚了解,但很多年轻的文化人却十分感兴趣。

"慕客"英文为 magazine book,简称 Mook,即杂志型图书、期刊型图书。"慕客"将杂志 (Magazine) 和书籍 (Book) 合在一起,成为独具魅力的"杂志书"。据说它是日本人创造推广的一种新文化商品,多图片,少文字,多情报,少理论,其性质介于 Magazine 和 Book 之间,有人依其内容特征称之为"情报志";在台湾地区,也有人称之为"墨刻"或"慕客志"。北京大学教授陈平原谈到他 1994 年逛东京书店的时候,就发现日本铺天盖地的"新书本",即价格低廉、讲求专题与时效的"杂志书",他将这些图书的出版策略总结为"快节奏、大容量、粗加工、浅阅读",并认为这种"小书"更符合都市人的阅读趣味。目前,在日本,杂志书已经和图书、杂志并列成为第三大出版物,而在近几年中国出版市场上,从概念化到多种尝试，杂志书也找到了各种生存方式，其中不乏成功者。

薛原是青岛一家报社的编辑，也是知名的青年作家，喜欢读书、藏书、写书、出书。去年他与当地几位文化人联手，成立了中国第一个具有"慕客"性质的策划组合——"良友书坊"。他们策划选题，与全国各地七家出版社合作推出"慕客"，在中国读书界产生了广泛影响。在良友书坊的发展框架里，有四个核心出版物，都是"慕客"式产品。这些出版物都是人文读物，而且是连续出版的人文读物。例如《良友》，由上海文汇出版社出版发行，出版周期为一年五至六辑。《良友》强调以感受映照人生、以事件折射时代的编辑理念，致力于民间及个人视野的开拓，注重在中国当代历史进程中的大背景下，表达个人独特的人生感知和生活体验，核心关注点是"文革"结束以来在中国发生的种种纷繁复杂的历史事件和丰富多彩的社会文化事件。再如《闲话》，由青岛出版社出版发行，出版周期为一年四本。《闲话》的出发点是"拼贴历史碎屑，还原光彩人生"，它是整合掌故类阅读情趣和书话类阅读情趣的产物，关注点是文人及闻人的生活，期待通过一种微观的管窥和一些历史碎屑的拾捡，还原名流与知识者的人生世界。除《良友》和《闲话》外，还有《咔嚓》和《独角兽》，它们的出发点都是"平凡人见不凡处，寻常事见不寻常"，致力于展现人间的欢欣与疾苦、健康与病痛、破碎与繁华、焦灼与宁静、瞬间与永恒。良友书坊策划的这些出版物，既有杂志贴近生活、时效性强、视觉效果好的特点，又有图书深入全面、专业性和权威性强的特点，更符合时下读者快节奏的阅读习惯，是在以"慕客"文化特色来引领新的阅读方式，进一步丰富人们的文化生活。

不久前，天津一所大学的研究生小张在书店偶然见到《良友》和《闲话》，很感兴趣，读过几本后，有所心得，就给良友书坊写信，鼓励他们多推出一些平民化、个性化、情趣化、影像化的"慕客"，以轻松、睿智的心灵鸡汤满足当代读者不同的精神诉求，以多样的眼光看待这个世界，注解这个世界。良友书坊接到小张的建议后，十分重视，经研究论证后，调整了"慕客"操作策略，将充分利用网络资源，推出"博客""译客""聊客""侠客""悠客""漫客""播客""雅客"等多个出版物序列。

　　网络文化发展到今天，已经成为最大众、最开放、最自由、最活跃，也最具包容性的文化领域。只有用先进、丰富、富有吸引力的文化来占领网络阵地，调动广大文化工作者和一切爱护文化工作的各界人士的积极性，投身于文化创造，推动我国优秀文化产品的数字化、网络化，提高网络文化产品的服务和供给能力，才能有效挤压不良的网络内容。良友书坊在精心运作"慕客"、开发具有自主知识产权的文化产品的同时，积极构建公共文化服务的网络平台，已经建立起独立的网络平台，并且拥有了"书坊·书店""独角兽博客""独角兽论坛"和"人文良友论坛"等四个二级平台。愿我们的社会更多一些像良友书坊这样的"慕客"人，使"慕客"成为时代的良友、社会的良友、读者的良友。

2007-12-23

第二辑 藏书淘书

做有为的藏书家

去年9月18日,历时四个月的由天津市文明办、市妇联和《今晚报》共同主办的天津市十大藏书家、津门十佳书香家庭和十佳特色藏书人评选活动圆满结束,引起天津乃至全国的关注。一年后的今天,回望这次活动,更觉其意义深远,确如南开大学教授来新夏先生所说,它对于推动天津文化事业发展、提高市民综合素质,产生了非常积极的影响。

我以为,举办这样全社会参与的评选活动,至少在客观上给藏书家们一个强烈的提示:在现代社会,在信息时代,私家藏书不再仅仅是个人的事情,而是不可避免地成为社会的事情。藏书家不仅要藏书,而且要读书,更重要的是用书。就像现在人们常说的,看一个人有没有钱,不是看他挣多少钱、存多少钱、剩多少钱,而是看他花多少钱,特别是看他为别人花多少钱。

中国传统的藏书家有很多类型,清代学者洪亮吉将他们归为五种:其一是"推求本原,是正缺失"的考订家;其二是"辨其版片,注其错伪"的校雠家;其三是"搜采异本,补石室金匮遗亡,备通人博士浏览"的收藏家;其四是"第求精本,独嗜宋刻"的鉴赏家;其五是"贱售旧家中落所藏,要求善价于富门嗜书者"的掠贩家。洪氏所说的考订家等，无一不具有专门之学；就连他最瞧不起的"掠贩家"，也大多有"眼别真赝，心知古今，闽本蜀本一不得欺，宋椠元椠见而即识"的过硬本领。即使这样，洪氏的分类仍是偏于藏书本身，而较少从藏书的文化价值和社会意义来考量。其实，古今诸多杰出的文学家、史学家、思想家、政治家，如赵明诚与李清照、元好问、杨士奇、王世贞、黄宗羲、梁启超、巴金、季羡林等，虽不以藏书家名世，却皆是藏书、读书而兼用书的楷模。

人寿百年，纸寿千年。只有通过藏书、读书、用书而有所作为，才能真正体现私家藏书的价值，也才能真正体现藏书家个人对人类文化传承的历史性贡献。以天津市十大藏书家为例，如章用秀、敖堃等先生，数十年勤奋著述，成果丰硕；再如李刚先生，数十次为各报举办的天津历史文化征文义务提供珍稀藏品，不计名利。他们利用自己的藏书普及文化，服务社会，得到公众和舆论的好评，成为当代藏书家的佼佼者。反观各地一些所谓的"藏书家"，其藏书数量不可谓不巨，然而多靠坑蒙拐骗、巧取豪夺而来，他们的书柜不过是客厅里附庸风雅的装饰墙。其藏书版本亦不可谓不贵，然而由于这些人根底太浅、品位太低，虽然他们也竭力想把自己打扮成"学者"，并且费劲巴拉地鼓捣出一两本"学术专著"来，怎奈读者不买他账，不认其书。这样的"藏书家"，守着一流的藏书，写着三流的文章，也算得上暴殄天物了。

作为知识分子，有了丰富的藏书，就应该更好地做学问。好好做学问，写成有价值的书，对于学者来说，就是有所作为。同时，学者之间还需要充分的交流，其中非常重要的就是藏书的交流。最近我正在读剑桥大学周绍明所著《书籍的社会史——中华帝国晚期的书籍与士人文化》，注意到书中有对"知识共同体"的论述。恰好又看到安徽学者桑农先生写的一篇关于这本书的读后感，他对书中提到的与"知识共同体"相关的"文人共和国"很感兴趣。"文人共和国"是近代欧洲学者伊拉斯谟的理念。据说，伊拉斯谟式的人文主义学者常常在整个西欧相互交换印本、手抄本和信件。最近一项研究表明，把书借给朋友，似乎是自17世纪初以来"文人共和国"文化不可缺少的一部分。礼貌地询问一位朋友是否藏有某书，会得到同样礼貌的答复，并用邮政快递把书送来。在这样的文化环境中，藏书越多，质量越高，责任就越重。

在古人那里，楼不延客，书不借人，是大家公认的游戏规则；深藏秘籍，爱护家珍，更被视为传统美德。再看今天的我们，在戴上"十大藏书家"桂冠的同时，也肩负起了"藏以致用"的担子。这，或许也是藏书理念古今之间最大的差异。

2011-09-15

处置藏书应有多种"版本"

前不久在温州召开的全国第九届民间读书年会,我有事未能参加,但十分留心会议讨论的内容,因为这些内容都是当代读书人普遍关注的问题。例如,现在藏书家多了,家庭藏书量大了,那么,不再需要的藏书应该怎样处置?藏书家身后其藏书应该怎样处置?这样的问题,就很值得讨论。

在这次民间读书年会上,与会者对藏书的处置各抒己见。阿滢先生说,上海一位老学者中风后,只好由朋友帮助家人处理藏书,实是无奈之事;谭宗远先生说,北京一位老作家把藏书都处理了,有些送了人,有些送给了有关单位,一些信札则撕掉了,朋友们觉得很可惜。与会的萧金鉴先生当了半辈子编辑,藏书颇丰,很多书垛在专门租来的房子里。他曾嘱咐孩子,将来把书留给孙子,而他的孙子现在才刚一岁半。藏书家都面临身后藏书去向问题,很多爱书人的子女却不爱书,藏书家一生辛苦淘来的书最终被子女当作废纸卖掉的事屡见不鲜。

对待这个问题,与会的李传新先生有自己的看法。他认为,书贵在流通。他从网上花高价买了很多新中国成立后"十七年"出版的初版书,随即请书的作者签名,再经过自己的研究、考证后写成书话，然后在网上高价卖掉这些书。他的理由是，书已经用过了，没必要再存了，这样可以转让给更需要它们的人。这种做法是网络时代出现的新生事物，看上去是"重用轻藏"或"以用代藏"，藏书界可能会有不同的理解和评判，但这毕竟也是读书人主观能动地处置书籍的一个路子。

日前，在中国嘉德2011秋季拍卖会"季羡林先生藏书"专场中，季羡林先生旧藏165种中文古籍成交额超过1620万元人民币，成交比率高达98%。生前作为学术大师的季羡林先生，其藏书受到藏家热捧，最终成交额为估价的三倍左右，表明文化名人的藏书确实具有特殊的文化附加值。嘉德古籍善本部专家说："藏家对于季羡林先生的藏书及其家人的这种处理方式均为认同。季先生从民间集藏的书籍回到民间，也是一件很好的事情。"对于"从民间回到民间"这样的说法，藏书界同样会有不同的理解和评判，但这次季羡林藏书拍卖专场对名人藏书可观的文化附加值的彰显，也是通过其他处置方式所难以体现的。

1983年秋，我和几位同学曾帮助北京大学教授汤一介、乐黛云夫妇整理过藏书，当时他们的家庭藏书在北大是最多的，令我们大开眼界，好生羡慕。最近得知，汤一介、乐黛云两位老师向北大捐赠了藏书，包括图书五万册、杂志约两万册，以及他们个人的手稿、文献和照片。汤一介先生的父亲、国学大师汤用彤先生留下的全部书刊、手稿和照片，也一并捐赠给了北大。此次捐赠，将丰富北大在古代哲学、宗教和文学等方面的文献收藏。在捐赠仪式上，汤一介先生说，母校北大是他最喜欢和最尊敬的地方，自己爱这里的一草一木，但最珍爱的是蔡元培先生留给我们的"兼容并包，思想自由"的精神，他认为"这才是北大的真精神"。向图书馆或有关单位捐赠藏书，是名人处置藏书的传统方式，但这次汤、乐两位老师的捐赠行为无疑具有一定的新意：除了物质的托付，还有精神的寄存。

天津民俗学者、老广告收藏与研究专家由国庆先生最近自费购买百余部新著《老广告里的岁月往事》，无偿赠送给各地图书收藏机构。北京大学图书馆、台北市图书馆等数十家图书馆纷纷响应与支持，给他寄来收藏证书。由国庆希望此举"能让更多的朋友感受到中国历史与民俗文化的魅力"。虽然他赠送的是新著而非藏书，但他这种"书传善缘，播种温暖"的文化理念可以为藏书家们处置藏书提供一种新的思路。

　　人活一生，或绚烂，或静美，或豪放，或婉约，会有多种"版本"；处置藏书，是读书人生活中的大事，亦应有多种"版本"。

2011-11-25

在书房里肃然起敬

薛原先生所编《如此书房》一经面世,便受到全国各地读书人的热情追捧,大家好似在争相品尝着一道琳琅满目、美不胜收的文化盛宴,读书、藏书、爱书再次成为公众广泛参与讨论的热门话题。

赏读《如此书房》,发现其中除了韩石山、薛冰等著名藏书家讲述自家书房的故事外,还有几位作者是写各自城市有代表性藏书家的群像,如朱晓剑写的《成都人的书里书外》、潘小娴写的《广州的文人书房》、瞿炜写的《温州的书房"众生相"》、斛建军和杨瑾写的《太原的文人书房》。读罢这些文章,有一个明显的感觉,即在很多城市,读书、藏书、爱书实际上已经成为一种民风民俗,一种城市精神。由此也想到,在天津,读书、藏书、爱书更是一种社会风气,一种城市精神。

数百年来,天津出现了许多享誉全国的大藏书家。在中华书局出版的台湾学者苏精所著《近代藏书三十家》(增订本)中,与天津密切相关的大藏书家就占了这三十家的四分之一强,如盛宣怀、卢靖、李盛铎、章钰、陶湘、傅增湘、梁启超、周叔弢等。现当代大藏书家阿英、黄裳、姜德明,以及近些年涌现出来的著名藏书家韦力,都与天津有着很深的渊源。2010年天津评选出当代十大藏书家,也是对天津数百年读书、藏书、爱书传统的继承、弘扬与光大。面对这样一座书香氤氲的城市，面对这样一个优秀的文化传统，我们怎能不肃然起敬？

这种肃然起敬的感觉，二十多年来，我曾经在很多位天津文人的书房里涌起过。如王颂馀、慕凌飞、孙犁、梁斌、龚望、陈继揆、王麦杆、吴同宾、张仲，如张道梁、孙其峰、杨大辛、王学仲、王双启、林希、倪钟之、范曾、石惟正、陈骧龙、王振德、冯骥才、霍春阳、章用秀、孙家潭、华梅，他们或者书多，或者书好，或者藏书有特色，或者书房有特色，都给我留下了深刻的印象。他们中有些位的藏书和书房，曾经是我心仪的榜样。如果一座城市多一些这样的令人心仪，年轻人多一些这样的肃然起敬，那么这座城市的文化品位一定不会太低。

日前到华非先生的新居拜访，与老先生聊了五个多小时，颇有感触。他的书房至少有三间，盈箱累箧，插架万轴，真乃琅嬛福地。其中仅是文史书籍，就比很多文史学者的藏书还要丰富和精粹。华非先生是一位卓有成就的篆刻家、书法家、画家、陶瓷艺术家，同时又是一位硕果累累的收藏家、鉴赏家、学者。他不求藏书之名，而获读书之实。他所撰《中国古代瓦当》成为中国第一部系统阐述瓦当历史和形制的学术专著，所编《泥模艺术》填补了流传于河北新城的泥模图案资料的空白，三册六卷本《华非艺踪》引起海内外文化艺术界普遍关注和高度重视，所有这些，都离不开他丰赡的藏书，离不开他勤奋的读书。迁至新居后，书房扩大了，年近八旬的华非先生高兴之余，又产生了新的创作思路。面对书房里顶天立地的书架，他对我说："今后十年，我还是读我的书，做我的事，不能跟着市场走。"这也印证了香港《大公报》对他的评价：华非是一位"铁骨铮铮而又十分执著"的艺术家，一位"值得我们引以为骄傲和自豪的无价的高尚精神财富的拥有者"。

与每座城市一样，由于居住条件所限，天津还有很多读书人至今没有自己的书房。他们的"书房"，就是他们的卧室、客厅或阳台。但这丝毫也不妨碍他们对书的热爱、对书香的迷恋。这样的读书人我也认识很多，如天津市连环画收藏协会的几位中青年骨干，他们大多住在城市的边缘，每个周末要乘车一个多小时到古文化街淘书、交流、接待外地来的书友，坚持了很多年，举办了很多有意义、有影响的活动，巩固了一块文化阵地。在正常的社会环境中，"读书人"无疑是一种尊称，但"读书人"真正令人肃然起敬的是：他们营造着浓郁的书香氛围，他们深藏着牢固的知识情结，他们秉持着文化坚守与抗争精神。

弥尔顿说："好书是伟大心灵的富贵血脉。"歌德说："读一本好书，就是和许多高尚的人谈话。"爱默生说："读书时，我愿在每一个美好思想的面前停留，就像在每一条真理面前停留一样。"我想，藏书无论多少，书房无论大小，只要保持着读书、藏书、爱书的习惯，每一个人都能分享到弥尔顿所说的富贵、歌德所说的高尚、爱默生所说的美好……

2012-04-09

南开自有藏书缘

南开百年，是书香馥馥的百年。学校教师和学生中出现了很多著名的藏书家，学校图书馆受赠了很多著名藏书家的珍存，在近代以来的中国藏书史上洵可大书一笔。

南开的创办者、近代著名教育家严修，本身就是一位大藏书家。蟫是一种啃书本的小虫子，严修以"蟫香馆"名藏书之所，可见他酷嗜藏书的程度。严修十分珍爱自己的藏书，镌刻藏书印两方：一为"蟫香"白文长方小印，钤在书签下端；一为"蟫香馆藏书"朱文长方印，钤在封面和卷端处。天津第一座官办大型图书馆直隶省图书馆建馆伊始，藏书无多，严修将蟫香馆藏书五万余卷无偿捐赠，奠定了该馆藏书基础。此外，他还将数千种古籍捐赠给南开大学图书馆。作为创始人和领导人，严修为南开的百年书香开了一个好风气。

近代著名思想家、学者梁启超长期居住天津，并在南开大学讲学。他在天津意租界的书斋"饮冰室"藏书丰富，有《梁氏饮冰室藏书目录》存世。梁启超病逝后，他的后人梁思成等遵其遗嘱，委托律师致函国立北平图书馆，寄存图书。北平图书馆派人来津点收饮冰室全部藏书，共有四万多册。

梁启超的学生、助手、家庭教师，现代著名历史学家、目录学家谢国桢,曾在南开中学上学,又在南开中学教书。谢国桢极爱聚书,取书斋名"瓜蒂庵",并风趣地解释道:"善本书籍,佳椠名抄,我自然是买不起的,只能拾些人弃我取、零篇断缣的东西,好比买瓜,人家得到的都是些甘瓜珍品,我不过是捡些瓜蒂而已……叫'瓜蒂庵',名副其实而已。"他所藏明清野史笔记、汉魏碑拓达数万册,其中不乏孤本、稿本,内容十分丰富。他还受国家文物局委托,到各地鉴定古籍,每见善本佳椠,辄随做笔记,后来辑成《江浙访书记》等书。

现代著名散文家、翻译家、报人黄裳,也是著名的藏书家。他曾在南开中学上学,对藏书产生兴趣的种子就是在南开校园里植下的。当时南开中学门口有三家书店,"五四"以后文学名人的书应有尽有。黄裳知道"男儿须读五车书",就从父亲寄来的生活费中省下一部分,用来买书。一次"豪举",他以三块银元买了一部《四印斋所刻词》,还刻了一方"流览所及"的藏书印。

南开大学木斋图书馆为近代著名藏书家、刻书家卢靖(号木斋)捐款10万元兴建。捐款之外,卢木斋还向南开大学捐献了珍贵藏书十万余卷。可惜的是,1937年日军炮轰南开大学时,木斋图书馆被炸毁,藏书尽焚。

现代著名藏书家、爱国实业家周叔弢曾聚书数万卷,以刻版好、纸张好、题跋好、收藏印章好和装潢好而蜚声天下。1950年,在他的大力动员之下,经过居住在天津的阖族公议,将家祠"孝友堂"收藏的六万余册书籍捐赠给南开大学。1954年,他又把精心收藏的中外文图书三千余册捐献给南开大学图书馆。周叔弢逝世后,南开大学出版了一本精美的周叔弢赠书目录,以纪念这位对南开教育事业作出巨大贡献的藏书家。

日本著名历史学家、原东京教育大学名誉教授家永三郎一生坚持正义,为了还历史以本来面目,他在教科书问题上与日本政府斗争了整整40年。2002年,家永三郎去世,留下了两万册藏书。这笔宝贵的精神遗产被命名为"家永文库",由其遗孀捐赠给南开大学日本研究中心。

与南开有缘的著名藏书家还有曾在南开中学上学的王凤霄;曾在南开大学上学,后在南开大学图书馆工作的朱鼎荣;曾在南开大学任教的李光璧,等等。

2004-11-16

给书店遗址挂个牌儿

实体书店的命运，越来越为读书人所关注。去年，南开大学文学院教授、传播学系主任刘运峰先生在天津报纸上发表了两篇关于书店命运的文章，一篇是《在金街：无家可归》，说他最近几年逛金街的次数越来越少，因为"金街已经没有书店了"，"每当来到金街，就有一种无家可归的感觉"。另一篇是《难忘高教书店》，说他"最近感到'郁闷'的一件事，就是高教书店的消失"。这两篇文章，道出了读书人集体的无奈与郁闷，写出了五彩斑斓的城市中失血苍白的一面，引人注目，令人深思。

十多年前，天津市古籍书店经理穆泽先生曾对我说，由于古旧书业经营艰难，和平路古籍书店（读者俗称"三一七"）已经成为和平路上最破旧的门脸儿；如今，这个最破旧的门脸儿终于不见了，但同时，所有的书店也都从金街上消失了。根据城市经济文化的发展，对书店进行合理的布局调整是必要的；然而，高教书店从人文荟萃的全国著名学府南开大学身旁消失，古籍书店从以古文化为特色的国家5A级旅游景区天津古文化街消失，如果是对书店进行布局调整的结果，就真的让人难以理解了。

城市书店房价高、劳动力成本上升、销售下降及不同内容供给形式的全面发展，都给传统书店产业带来了巨大压力。"处于转型过程中的传统书业，是文化繁荣不可忽视的重要组成，亟须得到政府关注和政策扶持。"今年全国两会中，传统书业成为全国政协委员、著名作家张抗抗的关注对象。为此，她提交了关于建议政府扶持传统书店及纸质书业的提案。她指出："走出目前困局的方法，除行业自身的积极努力之外，政府应给予国有和民营书店同等待遇，推行多种鼓励政策，使不同性质的传统书店共同得到发展。"我们期盼更多的像张抗抗这样的有识之士关心书店的生存和发展，尽力为读书人保留更多的精神家园。

外地朋友到天津，凡是来找我的，头一句话准问："天津有哪些书店值得逛？"我认为，如果在上世纪90年代，最值得逛的是南京路上的开明书店；如果在上世纪末至本世纪初，最值得逛的是平山道上的天马书友会。这两家书店，无论是所售图书的精品率，还是书店在读书界的影响力，在当时天津的民营书店中都是无与伦比的。非常可惜，这两家书店在市场竞争的浪潮中先后消逝了。近年来，我对多位书店经营者感叹过，目前天津任何一家书店，都没有达到开明书店和天马书友会曾经达到的知名度，都没有达到能让我对外地来的书友说"这家书店绝对值得一逛"的程度。也许我的话过于苛刻了，但目的还是鼓励这些经营者们把自己的书店办得更有品位和魅力，为天津游览图上增添几个文化亮点。像开明书店和天马书友会这样的书店，作为汇聚书香的圣地，作为读书人灵魂的栖息地，是值得永久铭记的文化地标。

我们的城市有着无比丰富和辉煌的历史文化。走在街上，时常看到很多老房子大门旁挂着一个或两个黑色或白色的小牌儿，说明这房子是国家级、市级或区级文物保护单位，或者是爱国主义教育基地。每当看到这些小牌儿，我的心里就陡然升腾起一种对自己城市的骄傲感；同时，我也总在琢磨，如果将我们城市已经消逝的有代表性的书店写成简要的介绍文字，也做成一个个小牌儿，挂在它们旧址的墙上，不仅对它们是一种很好的纪念，而且对它们后来的用房单位也是一种保持文化品位的有益提示。对于广大爱书人来说，虽然已经逛不到这些书店了，但是驻足看一看这些纪念牌儿，睹牌思店，心里多少也能得到一些慰藉吧。

为这篇小文拟题时，我在"旧址"与"遗址"两个近义词之间徘徊良久。查《现代汉语词典》，"旧址"是"已经迁走或不存在的某个机构或建筑的旧时的地址"，"遗址"则是"毁坏的年代较久的建筑物所在的地方"，但我更喜欢用"遗址"，觉得它的文化品位和文明含量更高更大些，也更值得凭吊与感怀。

想想看，那些家著名的书店，曾经坐落在劝业场的对面、百货大楼的对面、起士林与音乐厅的中间，那地段儿，那门脸儿，那台面儿，是何等的显要、气派与尊贵。单说这几家书店建筑本身，也早都够得上文物级了。

给它们的遗址挂个牌儿吧——如果它们原来的房子仍在，或者道路仍在——就挂一个小小的说明牌儿，让我们的孩子们和外地游客们知道，我们的城市曾经有过那么多的书店，有过那么多值得缅思与回味的精神氧吧。

2011-03-29

为书摊求饶

年前，书友们纷纷相告：古文化街文化小城不让摆书摊了。赶到书市一看告示，得知市场要改造，书摊确是不能摆了。为此，很多书友这个年就没过好，一见面就为书摊的命运叹息不已，几次小聚大家都愁得咽不下饭。著名旧报刊收藏家侯福志先生在给我写的信里动情地说："读书人离不开旧书摊，就像鱼儿离不开水啊……"年后，我多次到古文化街探访，发现实际情况比原来预计的稍稍乐观一点儿：文化小城空间最大的小广场不让摆书摊了，只有几条小巷里还摆着不少书摊，但因地窄摊密，十分拥挤，淘书的环境远不如从前了。

古文化街文化小城书市，是天津目前唯一的大型旧书市场，是辐射全国的连环画交流中心和旧票证交流中心，是众多外地游客喜爱的观光淘宝场所，是天津重要的文化窗口。这里最近出现的令人遗憾和忧虑的状况，自然使已经沉寂了数年的关于天津旧书市场命运的话题，被重新激起，被广泛热议。

2009年，我参加了"新中国巨变60年"征文活动，本来可写的题目有好几个，但我觉得自己体验最多、感触最深的还是天津旧书市的发展变化，于是写了《旧书市新感觉》一文，表达了"在天津的快乐生活之一,就是逛旧书市"的心情;其中写了改革开放以来天津旧书摊群从小海地、八里台到历博、二宫,从文庙、三宫、新世纪广场、沈阳道、鼓楼南街到古文化街的不断迁移,特别提到"近年兴办的古文化街文化小城大型旧书市场,是新中国成立以来天津条件最好的旧书市场,让人们看到了天津旧书市的美好前景"。时至今日,相关部门和单位都应该珍惜天津旧书市场来之不易的安定而繁荣的局面,并且积极创造条件予以巩固和扩展,使之逐步形成像巴黎塞纳河左岸那样闻名于世的书摊文化风景,千万不能再做任何有损于它的事情。

米兰·昆德拉在《笑忘录》中说过:"消灭一个民族的第一步,就是要消除有关这个民族的记忆。"我们是否可以换一种说法:"强大一个民族的第一步,就是要强壮有关这个民族的记忆。"旧书就是民族的记忆,旧书市就是民族记忆的载体,它们可以唤起记忆,可以勾起对过往的怀想,形成一种特殊的依恋感,并拥有一种归属感。有学者指出,当人们失去了自己所熟悉的事物,对一个人来说就意味着从熟悉的环境所唤起的记忆中被流放并迷失方向,威胁着人们丧失集体身份认同,丧失他们身份认同的稳定性和可持续性。旧书,以及旧书的流通,是学术传统的承续,而更为重要的,它是民族记忆的保鲜;倘若漠视它们,忽略它们,那么其对社会产生的潜在危险是可想而知的。

我曾在孙犁的书房里,见过一些《四部丛刊》《丛书集成》的零本。旧时,这类书卖得并不贵,但却能有效地助人增长知识。孙犁年轻时喜好逛旧书摊,因为书摊的书便宜,尤其是几部著名丛书的零本,许多人对此不屑一顾,而他认为这样的丛书买全了没有多大的用处,买零本则可以选用,"所费无几,是一种乐趣"。除了捡便宜书外,逛旧书摊的乐趣还在于通过精神漫游而得到心灵滋养。每次逛罢书摊,虽然腿也遛乏了,眼也寻倦了,但回到家中,掌上明灯，沏上热茶，细心摩挲一遍淘来的收获，就如同戴望舒先生在《巴黎的书摊》中说的那样，"倒也是一个经济而又有诗情的办法"。正是在这样的情境中，天津的旧书摊成就了当代文化大家黄裳、周汝昌、姜德明……

书摊不妨碍任何人的利益，好像也没有人故意难为书摊；然而，多年来一些城市的旧书市场四处流浪、难以稳居的曲折经历，十分真实地映射出文化发展与城市建设之间的尴尬关系。城市地价日益昂贵，开发项目越来越多，一有商机，赢利上处于弱势的书摊便天然地成为被牺牲、被驱走的首选对象。在很多城市中，酒楼、饭店、娱乐城、洗浴中心、大排档和烧烤摊越开越多，就是没有一处旧书摊的容身之地。

还听说，有的地方的旧书市场突然被取缔，是由于市场里有人卖了不该卖的书。市场需要管理，不该卖的东西当然不能卖，但是应该谁违法处理谁，而不应该搞"连坐"，殃及无辜，因个别人违规而取缔整个市场。试想，如果菜市场里有一个菜摊出现质量问题，那么管理部门肯定不会让市场里所有菜贩一律停业下岗的。在那些主事者眼里，蔬菜是百姓生活所必需的，而作为"精神食粮"的书籍则是可有可无的。

上世纪 40 年代，《大公报》主笔王芸生先生曾著文《为国家求饶》；近读青年学者熊培云先生新著，见其中亦有一文《为情侣求饶》。我没有前者那么巨大的企望，也没有后者那么高妙的境界，我只是套用一下他们的标题，自撰小文，为书摊求饶——别再折腾可怜的书摊了。

2011-04-06

让书店卖服装是个馊主意

天津沪文书店经理杨荣津先生近日正式"照会"读者：南开大学图书馆楼下的沪文书店关张了。这是继北京风入松书店歇业、杭州光合作用书店倒闭，以及上海、沈阳等城市诸多民营书店纷纷停业后，中国读书人听到的又一个不愿意听到的消息。据统计，仅2007年到2009年，中国民营书店就减少了上万家，尚在经营的书店营业额大多也都在下降，国内传统书店再次深陷生存危机中。

前些天，我到即将关张的沪文书店买书，看到书店屋顶已有多处漏雨渗水。就是在这样的条件下，书店屋内撑着四把雨伞，地上摆着六个洗脸盆，于不断的滴水声中，店员还在接待关张前的最后几批读者。这样的场景，不能不令人感动。这样的书店关张，不能不令人痛心。

造成大多数传统书店惨淡经营甚至难以维持的原因有很多，其中最直接的冲击就是网络图书销售。此外，还有一个重要的冲击，就是现在许多年轻读者不仅习惯于网购图书，而且也习惯于网络阅读，直接造成纸本图书销量减少。这样一来，传统书店真似雪上加霜。

目前，读书界和书业界有识之士积极献计献策，竭力遏止书店倒闭现象的蔓延。浏览相关报章，我发现了一位"智叟"，是某国有书店的企划部经理。他在接受媒体采访时表示，他所在书店应对冲击的方法主要有两个，其中一个是"在全媒体营销上大做文章"，书店"不光经营传统的图书和音像制品，还经营文化用品、电子产品、运动服饰、生活用品等"。

我却以为，让书店经营运动服饰、生活用品，实在是个馊主意。

为什么说这是个馊主意呢？请看一位读者对某市某图书大厦的反映："感觉现在的图书大厦越来越像商场了，图书展放的面积越来越小……留给其他商家的空间越来越大……图书大厦越来越像菜市场了……连卖琴的都有，这还是书店吗？"我还可以为这位读者补充两句："图书大厦出售的与图书无关的商品种类繁多，琳琅满目；几乎在每层都能听到其中一些商品发出的或大或小的声响。如果你嗅觉不差的话，走近最上一层图书卖场的时候，还能闻到饭菜的飘香……"在这样的"图书大厦"里，眼不静，耳不静，鼻也不静（这几个"静"字也可以用"净"）。身处如此"多种经营"的书店里，可能会目不暇接，但最不想做的事，就是看书、买书。有很多读者，不是不想逛书店，不是不想到书店买书，而是让这乱哄哄的不伦不类的"书店"给烦回去了，吓回去了。

名为"图书大厦"，实为百货大楼；名为"书城"，实为超市——这已成为很多城市国有书业的最明显的特色。

常听新华书店的老人们感叹："新中国成立后，党和政府把城市里最好的门脸儿分配给了新华书店，国有书店没有理由干不好啊！"而今，面对全国书店遇到的行业性困难，比民营书店享受更多优惠政策的国有书店的一些负责人，却打着"全媒体营销"的招牌，主张在书店里经营与图书没有任何关系的商品，着实令人担忧。试问，国有书店改卖服装百货，而让民营书店去卖书，难道这就是发挥国有书店"图书发行主渠道"的作用吗？

最近看到安徽姚文学先生写的一篇文章，是介绍合肥增知旧书店老板朱传国的。文章的标题就很精彩——《乐做都市里的文化摆渡人》。朱传国，这位小小民营书店的老板，在艰难跋涉中为自己的城市营造着一分书香。他说："我的书店我做主。我钟情于传统的实体书店，它就是我亲爱的家园。虽然挣不到什么大钱，但是能够看着读者在我的店里专心致志地翻阅书刊，就是我这辈子最大的欣慰和幸福。"据我所知，像朱传国这样的民营书店老板，在每个大中城市里都能找到几位。他们贩书而爱书，爱读书人，乐于为读书人服务。他们是城市文化真正的脊梁，他们的书店是鲜明的城市文化地标。

那些已经转业或打算改行的国有书店负责人，难道不应该向朱传国们学习，肩负起自己的责任，守住书店这片文化绿洲吗？

2011-08-22

独立书店，你好！

拙文《让书店卖服装是个馊主意》刊出后，收到多位读者发来的电子邮件，表达了他们对各地民营书店纷纷停业的惋惜，以及对中国传统书店能否继续生存的担忧。当此愁云惨淡之时，读到《独立书店，你好！》（金城出版社 2011 年 7 月出版）一书，看到里面介绍的数十家中国各地仍在经营的各具特色的民营传统书店，顿如拨云见日，看到了书业的希望。

关于"独立书店"，按照其编者之一薛原先生的定义，它相对于新华书店这样的国有集团公司而独立存在，是不依附于"单位"而自生的个体或几个人合伙经营的人文实体书店。独立书店，是一座城市呈现文化生态的窗口。一座文明城市，一定有着各种各样的独立书店。散布在城市角落里的每一家独立书店，都有一个独到的故事。在每家书店的背后，是一代人甚至几代人关于书的梦想与坚守。有多少爱书人成就了多少关于独立书店的神话和传说。表现这种梦想与坚守，或许就是《独立书店，你好！》一书所要完成的使命。

《独立书店，你好！》编辑之初，薛原先生就给我发来约稿函，让我撰写天津的独立书店情况，准备将来收入该书。我当时想，独立书店肯定不是普通的民间书店，而是人文色彩浓郁的有个性的书店。所谓独立,首先在于书店的经营者具有独立的精神追求和经营理念,是不为一般市场左右的有着独特进书眼光的书店,也是拥有相对固定的读者群的书店,人文性和理想性是其首要的标志。也许是我的标准过高,也许是我为我所在城市的书店保持了一分谦虚,我没有完成薛原先生留给我的作业,所以天津的书店就没有出现在《独立书店,你好!》这本书里。该书出版后,我没好意思像以往那样向薛原先生索书,而是迅即买了一本看,发现书中作者都是当地的铁杆书迷,如薛冰写南京书店、眉睫写武汉书店、聂鑫森写湘潭书店、朱晓剑写成都书店……由这样的人来写他们所关注的书店,是一定会有自己的"气息",一定会与市场的浮躁之风保持相当距离的。

在中国的独立书店中,有北京的万圣书园,它是人文书店一面不倒的旗帜;有上海的季风书园,它体现着经营者文化献身的追求。此外,还有南京的先锋书店、杭州的晓风书屋、南昌的青苑书店、北京的蜜蜂书店、武汉的豆瓣书店等优秀的人文书店。这些书店有其共同的特点:一进去就能感受到一种文化的氛围,一种宁静的气息,在这里不仅仅是来选书买书,更是一种放松和享受。它们还往往承担了学术沙龙的角色,成为当地文化精英进行精神交流的场所。这些独立书店的老板,面对书业困境,没有一位想过改行卖衣服卖鞋,他们坚定的意志恰如里尔克诗中所说:"有何胜利可言,挺住就是一切!"

乐观之余,读《中国青年报》,见有《伦敦骚乱书店安然》一文,颇感兴趣。前些日子伦敦骚乱,劫掠者所过,超市、杂货铺、理发店、品牌服装店、苹果商店……无不一片狼藉。成群的年轻人,蒙着脸,低着头,抱着自己的"战利品"匆匆穿过混乱的街道。不过,骚乱逐渐平息后,人们发现,残破的大街小巷里,唯有书店普遍安然无恙。它们平静地立在原地,仿佛不曾经历过这场现实中的劫难,似乎置身世外,又好像被人遗忘。为此,报上还特意刊出两家书店安然无恙的照片，一家是大型连锁书店WHSmith，一家是英国最有年头的贵族书店、女王的书籍供应商哈查兹书店。有人分析说，如果骚乱者来自社会底层，那么在他们眼里，抢到的书也换不到太多钱，书店自然也不会是他们的打劫目标。不过，《纽约时报》的报道称，虽然大多数被捕受审的骚乱者是"受到孤立的年轻人，他们没有工作、没有前途"，但是也有一些人来自"中产阶级的富裕家庭"，包括平面设计师、邮政职工、牙医助理等，他们是买书人，面对混乱中唾手可得的书籍同样无动于衷，很可能是出于一种本能的敬畏。一位英国网友则给出了另一个更为直白的解释："他们不抢书，是因为他们不蠢。"

真的为伦敦的书店庆幸。为此，我要建议薛原先生以国际眼光续编一本《独立书店，你好！》，写写世界各国的独立书店。我们在向独立书店说声"你好！"的同时，愿全人类都能对书籍保持一种敬畏。有书在，有书店在，我们才可以"不蠢"。

2011-08-30

书店应积极倡导图书消费

刚刚在天津圆满落幕的第十五届全国书市,订货会的订货码洋达11.3亿元,零售和团购的销售总额近3000万元,到场选购图书的总人数达50万人次,可谓盛况空前。天津和全国各地的读者得以饱食精神大餐,他们大包小包地提着自己喜欢的书从书市里出来,脸上都是一副非常高兴的样子。由于书好、宣传好、服务好,尽管进书市要买入场券,而且几乎所有的图书都不打折,但读者还是心满意足。因此,这既是一次全面展示中国出版界实力的盛会,又是一次积极倡导图书消费的盛会。

由全国书市的成功举办联想到,一些书店在日常的经营活动中就不懂得怎样积极地倡导图书消费。它们不仅不关心、不维护消费者的切身利益,而且把本应由书店担负的经济损失转嫁到消费者身上,严重地挫伤了消费者的购书积极性。

举一个常见的例子,有些书店允许或默许读者只看不买,还专门设置一些坐椅以方便这些读者看书和抄录。这是无可厚非的,买多买少,买与不买,都是读者,都应得到尊重,都应享受服务。但是这样做难免会产生一个问题:看脏看破的书应该由谁买单?尽管有些书店对媒体高喊它们一年因报废破损图书而赔了多少多少万元,但是你逛一逛这些书店很快就会发现，台架上等待出售的不同程度的破损图书仍然比比皆是。毫无疑问，这些破损图书仍然需要消费者来买单。

我在买书时经常遇到这样的"新书"：污皮、折角、破页……如果是在旧书店，只要价钱合理，卖者愿打，买者愿挨，是不成问题的；但这是在新书店，有哪位读者在不打任何折扣的情况下心甘情愿地买一本又脏又破的"新书"？这种品相较差的书，若在平时打三折我都不会要，但有时因写作确实需要，只好非常无奈而委屈地以原价买下。这或许正在客观上助长了一些书店经营者的不良思想，因为他们所持的开店宗旨之一是：只要有需要，再脏再破的书也能卖出去。作为消费者，我对书店的不满，是不言而喻的。

至于书皮、书页上的笔道、笔迹，或者书中夹着的橡皮末，则无疑是那些只看不买而又在书店里对书的内容进行摘录的读者留下的。话说得明白些，这些只看不买的读者所看的书，并不是书店的，而是消费者的；换句话说，书店是在无偿使用真正的消费者的利益来"服务"于只看不买的读者。只看不买的读者自然是受益者；书店既获名又得利，当然更是受益者；那么，吃亏的只能是真正的消费者了。对此，我基本同意《东方早报》日前发表的上海市消保委秘书长赵皎黎女士的看法：书店毕竟不是图书馆，在这里发生的消费行为还是应该以买书为主而不是以看书为主。如果第一位消费者只看书而不买的话，他的行为其实是侵害了第二位想要购买这本书的消费者的权利，因为第二位消费者拿到手的书很可能是一本翻旧了的。

干什么要吆喝什么。书店主要的、基本的功能和责任是多卖书、卖好书。多卖书、卖好书就是对读者最好的服务。所有书店都应向全国书市学习，学习积极倡导图书消费的工作作风，让全国人民多买书、买好书，而不是企图代理或代替图书馆和资料室的工作。如果哪家书店确有经济实力并且愿尽社会义务,那么可以在书店里专门划出一个免费阅读区,其中的图书由书店出资购买,磨损到一定程度后作报废处理。总之,书店想什么招儿经营都可以,就是别让花钱买书的人心里别扭。

2005-06-05

第三辑

书评书话

千秋知己何人在

一口气读完张传伦先生十数万字的文化大散文《柳如是与绛云峰》，回味之中，如烟往事不禁浮现眼前。

20世纪80年代初期我上高中时，就迷上了南明史。在紧张的高考准备之余，我找来一些与南明史有关的图书杂志，虽是忙里偷闲，却看得津津有味。

南明史，自李自成的大顺军攻克北京以及随之而来的清兵进入山海关问鼎中原，弘光朝廷在南京继统，至夔东抗清基地覆灭，实是各地反清运动的历史。它是明朝的延续，也是清初历史的一个重要组成部分。中国历史有治有乱，南明是典型的乱世。乱世出英雄，也出狗熊，他们粉墨登场，生旦净末丑，唱念做打舞，热热闹闹。这是我爱读南明史的缘由。

20世纪80年代中期我在北京大学中文系文学专业读书时，迷上了孔尚任的传奇《桃花扇》，上学期间就发表了研究该剧男主人公侯方域的论文。这自然与我对南明史的爱好有很大关系。为研究《桃花扇》，我阅读了北大图书馆收藏的大量的明末清初的正史野史和诗集文集，重点是南明。1986年，我利用暑期实习的机会，到南京、扬州、苏州、杭州等地，搜寻南明遗迹，花了不少工夫。

"公子秣陵侨寓，恰遇南国佳人。奸贼挟仇谗言进，打散鸳鸯情阵。天翻地覆世界，又值无道昏君。烈女溅血扇面存，栖真观内随心。"《桃花扇》开场的这首《西江月》词，既是该剧情节的概括，也是南明史的一个缩影。剧中的人物，侯方域（朝宗）、李香君、史可法、左良玉、柳敬亭、杨文骢（龙友）、马士英、阮大铖（圆海），都是南明史上可圈可点的角色。《桃花扇》实是一部历史剧。

20世纪80年代后期，我在工作之余依然研究南明史。我最喜欢吴伟业的名诗《圆圆曲》，经常吟诵，对"恸哭六军俱缟素，冲冠一怒为红颜"，"全家白骨成灰土，一代红妆照汗青"等句感触尤深，还在《今晚报》上发表了鉴赏《圆圆曲》的文章。这期间我读得比较多的是陈寅恪先生的《柳如是别传》和黄裳先生有关明末清初的历史随笔，对钱谦益和柳如是产生了更多的兴趣。

南京成立弘光小朝廷，柳如是支持夫君钱谦益当了礼部尚书。不久，清军南下，当兵临城下时，柳如是劝钱谦益与其一起投水殉国。钱谦益沉默无语，最后走下水池，试了一下水，说："水太冷，不能下。"柳如是"奋身欲沉池水中"，却被钱谦益硬拖住了。钱谦益降清，去北京做了清朝的礼部侍郎兼翰林学士；柳如是则不去北京，留在了南京。由于受柳如是影响，半年后钱谦益便称病辞归。后来，钱谦益又因案件株连，吃了两次官司。柳如是在病中营救他出狱，并鼓励他与尚在抵抗的郑成功、张煌言、瞿式耜、魏耕等联系。柳如是还倾尽全力资助、慰劳抗清义军。这些，都表现出柳如是高尚的政治品质和宝贵的民族气节。钱谦益降清，本为世人所诟；而柳如是的义行，则多少冲淡了人们对钱谦益的反感。此外，就文学和艺术才华而言，柳如是可称为"秦淮八艳"之首。陈寅恪先生读过她的诗词后，"亦有瞠目结舌"之感，对其"清词丽句"十分敬佩。清人认为她的尺牍"艳过六朝，情深班蔡"。柳氏还精通音律，长袖善舞，画作清丽有致，书法则似铁腕银钩。钱谦益去世后，乡里族人聚众欲夺其房产，柳如是为了保护钱家产业，竟用缕帛结颈自尽。恶棍们虽被吓走，一代才女却悲惨地结束了生命。然而，更可悲的是，一直有人将她视为扰攘名教的烟花女子，"为当时迂腐者所深诋，后世轻薄者所厚诬"。

因此，在我爱好南明史二十多年后，在我怀有很深的柳如是情结的背景下，读到张传伦先生的《柳如是与绛云峰》，眼前一亮，立即就被吸引住了。

张传伦先生是当代著名的文物收藏家、鉴赏家和研究家，对中国古典文学和历史有着执著的爱好和独到的理解。他凭借自己多年收藏、研究、把玩奇石的丰富经验，参考大量历史资料，发挥比较深厚的文学功底，以柳如是曾经收藏和珍爱过的名石绛云峰为题材，以今昔人物对绛云峰的态度为主线，意识漫流，古今交融，以文白相间的语言，撰著成这篇充满人文精神的文化大散文。这样的题材，这样的写法，都是从未有过的。

柳如是的《咏梅》诗，有"千秋知己何人在，还赚师雄入梦无"句，张传伦先生应算是她的"千秋知己"了。在《绛云峰》中，作者表达了对中国传统文化的热爱之意，也表达了对柳如是的敬仰之情。因喜欢柳如是的代表作《金明池·咏寒柳》，陈寅恪先生便以"金明馆""寒柳堂"为书斋名，并以《寒柳堂集》为书名；张传伦先生对柳如是的激赏，是直承陈寅恪先生的。

《柳如是与绛云峰》的另一个看点，是写出名士范凤翼与钱谦益的交往和互赏。作者对史料挖掘的细致、深入，对历史人物评价的实事求是，难能可贵。

范凤翼，字异羽，为明万历二十六年（1598）进士，官至吏部主事。在明清易代之际，当南通被清军围攻，危如累卵，生死系于一发之时，为保古城生灵免遭涂炭，不计一己之生死荣辱、千秋功罪，秉弥天大勇，力劝清军统帅多尔衮。因此，南通得以免遭浩劫，未蹈扬州屠城十日之厄。亦为此故，他曾有鬻产或集资输解清营之举动。然则以一己之名节而免一城之涂炭，非大丈夫莫为，而更况凤翼公。《清史纪事》评为东林眉目，又岂是畏斧钺而图苟活乱世之辈。故而史乘语焉不详或意存讳隐，亦于时代风云震荡之际，不得不为耳。

上述有关范凤翼的评述，权作对《柳如是与绛云峰》的一点背景交代，以助读者理解。

附记：此跋应张传伦先生之约，作于2004年。因文中涉及有关范凤翼的史实及评价，而凤翼公乃范曾先生十一世祖，张传伦先生便将跋文传与范曾先生求正。范曾先生阅后，以"文佳抚掌"四字予以嘉勉，并亲自动笔对范凤翼的评介文字予以增补，今已体现于跋文中。

（《柳如是与绛云峰》，张传伦著，
天津人民出版社2010年6月出版，本文系该书跋文）

2010-06-29

以出世的精神做入世的事业

弘一法师——李叔同是中国近代史上享有盛名的文化大师和誉满天下的佛教高僧。他深得中国传统文化精髓，诗词文章、书画篆刻、音乐戏剧造诣精深，又是把西方绘画、音乐、话剧、钢琴引进中国的第一人，对中国新文化的开创和发展作出了杰出贡献。皈依佛门后，他专心精研戒律并身体力行，成为佛教律宗的一代祖师，对佛学的研究与实践作出了重大贡献。他爱国爱民、一生追求真善美的高尚的思想境界和道德情操，备受世人崇奉。他博大精深的文化思想蕴涵着文学、儒学、佛学、美学、教育学、伦理学、风俗学等多方面、多层次的文化意蕴，凝结着中华民族优秀传统文化和先进西方文化的精粹，是留给世人的一份珍贵的历史文化遗产。

改革开放以来，随着思想的解放、文化的觉醒和学术的复兴，弘一法师——李叔同在中国思想文化史和佛教史上的地位和影响，重新得到重视。经过海内外僧俗学者长期不懈的努力，弘一法师——李叔同研究业已成为一门具有国际学术研究意义的学问。在弘一法师圆寂七十年后的今天，不仅中国文化人士及各界人士乐于了解和研究他，在国际上，如东南亚、日本、欧美等地，也都有他的崇敬者和研究者。还有学者提出"弘学"的概念，主张建构"弘学"理论体系，并将"弘学"研究与社会伦理道德之重建联系起来，以发挥现实作用。在日渐活跃的弘一法师——李叔同研究领域，金梅先生以其丰赡深邃的著述实绩，成为公认的代表性学者。他在弘一法师——李叔同的研究中，能将研究对象放在近代以来中国及世界社会发展和文化流变的整个过程中来审视，根据文化史各个时期的不同特点，紧密联系思想主潮、时代精神等方面，多学科、全方位地进行纵横对比和理性反思，从而更加精准地确定弘一法师——李叔同的文化价值和历史地位。金梅先生在用冷静、客观的笔调对弘一法师——李叔同生平做深入细致的描述的同时，对弘一法师——李叔同研究中的很多疑点和问题都做出了独具慧眼的考证与剖析，充分体现出其扎实牢靠的文学史学功底，对音乐、戏剧、金石、书画及佛学的广泛涉猎，注重史料考据的学术风格，以及对学问精益求精、对传记写作一丝不苟的精神。这在《月印千江：弘一法师——李叔同》的修订本中也有所反映。

  弘一法师——李叔同之所以成为令世人无限追索与探究的历史名人，很大程度上是因为他留下了一个"世纪之谜"——"李叔同为什么出家？"这个"谜"的形成，既体现着社会的复杂性，也体现着李叔同本人思想性格的复杂性，更体现着内外因相互作用所产生的复杂性。李叔同芒钵锡杖，一肩梵典，毅然决然地遁入佛门之际，就有名流强烈地表达对这一举动的不理解。时至今日，人们仍在期待着能够解开这个"谜"。然而，这并非一件容易的事，破解它依然需要时间，而且可能是相当漫长的时间。金梅先生紧紧攫住这个"世纪之谜"，在书中以辩证的眼光透视传主，从时代、环境、家庭、身世、经历、气质、爱好以至人际交往等方面进行综合研究，力图为得出合理的解释和结论铺平道路。

  近三十年来，金梅先生最着力研究的文化名人有三位，即李叔同、傅雷和孙犁，而这看似背景不同、成就各异的三人，却有着共同的个性：淡泊而执著。金梅先生在研究他们的同时，自然也会受到他们人格的感染，甚或有意地学习他们的处世之道。弘一法师所秉持的"以出世的精神做入世的事业"（朱光潜先生评语），就是金梅先生所钦赞并践行的人生哲学。其实有些精神本来是不分僧俗的，例如"谨严"一词，既可用于僧人持律，亦可用于学者治学。弘一法师对金梅先生的影响便是显而易见的：弘一法师看破红尘，却绝不是悲观厌世；金梅先生甘于寂寞，也为的是集中精力做足学问。恰因撰著者的镜净心明，使得此次修订版《月印千江：弘一法师——李叔同》，较前著更加具有深度和品位。

叶圣陶先生曾于1963年为泉州开元寺弘一法师纪念馆题诗："花枝春满候，天心月圆时。于此证功德，人间念法师。"弘一法师——李叔同及其作品和思想，已经成为民族的和人类的宝贵财富。十多年前，金梅先生开始用心地为弘一法师——李叔同撰写传记，后又不断予以精心地修订增益，有效地普释和阐扬了弘一法师——李叔同，有力地推进了海内外学术界对其生平事迹、艺术成就、佛学思想和人格精神的进一步挖掘、整理、辨析和研究，使弘一法师——李叔同的高卓风范和温润情怀似兰馨风远，如梅香四溢，超迈世俗，启迪人心。此举之于文苑和读家，当然也是一件不小的功德。

（《月印千江：弘一法师——李叔同》修订本，金梅著，
金城出版社2012年出版，本文系该书序文）

2012-01-01

揭橥文学"谜"与"奇"

获悉倪斯霆兄大著《旧人旧事旧小说》由上海远东出版社出版，我如逢大喜，高兴万分。

斯霆兄致力于民国通俗小说研究二十余年，积累了丰厚的第一手资料，发表了上百篇重要论文，还参加过多次海内外高级别的学术研讨会，在这个领域中影响很大。我的母校北京大学的几代中国文学史研究权威专家，如吴组缃、吴小如、段宝林、陈平原、孔庆东等先生，都曾特别关注和高度评价过斯霆兄的学术成果。日本东京女子大学教授、著名汉学家伊藤虎丸先生，俄罗斯联邦科学院通讯院士、著名汉学家李福清先生等，也曾对我赞扬过斯霆兄发表的文章。然而，斯霆兄一贯老实做人，扎实做事，安心修炼，不急不躁，时至今日才出版自己的第一部专著，真正是博观约取、厚积薄发。在当前浮躁、粗糙流行的文化环境中，斯霆兄这种审慎、谨严的学风是非常难能可贵的。但也正因为此，斯霆兄这第一部书让我等待与期盼了二十年。今天有幸为这部大著写序，自然有千言万语要说，但总不能像梁启超为蒋百里《欧洲文艺复兴史》作序那样，喧宾夺主甚至反客为主吧。现仅就《旧人旧事旧小说》一书的主题、内容和写法，略陈一二拙见，以便于读者了解此书。

斯霆兄的民国通俗小说研究工作，始终是站在"重写文学史"的学术高度进行的。他认为：中国现代小说史是绚丽多彩、流派纷呈的，是应该由新文学作家、各社团流派作家及为市民写作的通俗文学作家的作品共同构成的。然而自新中国成立以来出版的各种现代小说史及教科书，几乎无一例外地沿袭着以新文学作家为主流，各社团流派作家为支流，对通俗文学作家漠视无睹、不予入流的编撰模式。近年此种状况虽有改观，一些新出版的现代文学史论专著及教科书已将新文学作家与各社团流派作家进行了整合混编，但对通俗文学作家及作品仍采取轻视态度，即使偶有述及，也是观点陈旧、文字寥寥且错漏迭出。针对这样的研究状况，斯霆兄明确地阐述了自己的见解：其实民国通俗小说作家与作品绝不是中国现代小说史上的"陪客"，这些作家的作品在当年所拥有的读者群与产生的影响力，当为新文学作家与各社团流派作家总和的数百倍乃至更多。他进而认为：这些通俗小说作家的作品构成了民国时期市民文学的主流，并培养了一代人的阅读欣赏习惯。我同意斯霆兄的观点，我想起了一个最典型的例子：鲁迅是新文学作家中的主将，但他的母亲并不读他的书，他母亲最崇拜的是张恨水——一位通俗小说作家。

斯霆兄的"重写文学史"，就是要以更加客观、科学、公正的态度，纠正补偏，恢复中国现代文学的本来面目。这种本来面目的一个重要特点，就是作家和作品的丰富多样性。《旧人旧事旧小说》一书即是通过对以刘云若、张恨水、还珠楼主、秦瘦鸥、宫白羽、王度庐、郑证因、何海鸣、程小青等为代表的二十余位民国通俗小说作家的生平描述与作品评析，再现当年五彩斑斓的市民文学的亮丽风景，从而展现出中国现代文学丰富多样的一面。也正是在承认这种丰富多样性的前提下，以通俗性、市民性为主要特征的天津文学，在民国时期才能称得上"文学绿洲"而非"文学沙漠"。一个出现过像刘云若、还珠楼主、宫白羽这样的大家巨匠的城市，难道不是一座文学重镇？因此，"重写文学史"，对像天津这样的被以往文学史家们忽视的城市，意义更为重大。

斯霆兄长期从事编辑出版工作，早已是行家里手，经验独到，感觉敏锐，使得《旧人旧事旧小说》一书不仅史料新鲜，而且笔调轻松，知识性、可读性都很强。特别是文章的标题，皆很抓人，例如：《他在"五四"爆发前夕被北京大学开除》《刘云若"信手拈来"的名著》《李燃犀的"津门"无"艳迹"》《设在封面上的"悬念"》《"斜阳"下的天津胡同》等等，充满了"谜"与"奇"的色彩，往往令读者欲罢不能，必要先睹为快。

二十多年来，斯霆兄一直热情地为我编辑的报纸副刊赐稿，未曾间断。仅经我手刊发十篇以上成套的专栏文章，就有过三次。这些文章，很多就收在了《旧人旧事旧小说》书中。因此，我对斯霆兄的学术轨迹算是比较熟悉的。这也正是我斗胆为他的第一部大著写序的原因。

（《旧人旧事旧小说》，倪斯霆著，
上海远东出版社 2010 年 3 月出版，本文系该书序文）

2009-10-22

遗憾中的欣慰

几个月前，人民文学出版社推出新版《鲁迅全集》，成为中国文化界和读书界的一件大事。与1981年版16卷《鲁迅全集》相比，新版18卷《鲁迅全集》在佚文佚信的增收、原著的文本校勘以及注释的增补修改等方面有明显改进，显得更为完备、准确和客观。然而，新版《鲁迅全集》仍留下许多遗憾与不足，其中一大缺憾，就是将鲁迅早期的科学著作、辑佚成果等排除在外。天津人民出版社近日推出刘运峰编辑的《鲁迅全集补遗》一书，恰好弥补了新版《鲁迅全集》的缺憾。该书作为一部比较完整的鲁迅佚文集，为广大读者和研究者阅读和研究鲁迅著作提供了更多的方便。

《鲁迅佚文全集》分为六部分，包括鲁迅早期的3部专著，即《中国矿产志》（与顾琅合著）、《人生象敩》和《小说史大略》，以及集外文、书信和附录。其中，从鲁迅手稿中抄录的《明以来小说年表》《〈俟堂专文杂集〉目录》《谢承〈会稽先贤传〉序》等古籍著作，《〈一个青年的梦〉正误》《柔石遗稿目录及说明》等佚文，鲁迅的部分书信和残简，以及鲁迅撰写或修改的书籍广告和鲁迅亲笔记录的《家用帐》等，有些是珍贵的文本，有些则史料价值较高，都是阅读和研究鲁迅所不可或缺的。全书总计40万字，用编者自己的话说,"新版《鲁迅全集》之外的佚文,凡是能找到的,都收集在这本书中了"。

从鲁迅1936年逝世至今,《鲁迅全集》整整编了70年,《鲁迅全集》的补遗工作也整整做了70年。1938年,许广平编辑完成了鲁迅的佚文集《集外集拾遗》,收入1938年版《鲁迅全集》。《鲁迅全集》出版后,唐弢开始了搜集鲁迅佚文的工作,先后编辑完成了《鲁迅全集补遗》和《鲁迅全集补遗续编》,分别于1946年和1952年出版。唐弢的这些辑佚成果,部分为1956年至1958年出版的《鲁迅全集》和1958年出版的《鲁迅译文集》所采用。1958年版《鲁迅全集》出版后,鲁迅的佚文时有发现,但没有被编集。直到"文革"结束,随着鲁迅著作注释本和1981年版《鲁迅全集》工作的启动,对鲁迅佚文的搜集出现了一个高潮,一批鲁迅的佚文佚信被发现,这些成果集中体现在鲁迅大辞典编纂组编的《鲁迅佚文集》一书中,该书于1979年出版,内部发行。书中的大部分佚文佚信,收录于1981年出版的《鲁迅全集》。1981年版《鲁迅全集》出版后,随着鲁迅研究的不断深入,鲁迅的一些佚文佚信又逐渐被搜集和整理出来。为此,刘运峰在前人辑佚成果的基础上,汇集了1981年版《鲁迅全集》出版之后发现的鲁迅佚文佚信以及从鲁迅古籍和石刻手稿中钩稽、抄录的部分作品,编辑完成了《鲁迅佚文全集》,2001年出版。该书的部分编辑成果,被2005年版《鲁迅全集》吸纳。2005年版《鲁迅全集》是迄今为止最为完备的一部《鲁迅全集》,但由于种种原因,仍有明显的遗珠之憾,迫使刘运峰在他原来编辑的《鲁迅佚文全集》的基础上,针对最新版《鲁迅全集》的缺失重新进行增删整理,出版了这部《鲁迅全集补遗》。

《鲁迅全集》整整编了70年,《鲁迅全集》的补遗工作也整整做了70年,问题长期难以解决,或者说总是解决得不彻底、不理想、有反复,原因绝不仅限于编辑工作本身的某些不确定性,例如全集体例是否统一，文章取舍是否得当，等等；而更重要的是，对鲁迅作为历史人物的评价和定位，始终存在着严重的偏颇、模糊或游移。由于研究者本身素养的不足、感性的欠缺以及眼界的狭仄，鲁迅仅仅被当作文学家（而且主要是写杂文和小说的文学家）来研究，而忽视他文化家的一面；鲁迅仅仅被当作思想家（而且主要是"横眉冷对"的思想家）来研究，而忽视他思想外化（或者说精神物化）的一面。鲁迅作为翻译家、编辑家、教育家、书法家的成就，他采集标本、收藏文物、辑校古籍、抄录碑铭、设计徽章、刊印佛经、搜存笺纸、推广版画的爱好和成就，都研究得很不够。时至今日，大量与鲁迅密切相关的资料，仍然被一些研究和收藏单位无情地封存和无理地垄断，致使欲探究鲁迅生活和创作的某些真实性，只能靠推理和猜测。鲁迅的《中国矿产志》等科学著述原本已收录在《鲁迅全集》中，最新版《鲁迅全集》却悍然将其删除，将放到今后出版的《鲁迅科学论著》中，不再收入"以创作为主"的《鲁迅全集》。那么，"以创作为主的"《鲁迅全集》就应改为《鲁迅创作全集》或《鲁迅文学作品全集》。如果按照这种"体例"之逻辑，鲁迅的《中国小说史略》《汉文学史纲要》等著述就也应从"以创作为主的"《鲁迅全集》中抽出来，另编为《鲁迅文学史论著》。这实是一种割裂鲁迅的做法，是以编者的"小"，去拆鲁迅的"大"。

鲁迅之所以伟大，是因为他不仅留下了宝贵的精神文明的遗产，而且留下了丰厚的物质文明的遗产，而这种精神与物质是相辅相成、相映生辉的。只看见形而上而看不到形而下，只看见道而看不到器，是无法真正理解鲁迅的，是永远编不好《鲁迅全集》的。但愿《鲁迅全集补遗》的出版，除了起到补遗的实际作用外，还能引起鲁研界乃至整个学术文化界更多的更深层次的思考。

2006-08-06

鲁海自有夜航人

在当代青年学者中,南开大学文学院教授刘运峰取得的成就是多方面的。

他的专业是政治学,在《中国城乡二元结构下的农民负担问题研究》的博士论文中,他对农民负担的社会根源进行了深入分析,在制度构建方面提出了不少有价值的设想,受到专家的肯定。他曾多年从事财税研究和杂志编辑工作,发表过不少有分量的学术论文和调查报告。他是中国书法家协会会员,书法作品曾多次入选全国书法展览,还与孙伯翔先生一道完成了国家重点文化建设工程《中国书法全集·三国两晋南北朝碑刻摩崖》两卷巨著的编写,充实了中国书法史料。他还是天津市孙犁研究会理事,对孙犁的生平和著作也颇有研究。

但在我看来,刘运峰还有比这些更重要的成就。这些年,他之所以引起学术界关注,主要是由于他在鲁迅研究方面贡献突出,以至于被称为中国鲁迅研究界的一匹"黑马"。

2001年6月,由中宣部、新闻出版总署联合召开的《鲁迅全集》修订座谈会在北京举行,到会者大多是年过半百甚至年逾古稀的专家、学者。在这些与会者当中,有一张陌生而年轻的面孔,他就是来自海河之滨的当时38岁的刘运峰。他之所以被特别邀请，是因为他为这项新世纪文化工程的启动做了两项最基础、最扎实也是最有成效的工作：搜集、整理了自1981年版《鲁迅全集》出版以来的一百余万字的补正资料；辑录了近六十万字的鲁迅佚文，编为《鲁迅佚文全集》，后由群言出版社出版。这对于《鲁迅全集》修订工作所确立的"修订错讹、增补不足"两项基本原则的落实来说，无疑是雪中送炭。会上，刘运峰作了重点发言，他从佚文的增补、注释的修改以及文本的校勘等方面阐述了自己的研究心得，受到与会专家、学者的高度评价。北京鲁迅博物馆原副馆长王得后先生高兴地称他为"第二个朱正（著名鲁迅史料研究专家）"。北京鲁迅博物馆副馆长、中国鲁迅研究会副会长陈漱渝在为《鲁迅佚文全集》所写的序言中欣慰地说："我深深感到，鲁迅研究的基础力量不在沙龙，也不在学院，而是在民间。有了一批批像本书编者这样痴迷于鲁迅著作的人，鲁迅的文化遗产就会永远薪火相传！这是完全可以预见的。"

随后，刘运峰写出了多篇富有学术含量的鲁迅研究论文，并参加了在绍兴召开的"纪念鲁迅诞辰120周年国际学术讨论会"，在会上发表了长篇论文《关于鲁迅佚文辑录工作的回顾与展望》，引起国内外专家重视。《鲁迅佚文全集》出版后，影响甚广，颇得好评，但他没有满足，仍然坚持广览博搜，拾遗补缺，又发现了数篇鲁迅佚文、佚信。《鲁迅佚文全集》中的许多篇目均被收录于2005年版《鲁迅全集》，他所搜集的资料也大都被负责编审各分卷的专家采纳。

除了《鲁迅佚文全集》外，刘运峰还编辑出版了《鲁迅序跋集》，填补了鲁迅著作出版史上的一个空白。早在1935年，王冶秋就在鲁迅的支持下开始编辑鲁迅的《序跋集》。在写给王冶秋的信中，鲁迅答应将亲自为这本书作序。不幸的是，序言尚未写成，鲁迅就去世了。为了这本书的出版，许广平多方奔走，决定由巴金主持的文化生活出版社出版，但没想到刚刚排出清样，太平洋战争爆发，上海全部沦陷，这本《序跋集》的出版被迫终止。直到近七十年后，才由刘运峰将此书完成，了却了鲁迅、许广平、王冶秋等前辈的一个心愿。与当年的《序跋集》相比，他编辑的《鲁迅序跋集》在收录数量和编辑体例上都有较大的突破。这本书由山东画报出版社出版后，受到了读者的欢迎。

2005年春天，刘运峰又校勘、注释了《鲁迅自选集》，这部书作为天津人民出版社重点书目出版后，同样受到了读者的欢迎和专家的肯定，南开大学张铁荣教授、复旦大学郜元宝教授分别在《中华读书报》和《文汇读书周报》上发表评论文章，对刘运峰的工作给予很高的评价。

2005年版《鲁迅全集》出版后，刘运峰凭借他丰富的资料积累和对鲁迅著作的全面了解，编辑出版了《鲁迅全集补遗》一书，及时弥补了新版《鲁迅全集》的欠缺。许多书店都把这本书和《鲁迅全集》放在一起推荐给读者，销路甚好。随后，刘运峰又对鲁迅去世不久出版的两本纪念集进行了认真的整理校勘，在此基础上钩沉探隐，搜集了几十万字的珍贵资料，编辑完成了一百余万字的《鲁迅先生纪念集》，为新时期的鲁迅研究增添了宝贵的史料。此外，他还独立完成了《文房清玩——笺纸》和《鲁迅书衣百影》两本图文并茂的著作，分别由天津人民美术出版社和人民文学出版社出版，受到读者喜爱。

刘运峰多方面的成绩，来自他的勤奋与刻苦，也来自他的执著和坚韧。近年来，为了校勘鲁迅著作和辑录鲁迅佚文，仅购买多种版本的鲁迅著作以及鲁迅辑校古籍和石刻的手稿，他就花去了近十万元。对于"鲁迅研究已经走到尽头，再也不会有新的内容"，"鲁迅的佚文也发掘完了，不会有新的发现"等说法，刘运峰不以为然。在他看来，鲁迅研究永远没有尽头，鲁迅是一座巍峨耸立的高山，人们通常所看到的，只是其中的一角一脉，要完整地认识和理解鲁迅，还需付出艰辛的努力；鲁迅的佚文还可以做更加深入的挖掘，并且一定还会有新的发现。倘若把鲁迅研究比作辽阔而深邃的海洋，那么刘运峰就是这海洋中一位不畏艰险、不知疲倦的夜航人——多年来，他的鲁迅研究也恰恰都是在夜里、在业余时间里进行的。

现在，刘运峰把他的这些鲁迅研究成果汇为一编，名之曰《鲁迅著作考辨》，分为《鲁迅全集》评说、鲁迅佚文钩沉、鲁迅著作考订和鲁迅史实探寻等几个专辑。赏读这厚重的书稿和扎实的文字，令我这个文学专业出身、上过鲁迅研究专业课而与作者几乎同龄的人，感到汗颜；同时，我也为这位与自己相交相知二十载的书友、文友取得如此丰足的收获，感到骄傲。我相信，这本书中所体现的重资料、重实证的研究方法，会对当今的学术研究产生一定的启发和借鉴作用。

（《鲁迅著作考辨》，刘运峰著，
天津人民出版社 2009 年 1 月出版，本文系该书序文）

2009-01-01

烽烟炮火中的一声箫鼓

"善良的东西,美好的东西,能达到一种极致。在一定的时代,在一定的环境,可以达到顶点。我经历了美好的极致,那就是抗日战争……我的文学创作,就是从这个时候开始的。我的作品,表现了这种善良的东西和美好的东西。"这是1980年孙犁在与《文艺报》记者一次谈话中说的。他把自己认为最美好的东西,与几十年前那场艰苦卓绝的战争紧密地联系在一起。

依孙犁的性情和兴趣,可以想见,如果没有突如其来而且旷日持久的抗日战争,他会成为陶渊明、王维那样的诗人。他喜欢朴实的田园和静谧的自然,他所感觉到的一切美好都离不开这朴实和静谧,他笔下的一切美好也都是在这朴实和静谧中生发的。

抗日战争爆发前夕,孙犁居于白洋淀,所见所爱就正是这样的朴实和静谧:家家有船,淀水清澈得发蓝、发黑;村里村外、房上地下,可以看到山堆海积般的大小苇垛;一进街里,到处鸭子、芦花乱飞……荷花淀的荷花,看不到边,驾一只小船驶到中间,便像入了桃源。淀的四周,长起芦苇,菱角的红叶,映着朝阳的光辉……这很容易使人联想起陶渊明的《归园田居》:"……方宅十余亩,草屋八九间。榆柳荫后檐,桃李罗堂前。暖暖远人村,依依墟里烟。狗吠深巷中,鸡鸣桑树颠……"联想起王维的《山居秋暝》:"……明月松间照,清泉石上流。竹喧归浣女,莲动下渔舟……"如果没有战争的爆发,孙犁本来是可以过过这样的田园生活,至少是可以做做这样的田园梦的。

然而,还是浓烈的火药成全了作家,残酷的战争造就了孙犁。历史的不幸与灾难,转化为文学的幸运与收获。孙犁晚年在谈到作家赵树理应运而生时说:"当赵树理带着一支破笔,几张破纸,走进抗日的雄伟行列时,他并不是一名作家……他是大江巨河中的一支细流,大江推动了细流,汹涌前去……正当一位文艺青年需要用武之地的时候,他遇到了最广大的场所,最丰富的营养,最有利的条件。"赵树理所走的路,也正是孙犁所走的路。与大多数人民一样,孙犁十分自觉地参加了这场战争,因为"当时,一个老太太喂着一只心爱的母鸡,她就会想到:如果儿子不去打仗,不只她自己活不成,她手里的这只母鸡也活不成。一个小男孩放牧着一只小山羊,他也会想到:如果父亲不去打仗,不只他自己不能活,他牵着的这只小山羊也不能活"。人民认识了战争,最终赢得了战争。

孙犁的田园梦虽然破灭了,但他把烙在自己心里的白洋淀般美好的感情倾注在抗战文学中,并以其散文化、抒情化的现实主义小说创作道路而独树一帜。他的抗战小说,着重表现普通人民的性格美、灵魂美、人情美;以抒情的笔触形成自然流动的抒情结构,建立诗化的艺术世界;在艺术表现上,追求纯美的艺术个性和清新、隽永、秀雅的艺术风格。中国现代文学家、史学家们无法回避的"荷花淀风格"或"荷花淀派",正是孙犁对抗战文学独特而重要的贡献。与同写于20世纪40年代的著名抗战题材小说如《吕梁英雄传》《新儿女英雄传》等相比,《荷花淀》写得更为优美,也更为从容。

一场伟大的战争使孙犁没有做成陶渊明或王维,但他"少无适俗韵,性本爱丘山"的性情却终生都没有改变。晚年,写作环境和生活环境改善了不少，但他仍然像荷叶一样保持着素朴、宁静和淡泊，"宁可闭门谢客，面壁南窗，展吐余丝，织补过往。毁誉荣枯，是不在意中的了"。他此时的心境，是否已经回归到他魂牵梦绕的抗日战争爆发前那桃源般的白洋淀了？

读孙犁的《荷花淀》，感受它的优美和从容，总会想到陆游的《游山西村》："莫笑农家腊酒浑，丰年留客足鸡豚。山重水复疑无路，柳暗花明又一村。箫鼓追随春社近，衣冠简朴古风存。从今若许闲乘月，拄杖无时夜扣门。"一般读者只领会到这首诗赞扬了农家的淳朴，表达了诗人与农家亲密无间的情谊；然而，如果考虑到当时金人南侵，陆游因主张北伐而获罪罢官还乡的背景，就会理解他通过写爱家乡而寄托爱国的情感，明白这是这位爱国诗人写的另一种类型的爱国诗。《荷花淀》也是这种类型的爱国作品。孙犁以优美和从容的笔调，写战争背景下白洋淀人民优美和从容的生活。人民美好的品格、美好的希望不泯灭，国家就不会灭亡。《荷花淀》，这烽烟炮火中的一声箫鼓，比当时和后来那么多直接写烽烟炮火的作品，来得更巧妙，更耐看。

2005-08-30

回望副刊名人　总结办报经验

新中国成立60周年前夕，我们编辑的百余万字的两卷本《天津日报珍藏版孙犁文集》由文汇出版社出版，得到社会各界读者的高度关注。《天津日报珍藏版孙犁文集》的编辑出版，是孙犁研究工作的一件大事，是天津日报报业集团事业发展的一件大事，也是中国报纸副刊研究工作的一件大事。回望副刊名人，总结办报经验，研究《天津日报珍藏版孙犁文集》的编辑学价值，对于我们进一步提升报纸副刊水平，加强报纸副刊研究，是十分必要和有益的。

孙犁不仅是文学名家，而且是副刊名人。他长期的办报经历，尤其是新中国成立以来丰富的副刊工作经历，本身就是中国报纸副刊研究工作的重要对象。

从1949年1月17日《天津日报》创刊，到2002年7月11日孙犁逝世，在超过半个世纪的漫长岁月里，孙犁始终没有离开过天津日报社。他是天津日报社的第一批职工，也是终身职工。他是《天津日报》文艺副刊的主要创始人之一，也是长期的领导者。直至他90岁逝世，天津日报社也没有给他办理离休手续。作为副刊名人，孙犁是资深的、终身的、名副其实的。曾任天津日报副总编辑、天津市孙犁研究会会长的滕云同志在《我所理解的报人孙犁》一文中说过:"能够成为一张报纸、一张报纸文艺副刊旗帜的现代作家并不多。我以为报人孙犁,应该是在作家孙犁的成就与贡献中,不可忽视的一个重要方面。"

2002年孙犁逝世不久,我曾在天津日报文艺部的一次业务研讨会上提出,孙犁与天津日报文艺副刊的关系,大致可分为三个时期:孙犁时代(孙犁直接领导副刊工作)、准孙犁时代(孙犁指导副刊工作)、后孙犁时代(孙犁的编辑方针影响副刊工作)。我的观点得到与会编辑们的普遍赞同,大家认为这种提法非常科学和实际。在不同时期,孙犁与天津日报文艺副刊的关系,于不变中有变化,于变化中有不变,体现了副刊名人与所编辑、所影响副刊的完整关系,而且这种关系总体上呈现着一种名人与副刊相互推进的双赢关系,极具副刊编辑学研究价值。

我坚持认为,所谓"副刊名人",不仅体现在其对副刊编辑工作的投入及其水平上,而且体现在其对副刊写作的投入及其水平上。自新中国成立至20世纪90年代中期,孙犁在《天津日报》(主要是文艺副刊和《文艺》双月刊)发表的作品有百余万字,约占孙犁全部作品的三分之一强。也就是说,孙犁的三分之一以上的作品是发表在自己的报纸上的。如果没有一些历史的原因,如在20世纪50年代曾有领导提醒孙犁不要总在自己的报纸上发表自己的作品,那么这"三分之一"也许会成为"二分之一"或"三分之二"。早在到《天津日报》工作之前,孙犁的成名代表作《荷花淀》就于1945年在中共中央机关报《解放日报》发表,随后被中共在国统区的机关报《新华日报》转载,产生了广泛的社会影响。1949年《天津日报》创刊之前,孙犁已经以其《荷花淀》等作品在文坛上占有重要的地位,他完全有资格、有条件在全国任何报刊发表作品,但他还是将大量作品(包括代表作《风云初记》)发在了自己的报纸上。孙犁是中国现当代文学史上无可争议的重要作家,《天津日报》刊载过这么多他的作品，对于一张报纸来说无疑是一种荣耀。从副刊编辑学的角度看，作为副刊名人的孙犁，其副刊编辑工作与副刊写作的配合基本上是成功的、完美的。

孙犁成为副刊名人，源于他自身的职业是《天津日报》的副刊编辑。虽然新中国成立前他曾在晋察冀通讯社和《晋察冀日报》当过记者、编辑，编过边区刊物《山》《鼓》《平原》，但他真正成为"文艺副刊旗帜"，还是在《天津日报》。当然，他在《天津日报》更多情况下是以领导者或指导者的身份从事副刊编辑这一职业的。但是，他确确实实认认真真地处理稿件，悉心培养了许多作家，其中有几位如刘绍棠、从维熙等还出了大名。他自身的写作使得他的编辑工作很有底气，他的编辑实践也使他写作的内容更加充实。他为"文艺周刊"写的编者启事、说明、按语，他为"文艺周刊"的作者作品所写的评论文章，他总结"文艺周刊"办刊经验的文章，就有二三十篇。《天津日报》有了孙犁这样的副刊编辑兼名作家，等于拥有一份珍奇的无形资产，在相当长的一个时期里，不仅约好稿约名家稿方便得多，而且社会上特别是知识分子对这张报纸总要高看一眼。我曾在一篇相关的文章中发表过这样的观点：人有人品，报有报格，《天津日报》如果没有孙犁、方纪，就如同《大公报》没有沈从文、萧乾，《文汇报》没有柯灵、黄裳，报格多多少少是要打一些折扣的。2001年，同样既是文学名家又是副刊名人的金庸先生做客天津日报报业集团，盛赞《天津日报》是"很雅正的大报，评论有影响，报纸品位高"，其中自然包含了他对孙犁在副刊编辑工作方面成就的敬佩。2002年7月11日，新华社在发表孙犁逝世的消息中特别提到："孙犁同志长期从事党报文艺副刊编辑工作，为解放区文学和天津文学的繁荣，为天津业余作者特别是工人作者的成长付出了极大的心血。他开创了《天津日报》文艺副刊热心扶植青年作者的优秀传统，几十年来为天津和全国文坛培养了一批批知名作家和业余创作骨干。他是我国报刊史上一代编辑典范。"与以往人们更看重孙犁文学创作相比,这个评价是比较全面、十分准确的。

带着明确的副刊编辑学理念,我们编辑了《天津日报珍藏版孙犁文集》。该书在以编年的方式原汁原味地展示孙犁半个多世纪的文学成就的同时,也脉络清晰地显现了孙犁的编辑实践、编辑思想和编辑风格,突出了他"报人孙犁""编辑家孙犁"的形象,加之特约曾与孙犁共事过的报社编辑记者就孙犁作品发表的背景、文字修改的过程做了大量注释,展露了迄今为止孙犁著作任何版本所没有的珍贵史料。通过如此丰厚的编辑含量,为广大读者提供了一个理解孙犁的新视角,为中国报纸副刊研究提供了一个新文本。

2009-09-02

《柴德森纪念集》前言和编后记

2011年4月15日,是天津当代著名诗人、作家柴德森先生逝世三周年纪念日。我特在博客贴出我于2010年1月31日代表天津市鲁藜研究会为《柴德森纪念集》(青海人民出版社2010年4月出版)撰写的前言,以及我为该书撰写的编后记(该书由我策划并主编,后期因我领衔主编《天津现当代诗选》,任务繁重,该书便转由天津市鲁藜研究会另两位负责人主编,这篇编后记就未再印于书中),以表达我对这位文学前辈深深的怀念之情。

《柴德森纪念集》前言

柴德森先生是当代天津杰出的诗人、优秀的作家、重要的文学组织者和社会活动家,并闻名于全国诗坛和文坛。在半个多世纪的文学生涯中,他执著创作,笔耕不辍,出版了十余部诗歌、散文、小说、报告文学、评论等著作,深受广大读者好评。在一些著名的文学社团和文化社团任职期间,他勤奋工作,勇于开拓,显示了出众的组织才能和高超的领导水平。他不遗余力地扶植文学青年,满腔热情地为老作家服务,积极投身社会文化事业和公益事业,乐于助人，无私奉献，赢得了文学界和社会各界的普遍尊敬。

柴德森先生是天津市鲁藜研究会的主要发起人之一，他为筹备成立研究会，不顾病魔缠身，呕心沥血，做了大量实际有效的工作，奠定了研究会的组织基础，确立了研究会的努力方向。天津市鲁藜研究会正式成立时，他被推举为常务副会长，实是众望所归。2008年4月15日柴德森先生不幸逝世后，研究会的骨干成员化悲痛为力量，学习柴德森先生高尚的品格和实干的作风，在会长王玉树先生带领下，更加紧密地团结起来，工作沿着既定的目标继续推进，各项活动搞得有声有色，青年骨干得以施展才华，社会影响越来越大，足以告慰柴德森先生在天之灵。

为纪念柴德森先生逝世两周年，我们特意编辑了这本《柴德森先生纪念集》。全书包括两部分，第一部分为"缅怀篇"，收录了天津市鲁藜研究会同仁、文学界和社会各界知名人士撰写的纪念柴德森先生的诗文，以及对柴德森先生晚年作品的评论；第二部分为"遗作篇"，收录了柴德森先生晚年创作的部分作品，其中多数未曾发表。本书比较全面地反映了柴德森先生在工作、写作、生活、交际等方方面面的风范，多角度地评价了他晚年的文学成就。希望这本书的出版，不仅是对一位逝者的缅怀，还将激励大家继续努力，推动天津文学事业的健康发展。

《柴德森纪念集》编后记

那是柴德森先生身体还好的时候，大约是在十几年前，我就曾经答应他，在他百年之后，为他做一些文字方面的事情。此外，我还进一步劝慰这位老作家，应该听孙犁的话，绝不计较自己的文章好发不好发、发得怎么样；如果不好发，不要着急，不要生气，留着，将来由我来处理。记得我当时十分郑重地对他说了四个字："请您放心。"柴老爷子听了,也神情庄重地回了我四个字:"我相信你。"柴先生是我的文学师长,比我年长整整三十岁,关于我们的友情我已经写在收录于本书的《华枝春满柴德森》一文中,而且我的职业就是编辑,因此,为他做一点事情,特别是文字方面的事情,我是责无旁贷、义不容辞的。何况我们天津文学界一直是存在这个好传统的,即在老先生的晚年和身后,相对年轻一些的后学晚辈竭诚为他们编书做事,如金梅对孙犁,如王玉树对鲁藜,都是极典型的例子。

2008年4月15日,柴德森先生远行了,留给朋友们的是深切的悲痛和无尽的思念。得知他离去的那一刻,我就提醒自己,要开始兑现当初的承诺了。随之想到的,就是柴先生拥有一个广泛、丰富的人脉关系网,他的朋友遍及各行各业、各年龄层次,应该将大家对他的缅怀和评价搜集起来,编辑一本纪念集。我想,这对柴先生是一个总结,对他的朋友们也是一个安慰。毋庸讳言,编纪念集这件事,有我个人的感情色彩在里面,但就柴德森先生的文学成就和社会影响来说,他是实至名归、当之无愧的。

值得高兴的是,我的创意得到了众多朋友的支持,大家纷纷撰写和发表了纪念文章。这些文章,筑就了本书"缅怀篇"的基础。天津市鲁藜研究会会长、著名诗人、评论家王玉树先生率先肯定了我的编书设想,不仅迅即在鲁藜研究会会刊推出了柴德森先生纪念专辑,刊发了刘家鸣、金梅、邢广域、子干等资深评论家的重头文章,而且将本书列入天津市鲁藜研究会"泥土文丛"的编辑出版计划中。柴德森先生的家属也积极配合此项工作,不仅协助搜集相关纪念文章,而且提供了大量柴先生晚年创作的、其中多数未曾发表的作品,作为"遗作篇",充实了本书的内容。除本书中所收纪念文章的各位作者外,著名作家杨润身、周骥良、航鹰、吴若增、汤吉夫、刘怀章、刘品青、褚建民等先生,著名出版家张金明等先生,也对本书的编辑出版表示了关注和支持。

令我特别感动的是，胡元祥、李永旭两位文友在得知本书的创意后，立即伸出援手，并积极参与工作，担当重任。胡元祥先生不仅为本书的顺利出版排忧解难，铺平道路，还多次认真审阅稿件，提出了很有价值的修改意见，可谓尽心尽力，功德无量。李永旭先生除了联系柴先生家属和部分作者、组织稿件外，还始终负责书稿照排和修改任务，承担了全部繁杂的编务工作，不辞辛苦，任劳任怨。我与胡元祥、李永旭两位文友，都是柴德森先生晚年最为亲近的忘年交，在柴先生高尚人格的感召下，在天津市鲁藜研究会的光荣旗帜下，在朋友们的热情鼓励和无私帮助下，我们同心协力，克服困难，终于编成此书，做了一件应该做也值得做的事情。

一颗诗星陨落了，诗人的挚爱永远温暖着我们。

由于编者视野有限，兼以时间匆促，本书肯定会漏收一些纪念文章，不足之处，恳请广大读者和专家给予批评指正。

2011-04-15

王稼句诠释天津风俗

19世纪八九十年代，在照相技术和设备尚未普及的情况下，《点石斋画报》发表了大量反映当时社会状况的纪实图画，成为弥足珍贵的形象化史料，实是一座取之不尽的晚清图像宝库。近些年，北京的陈平原、夏晓虹，南京的薛冰，扬州的韦明铧等学者，充分利用这座图像宝库，或研究《点石斋画报》本身，或借《点石斋画报》研究地方历史文化，推出了一些学术性与趣味性相结合的图文书，吸引了读者。

苏州学者王稼句对《点石斋画报》更是了然于心，仿佛他的腰上拴着进入这座图像宝库的金钥匙，根据自己的需要，随时进库取宝。善于识宝用宝，自然成果多多。值得一提的是，王稼句研究《点石斋画报》有两个有利条件：第一，《点石斋画报》的主笔吴友如是苏州人，自幼受苏州民间画风熏陶；参加《点石斋画报》编绘的张志瀛、周权香、顾月洲、周慕乔、田子琳、金桂生、马子明等，也都是擅画苏州年画的名手。王稼句是深谙姑苏文化的苏州人，所以他更能理解《点石斋画报》的画风和画意。第二，王稼句是大藏书家，尤其重视收藏反映各地民间风俗的图像资料，他近年编著出版的《三百六十行图集》《浮生六记》典藏插图本、《西湖梦寻》典藏插图本、《漫游随录图记》《江南古桥》等书，图文并茂，而其中图像尤为难得，因此，他也更能理解《点石斋画报》的图像价值。

《点石斋画报》中的许多图画内涵非常丰富，但图上的说明文字往往显得简单了一些，而且有些内容已为今人所不解。于是，当今的学者便利用史书、笔记等相关的文字资料，对这些图画进行更具广度和深度的笺释，亦即"笺图"。王稼句前些年曾选用《点石斋画报》中与苏州有关的图画，进行笺图，编著过一本《苏州旧闻》；最近他再用此法，编著了一本《晚清民风百俗》，由江苏人民出版社出版。该书从《点石斋画报》中选出反映各地风俗的150幅图画，在照刊旧闻原文之后，加以"新说"，对图画做相应的旁证或反证，内容生动而有趣。

《晚清民风百俗》诠释天津风俗的篇幅虽然不是很多，但反映了编著者的博识与独见。如《异端宜禁》一图，描绘天津每年都在元宵节举办一次"十祖会"，会里的人表演得兴高采烈。他们先是在炉子里烧炭，再把铁链烧得通红，将铁板架在柴火上。随后，会里的14个人赤着脚，用红布缠着额头，下身系着红色犊鼻裤，先后登场。其中一个人拿着剑站在场前，其余的人从炉子里捞出铁链，盘旋飞舞，火星迸射，又在铁板上蹦来跳去，还点燃花筒烧自己的肢体，并且团团围住拿剑的人。火虽然烧在他们身上，但胡须和头发却丝毫没有受到伤害，观看的人都啧啧称奇。《点石斋画报》的文字作者认为这些人的表演"炫异矜奇，惊世骇俗，殊涉异端"。王稼句则通过列举《庚子国变记》《庚子记事》《庚子拳变始末记》《鹅幻汇编》等书的记述，指出这种"神术"不足为奇，其实就是魔术和杂技。那火炉中翻滚的乃百分之八十的醋，仅有百分之二十的油浮在上面，醋的沸点低，受热后就向上翻气泡，上面的油也随着翻滚，好似沸腾一般，其实炉中的温度并不高，从中捞出铁链、秤砣等物，自然不会伤手。他还指出，这种"须发无伤"的民间"神术"，对义和团"刀枪不入"的观念是有影响的。

《点石斋画报》形象地反映了近代天津的民俗民风,虽然它们往往是以零碎的、不连续的、不完整的状态呈现出来的,但仍可从中窥见社会道德和社会风尚的特色和变化。王稼句通过旧画报对风俗的诠释,会引发出许多新的值得研究的话题。

2006-11-19

太平有象　风俗有市

"江南好，风景旧曾谙。日出江花红胜火，春来江水绿如蓝。能不忆江南？"江南的花草山水固然使人迷恋，江南的民风民俗同样让人陶醉。李涵绘图、王稼句撰文、江苏教育出版社最近出版的装帧古雅的大型图文书《江南烟景》，以当代江南中青年才人和学人的独特眼光，重新解析并艺术再现生动鲜活的江南民俗，是一种别开生面的江南民间文化读本。

《江南烟景》，这个书名内涵丰富而含蓄，引人浮想联翩。"烟景"，即风景，但又不是一般意义上的风景，它让我们回想起唐宋诗词和明清小说里许多描绘江南风景的词语：烟花、烟波、烟霭、烟霞、烟雨、烟云……但该书的作者独爱这个"烟"字，显然看重的是它浓郁的市井气息，取其"人间烟火"的含义。全书三辑 50 帧图文，无不体现着"人间烟火"，如第一辑"岁时记忆"中的《调龙灯》《接财神》《年节酒》，第二辑"日常琐碎"中的《绣花》《清玩》《梳妆》，第三辑"世象大观"中的《迎亲》《拜堂》《入洞房》等，篇名本身就是民俗活动的一种，或民间日常生活的一个侧面。值得一说的是，书中表现的这些丰富多彩的民俗活动和生活场景，都是在安宁和平的时世背景下才有可能正常进行或享有的，因此，所有画面和人物都给人以祥瑞、喜悦、富足、闲适的感觉，反映出经济文化高度发达的江南地区百姓珍惜"太平有象"，进而在这样的环境中安居乐业的精神状态。

风俗，是《江南烟景》一书的最大看点。人们往往将由自然条件的不同而造成的行为规范差异称为"风"，而将由社会文化的差异所造成的行为规则之不同称为"俗"，所谓"百里不同风，千里不同俗"，正是恰当地反映了风俗因地而异的特点。风俗是一种社会传统，但它同时也是流变的，原有风俗中的不适宜部分会随着历史条件的变化而改变，所谓"移风易俗"正是这个意思。虽然如此，风俗毕竟也还是有本有源的，其来龙去脉很值得梳理和研究。《江南烟景》的文字作者王稼句，是江南地区著名的作家、学者和藏书家，他特别注重收藏有关民俗的图文资料，并擅长点化史料，用自己雅致而洗练的语言解说风俗，寓意深厚，趣味浓郁。书中每篇文章虽寥寥数语，也旁征博引，溯本求源，清晰地勾勒出画面的民俗文化背景，使读者醒目提神，收益良多。

《江南烟景》的绘画作者、著名画家李涵，生于江南，长于江南，长期关注江南风俗现象，也善于表现民俗场景与人物。从书中描绘的人物看，他们好像一个大家族的众多成员，男女老少，各具神态，在不同的主题画面中担当着不同的主角与配角，顾盼有致，相映生辉。仔细观察，他们的手、眼、身、法、步，朴拙中透着机灵；他们的唱、念、做、打、舞，正剧外不乏喜剧色彩。聪明的画家将染成深红色的比较粗糙的布料作底子，还未动笔，就为作品打下了古雅而喜庆的基调；然后采用工笔重彩技法，借以石青、石绿等颜色，在布料上勾勒形态，层层渲染，精细地描绘出鲜明而生动的人物形象。欣赏李涵的这些风俗画，在审美愉悦之外，别有一番历史的真实感与生活的亲近感。

"正是江南好风景，落花时节又逢君。"适逢落花时节，《江南烟景》走进我们的视野，它诱惑身居北国的我们，羡慕和向往江南美好的风景，了解和欣赏江南富庶的风俗。爱江南、爱文化的李涵和王稼句，通过对他们所熟悉的江南烟景的浓妆淡抹、精雕细刻，使我们再次感受到，江南，苏杭，不仅是自然的"天堂"，更是人文的"天堂"。

2008-11-11

光阴驹隙滋味长

这个冬天,寒冷异常,冰点直逼历史纪录,以致朋友们纷纷评说:关于"全球气候变暖"的讨论可以休矣。幸好此前寒舍所在小区更换了供热管道,使我能于瑞雪纷飞的新年里,在家里暖暖地翻着闲书。翻到案头的鲁迅日记,看见他在壬子年十二月二十六日便记着"积雪厚尺余,仍下不止",倍感亲切。恰在此时,阿滢(郭伟)兄的电子邮件挟着岱岳的风尘,随着漫天的雪片,飞进我的书窗。我连忙打开,里面竟是一个与日记相关的喜讯:他的日记体书话《秋缘斋书事三编》就要付梓了。除此之外,还有一个温柔的指令:让我为这部书写个序。想阿滢兄海内外的文朋书友,名家如林,众星璀璨,为他的书作序,照理说还轮不到我;但我又的确常常自认为是他可以解闷、可以开怀、可以交心的知己,如今面对他真挚诚恳的要求,我不能推辞,只好恭敬不如从命,休使得梅香再来请了。

近几年来,随着《越缦堂日记》《缘督庐日记》《湘绮楼日记》等晚清文人日记名著重新得到青睐,以日记体裁写自己淘书、读书、藏书生活的著作,颇为读书界看好,逐渐成为独树一帜的书话形式。我熟识的书友,业已出版日记体书话的,就有南京徐雁(秋禾)兄的《雁斋书事录》、子聪（董宁文）兄的《开卷闲话》诸编，上海韦泱（王伟强）兄的《跟韦泱淘书去——淘书日记精选》，长沙彭国梁兄的《书虫日记》，北京谢其章兄的《搜书记》诸编，嘉兴范笑我兄的《笑我贩书》诸编，以及济南自牧（邓基平）兄的《人生品录——百味斋日记》等。就书话本身来说，我觉得，不管人们怎样试图重新评定它的概念，但唐弢首倡的书话散文四要素，依然是站得住的，即"一点事实，一点掌故，一点观点，一点抒情的气息；它给人以知识，也给人以艺术的享受"（《〈晦庵书话〉序》）。就日记来说，我则以为，除"须载明本日阴晴风雨"（谭嗣同《浏阳兴算记·经常章程五条》）外，内容和形式最大程度的无限制性，是日记体的重要特征。上述这些书话书，内容虽有限制，要以书为主，但因了依托日记体的形式，它们的风格自然呈现出随性、萧散、洒脱和灵动。其优秀者，还往往在看似信手拈弄的散碎素材中，透出盎然的机趣，闪现睿智的哲思。一书在手，随便翻到哪篇都能入读，且因日记的篇幅不长，不需劳心伤神，既可作茶余饭后的闲逸消遣，亦可用来了解书情，补充学识，增强修养，夯实生路。也许正由于此，这些书话书对当代知识分子具有十足的诱惑力，销路定然是不错的。在这样浓郁而深厚的文化背景下，阿滢兄的日记体书话《秋缘斋书事三编》如瓜熟蒂落，水到渠成，顺势而出，即将精彩亮相了。

在泰山脚下诚心修炼多年的阿滢兄，是当下卓有成就的作家、学者、藏书家，更是现今书话界的名家高手。他的秋缘斋博客是公认的中国知名度最高的、人气最旺的读书博客之一，与他在网上交流的朋友多为各地文化精英，真正是"谈笑有鸿儒，往来无白丁"；他的前几部书话集在祖国大陆和宝岛台湾出版后，馨香四溢，好评如潮，以至网上有"不知秋缘斋，枉做读书人"之说。因此，继《秋缘斋书事》和《秋缘斋书事续编》面世之后，书迷朋友们对《秋缘斋书事三编》的期待，若以"热切"一词来形容，实不为过。

《秋缘斋书事三编》，真实地记述了作者在2007年书里书外的生活和感受。将书稿细细读来，便会发现，对于作者来说，这是极不平凡的一年。这一年间，在工作上，作者所主持的周刊由扭亏为盈到无奈停刊，大起大落；在生活上，作者则经历了慈母病逝的苦痛，以及被迫搬家的烦劳。然而，这些喜怒哀乐、酸甜苦辣，丝毫没有影响作者淘书、读书、藏书的生命进程，他一如既往地投身书事，并且从中得到新的收获，新的硕果。我们看到，他执著地推进着他的专题淘书，如他在全世界范围广泛搜集著名作家张炜的各种著作版本，收益颇丰，至该年岁末，已入藏了一百一十一种。我们看到，他不仅酷爱淘书、藏书，更喜欢品书、评书，如他针对一本当代人写的《陆游传》，道出了自己的读书心得："陆游一生不得志，做了一辈子小官，他的思想对朝廷产生不了任何的影响，所以，该书没必要以爱国主义为主线去描述一个诗人的一生。《陆游传》完全可以写得更精彩一些……"我们还看到，他以书事为由头，关注社会，关心民生，表达着一个知识分子的责任心和使命感，如他的很多朋友邮寄书刊总是丢失，他本人更被评为"丢书专业户"，由此他强烈批评邮政部门的渎职，深刻指出邮政改革的迫切性……此外，我还从这些铢积寸累的文字中，发现了不少颇有价值的信息，如我一向推崇晚清刘鹗的小说《老残游记》，认为它的文学地位堪比上世纪四十年代钱钟书的《围城》，这回从《秋缘斋书事三编》中首次得知，济南赵晓林兄收藏了数十种民国版的《老残游记》，欣羡不已，必欲一观……阅读至此，忽然忆起知堂所言日记"欲借驹隙之光阴，涉笔于米盐之琐屑……然而七情所感，哀乐无端，拉杂纪之，以当雪泥鸿爪，亦未始非蜉蝣世界之一消遣法也"（《〈秋草园日记〉序》），是多么的钩深致远，耐人寻味。

归结来说，阿滢兄笔下的书事，虽然广取博收，包罗宏富，但绝不是浮光掠影，泛泛而谈。细心品读，我们会发现，其字里行间潜含着甚多可供反复咀嚼的人生滋味，使读者在赏心悦目之余，精神得以砥砺，境界得以升华。这样的文字，有精思，有真义，有深情，有生趣，不拘一格，莫可端倪。

窗外，那雪正下得紧。屋内，书事快赏，灯花不灺，茗香袅袅，春意融融。

（《秋缘斋书事三编》，阿滢著，
中国文化教育出版社 2010 年 4 月出版，本文系该书序文）

2010-01-03

心灵花园常需修剪

多年来，在我们的文艺作品中，在我们的精神生活中，存在着这样一种倾向：过多地倚重于立身处世的智慧和技巧，以此作为一生奉行趋利避害的根本，而忽视对精神和心灵层面的关注。近几年，不少媒体纷纷开办各式各样的讲坛栏目，但大多以解读历史、普及科学、通俗文化为宗旨，以休闲消遣为时尚，却实难找到一种以庄重严肃的思想命题、人生命题作为思考和诉说对象的讲坛。近日细读军旅作家、广东省军区政委蔡多文少将所著《讲坛随笔》（花城出版社出版），看到其中《挺起科学信仰的脊梁》这样的章节标题，看到其中"逃避和消极的哲学磨损着一些人的理想和个性，让生命变得卑微和平庸"这样的话语，感觉它正是一本难得的关注精神和心灵层面、张扬理想信念的好书，是一种倡导人们应该拥有坚忍不拔的意志力、一往无前的勇气及成熟独立的人格的当代中国人的"心灵鸡汤"。

处于经济转型时期的人们，尤其是年轻人，在探索和适应生存与发展的过程中，难免会遇到这样那样的问题，他们很希望有经验、有智慧的长辈们给他们一些必要的指导和帮助。作为军队的高级将领，蔡多文在繁忙的军务之余，肯于读书，乐于思考，勤于著述，善于宣讲，加之他的职业是部队政治工作者，由于经常跟青年战士打交道，而这些战士又是来自各个地区、各种职业，这就使他有条件对当代年轻人的生活、思想有所了解。长期以来，作者一直致力于把我们历来看作高深的理论内容变为老百姓生活丝丝相扣的通俗内容，做到雅俗共赏。他敏锐地发现，"我们有些领导总喜欢那种从概念到概念的照本宣科，喜欢对上级文件不动脑筋的照转照抄，喜欢那些抽象的八股文风，喜欢用那些枯燥的概念、抽象的理论、空洞的说教向被教育者施教，而丝毫不考虑群众的接受心理。这就难免使群众产生厌烦心理。因为你讲的内容，你的方法都离老百姓生活的实际太远"。他借鉴于丹、易中天们以老百姓喜闻乐见的形式普及学术的做法，把所要阐述的主流价值观，变成形象通俗的教人处世做人的修身宝典，让它通俗化、家常化，且与人们的生活密切相关，达到了春风化雨、沁人心田的效果。《讲坛随笔》中讨论的一些题目，如"积德、行孝、仁爱"，"自醒、自律、自强"，"朝气、锐气、正气"，等等，通过展示对人生命运的深切关注、对知识理想的不懈追求、对道德信仰的执著坚守，努力使读者得到道德的熏陶和灵魂的净化。

将《讲坛随笔》视为"心灵鸡汤"的另一个重要原因，是作者的叙述方式和语言风格颇具感染力、亲和力，能够吸引不同文化程度、年龄层次的读者。全书充分运用作者自己的人生感悟和知识积累，借助于一个个充满哲理的小故事，以通俗的语言表达着人间真情，以诚挚的情感述说着五彩人生，为读者不断燃起希望的火炬，时时擦出理想的火花。如借助在荧屏热播的电视连续剧《潜伏》的故事和主人公的命运，作者畅谈了科学信仰的寻找、坚守及其无与伦比的精神力量，实例新鲜而具有说服力。正像著名作家柳萌所评价的，这种可以称为"思想散文"的文体，经蔡多文的精心"经营"，把思想、知识、生活糅在一起，用富有感染力的文学语言表述，使这一文体提升到一个新的高度,这是蔡多文对这一文体的贡献。

我们每一个人,都有一个心灵的花园。这个花园既不能使其荒芜萧索,也不能任其狂生蔓长,这就需要我们常常予以精心地修剪。我们的修身,一是修德,二是修智,德才兼备,便是修身的理想结果。而修德又是修身的首要任务。《讲坛随笔》是一本倡导修身之书,更是一本倡导修德之书。恰如作者所说:"每个人要想创造完美的人生,就要时刻拿起'修身'的锄头,辛勤耕耘好心灵的花园,努力让思想的种子播进心灵的沃土,让生命的花朵散发出醉人的清香……"

2010-07-20

一路笙歌一床书

2006，是我游走最多的一年。到苏州买桃花坞年画，到青岛参加图书选题论证会，到大理搜集天然石画，到北京看望出席全国文代会的朋友，到保定商议如何振兴定瓷……岁尾的几天，我还要去宜兴，与紫砂艺人们共同迎接新的一年。这样的游走，几乎纯然是文化的行旅，一路风尘，伴着一路笙歌。

行了万里路，也没有忘记读万卷书。2006年出版的新书，读罢印象较深的也有几本。在全民性的读史热中，我最看重明史学者王春瑜"十年一剑"铸成的《看了明朝就明白》（广东人民出版社2006年9月出版）。这本书从人物沉浮、社会百态、文化集锦等方面让人明了：在西方开始走上工业化道路的时候，中国人在忙些什么。明朝人离不开"开门七件事"，也照样有"三百六十行"；明朝人用蒙汗药迷人、作案，也用"仙人跳"等骗术坑蒙拐骗。读历史，知兴替，鉴古今，患得失，这或许就是作者所期望的——"看了明朝就明白"。

青岛作家薛原所编《童年》（山东画报出版社2006年8月出版），封面朴素淡雅，书中精选了胡适、沈从文、冰心、郁达夫、梁实秋、林语堂、丰子恺、梁漱溟、季羡林、汪曾祺、萧乾、冯亦代等中国现当代文化名人自述童年的回忆文章。他们的童年回忆折射了 20 世纪以来时代的变迁、家庭教育和学校教育的丰富内容。他们成人、成名后，仍时时体现出可贵的童真童趣。童年印象是我们心中永远的珍藏，也是讲述给孩子们听的不老的"童谣"。

小小说是人生中瞬间画面提炼与凝聚的结晶，也是现代快节奏生活的调味品。湖南作家聂鑫森的小小说集《紫绡帘》（河南文艺出版社 2006 年 4 月出版），饱含深厚的文化底蕴。每篇小小说的标题都古典而意识流，如《索当》《仁术》《昙花》《酒龙》《异兆》等。读着这些小小说，能从那些文人墨客、能工巧匠等主人公身上感受到楚文化浓郁的源汁，体会到那一方人们独有的生活状态和生命韵律。

图文书中最有雅趣的，当数苏州学者王稼句的《消逝的苏州风景》（福建美术出版社 2006 年 1 月出版）。苏州是世界城市史上的奇迹，按理也应该是世界上最大最好的博物馆，然而岁月是无情的，历史的轮蹄奔腾不息，不断改变着世界上的一切，对城市风景来说，也不例外。幸亏近代摄影技术的发明，留下了定格的图像，人们也就可以凭借着这些图像，恢复记忆，追慕印象，慢慢走进旧时苏州的风景里去。以往写苏州的书看过不少，但这本书对历史、对文化有其独特的解读方式，所以看上去颇有新鲜感。

我每年都要买书千册，这样的习惯大约已经坚持了十六七年。作为老牌书虫，今年最烦心的，是书店老板们纷纷诉苦，说图书零售业超乎寻常地难干，他们业已弹尽粮绝，伤痕累累，只好放弃阵地，缴械投降。果然，耳听得嘉兴的秀州书局关了张，眼见得天津的天马书友会闭了门。网络的冲击，盗版的猖獗，人们的急功近利，致使书业举步维艰。但愿 2007 年书事大顺，不再有这些烦心事。

2006-12-25

2010年我最喜欢的一本书

收到《温州读书报》主编卢礼阳先生征稿信,命我等推荐"2010年我最喜欢的一本书"。我2010年购书约千册,收到朋友赠书三百多册,但平心而论,最喜欢的书当推南京薛冰先生所著长篇小说《城》。《城》,陕西人民出版社2010年1月出版。

喜欢的理由,请看我的日记和网信摘录:

2010年2月10日日记:收到薛冰先生寄其长篇小说《城》毛边本,但发现后面缺少二十来页。

2010年2月20日日记:卓越网送来一箱书,其中有《城》。曾收到薛冰先生寄《城》毛边本,但发现后面缺少二十来页,便又买了一本。

2010年2月22日日记:看完薛冰长篇小说《城》,文化底蕴丰厚,情节亦颇精彩。《桃花扇》《儒林外史》背负南京,《红楼梦》追怀南京,《城》则兼而有之,因此写得浪漫而深沉,华美而凝重。

2010年3月14日致薛冰先生信:"只说'赏心乐事乔家苑'一章,即使列入'三言二拍'亦毫不逊色也。"

2011-01-31

2011年我欣赏的两本书

《布衣：我的父亲孙犁》

（生活·读书·新知三联书店2011年6月版）

孙犁女儿孙晓玲所著《布衣：我的父亲孙犁》，收录了她近些年发表在《天津日报·文艺周刊》上回忆父亲的系列文章十余篇。孙犁晚年，孙晓玲一直陪伴在父亲身边，经历和感受了家庭的所有变故，看到了父亲的喜怒哀乐以及他的创作和交往。因此，她所记录的文字，包括孙犁鲜为人知的日常生活，还有孙犁写作时的细节及与友人谈文论艺等情景，为孙犁研究提供了新鲜而珍贵的第一手史料，其价值非同寻常。

《平原枪声》（连环画）

（连环画出版社2011年9月版）

傅洪生所绘连环画《平原枪声》，堪称连环画经典作品，全书五册自1961年至1963年陆续出版，此后多次再版。此次再版，恢复了原稿画面的完整性，封面、内页更为清晰；订正了初版脚本中的一些文字错误，同时也恢复了初版脚本原本正确而被后来一些再版本误改的文字。近些年大量连环画名作得以再版发行，然而在编印质量上却鱼龙混杂。连环画《平原枪声》的再版，是以精品的态度对待经典，值得肯定。

2011-12-02

我们的高地

我不晓得将《开卷》称为"同人刊物"合不合适。因为根据历史的经验,"同人刊物"之称本身是很容易引起争议的,它很容易使人联想起小集团、帮派什么的。但就这个刊物本身的个性魅力,以及它的编者和作者所富含的独特的人风、学风和文风来说,又实在都具有积极意义上的共同性。因此,将《开卷》称为"同人刊物",也未尝不是一个文化评价的角度。

把《开卷》与《新青年》相比,也许很不恰当。但八年前南京几位夫子创办《开卷》时的热情,总是让我摹想我的北大前辈改造《新青年》时的深沉与潇洒。

1917年9月10日,胡适到了北京。那天本来是北大开学的日子,但由于张勋复辟,推迟了。当天下午,胡适去北大拜访蔡元培,没有人。幸好陈独秀在家,两人高兴地谈了一下午。

陈独秀与胡适、钱玄同商量,想把《新青年》办成"同人刊物"。陈独秀说:"我现在忙着文科学制改革,一个人办《新青年》,着实忙不过来。"钱玄同立即表示赞同:"众人拾柴火焰高,办'同人刊物'好,现在适之来了,守常、半农来了,加上尹默、一涵、豫才、启明,光北大就有七八个同人了。"胡适即将回家乡完婚,近来喜气洋洋的，他说："文学革命不是一个人的事，有大家齐心协力，我们把火再烧旺些。"

1918年年初，陈独秀在北大召集李大钊、刘半农、钱玄同、沈尹默、鲁迅、周作人等同人开会。陈独秀说："去年《新青年》发行了一千多册，书社仍嫌其过少，将《新青年》改为'同人刊物'，一定会有大的发展。"于是，改办"同人刊物"，实行轮流编辑、集体讨论制度，《新青年》成为"五四"新文化运动中影响最大的刊物，在中国现代史上占有十分重要的地位。

"不是一个人的事，有大家齐心协力"，这是所有优秀"同人刊物"的共性。但是在"同人刊物"的定性上，《开卷》与《新青年》还是有所区别的。第一，《新青年》的编辑都是北大同人，而《开卷》编委会成员虽然都是南京的文化名人，但他们并不在同一单位。第二，《新青年》"所有撰译，悉由编辑部同人共同担任，不另购稿"，而《开卷》的作者则是全国各地的文化精英，虽然够得上这种"精英"的只有这么几十位，其中骨干作者也就这么二三十位。书画家、《收藏家》编辑部主任唐吟方先生则更为直接地对我说：全国能写的，也就是这么些人，再多发现一个都很困难。因此，《开卷》的"同人"，实是这些位志同道合的中国文化精英。因为其数量毕竟极为有限，所以视为"同人"亦不算过分。

"同人"的《开卷》，没有正式刊号，不能上市销售，全部免费赠送读者，寄给外埠朋友还要搭上邮费；"同人"的《开卷》，没有一分钱进项，成本全靠凤凰台饭店有限的经济支撑；"同人"的《开卷》，没有一个专职人员，一切事务靠大家义务劳动来完成；"同人"的《开卷》，稿酬不高，然而稿源不断……在许多文化刊物日渐式微，或停刊或转向的今天，《开卷》能长到八岁，不能不说是一个文化奇迹。作为一个民间刊物，能创造出如此奇迹，最重要的原因就是它聚合着一群志趣相投的文化"同人"。

但是一定要说得清楚些,《开卷》的"同人"虽然都是各地的文化精英,圈子里外的人大多知道他们,但他们却又都不是那些被媒体炒得通红的那些"名人"。记得《开卷》的铁杆支持者、成都学者和藏书家龚明德先生好像说过这样的话:有真才实学的人在单位里往往不吃香。《开卷》的"同人"自然包括一批"不吃香"的人,他们往往人在体制内,而喜欢做体制外的事情;他们取得的成就,往往是体制内与体制外磨合的产物。

《开卷》究竟是不是应该定义为"同人刊物",其实并不重要;重要的是,八年来,它一直是我们的高地——我们的文化高地,我们的精神高地。

喜爱这个高地,因为它比起那些正式出版发行的刊物来,具有一种不同于世俗的力量和意义,能让我们通过民间性质的读书,更加自由地表达自己的思想和情感,或者说让我们表达自己自由的向往和要求。在这个高地上,我们拥有了广阔的视野,可以最大限度地释放出生命的能量,从而实现阅读与写作的超常价值。我们这些人毕竟与文字打了这么多年的交道了,给全国同类刊物写稿几乎可以做到百发百中,但我们更喜欢把自己最得意的稿子交给《开卷》。

喜爱这个高地,因为它比起其他一些民间刊物来,办刊做事的品位很高,让作者觉得很受尊重,很自然,很亲切。不像有些民间刊物,内容很一般,做事很俗气,办刊者醉翁之意不在酒,总想利用刊物换些名利,向名家讨要些墨宝什么的。

真正喜爱的,是站在这个高地上的人。《开卷》的作者,多半是我的师长和朋友,都是我钦敬的高人。高人太多,就以苏州作家、学者和藏书家王稼句先生为例吧。前年春夏之交,我到苏州游玩,当天晚上,我和同行的天津朋友以及他们的苏州朋友,约王稼句这位苏州大才子在观前街吃饭,席间,大家谈兴颇浓。座中一位苏州大款朋友大概不知道王稼句写过《姑苏食话》一书,便大侃起苏州美食来。我知道稼句兄亦善谈，就悄悄地拽了一下他的衣袖，示意他不要在意对方说得对与错，任其畅所欲言，免扫大家酒兴。稼句兄有酒量，当然也有容人的雅量，不以为忤，只是微笑着倾听。翌日，当这些朋友和我一起参观了王稼句的书房，并得知只有四十八岁的王稼句是苏州第一届和第二届藏书状元时，惊叹不已：在苏州这座享誉世界的历史文化名城中，这个年轻的"状元"实在来之不易。

这样的王稼句，延续了苏州两千五百年的文脉。这样的王稼句，就是苏州的名片，就是苏州的魅力。这样的王稼句，有文刊于《开卷》，自然也就为《开卷》增添了魅力。

在很多人只相信权位、金钱和享乐的时代，我们所坚守的高地，显得孤独，显得悲怆，也显得神圣。

徐雁（秋禾）先生是第一位向我推荐《开卷》的朋友，王稼句是第一位寄给我《开卷》的朋友，董宁文（子聪）先生是第一位使我的文字刊于《开卷》的朋友。我感谢他们，是他们让我感受到《开卷》那朴素而雅致的纸页里透出的温馨，那是一种家园般的温馨。

《开卷》是我精神上的奢侈品。多少年来，每收到一期《开卷》，我都会度过一个最惬意的夜晚。

2008-03-11

人间最是情难了

话剧《李叔同》，已经看过两次。一年多以前初次看的时候，剧名叫《芳草碧连天》；最近演出，改名《李叔同》，不光是改了剧名，剧情也根据专家和观众的建议有所改进和加强。

赵大民编导、天津人民艺术剧院演出的小剧场话剧《李叔同》，自2006年6月公演以来，已在天津、杭州等地演出四十余场，颇受话剧观众好评。近几个月来，为充分展现天津地域文化优势，八旬高龄的著名剧作家赵大民老当益壮，在认真总结演出经验的基础上，花尽水磨工夫，精益求精，挖潜创新，终于打造出了更加理想的剧作。经过修改，新版《李叔同》的情节交代更为缜密。例如我第一次看后向赵大民先生提出，李叔同从天津赴日本留学有"码头送别"一场戏，但它紧接在上海几场戏后面，海河码头与黄浦江码头又十分相似，很容易让观众误以为李叔同是从上海出发去日本的。赵大民先生采纳了我的意见，在新版中用台词说明"码头送别"是在天津的怡和码头，这样就给了观众一个更加清晰的场景印象。新版《李叔同》在强化李叔同作为新文艺运动先驱者伟大作用的同时，突出了他的爱国情怀，在演出方面充实了演员阵容，彰显了青春活力，不仅剧场效果显著，而且成为普及、宣传和研究李叔同——弘一大师的一个很有价值的新文本。

魂断天涯余芳草,人间最是情难了。李叔同是一个感情非常丰富的人。他丰富的情感,有时化为生命的动力,使他在中国新文艺诸多领域得首创之功,留下大量传世之作;有时体现为个人爱情和婚姻的激荡,使他备尝其中的苦辣酸甜,留下悲欣交集的爱缕情丝。该剧主要表现李叔同的前半生,那么他与3位女性——妻子静娴、歌妓李苹香、日本少女雪子——的感情纠葛自然是重头戏,但戏中并没有刻意渲染他的风流韵事,而是通过人物之间产生的合情合理的戏剧冲突,将那一代青年知识分子惯常具有的政治迷惘、文化焦虑和情感苦闷真实地表现出来。观众可以通过这些情感冲突,体会到"人间最是情难了"的真谛,从而有助于从情感角度理解李叔同出儒入释的漫漫心路。

至于有人批评该剧对"最重要的李叔同出家的理由却避而不谈",这对一部戏剧作品来说未免有些苛求了。李叔同出家的原因,如同王国维自沉,是20世纪一大难解之谜,学术界研讨多年,迄无定论。有人认为李叔同出家是因为他的父亲信佛,也有人说是因为当时的乱世让李叔同绝望,还有人说是因为他的家庭经济破产迫使,甚至有人说李叔同是像贾宝玉那样看破红尘才出的家……可能是其中一种或几种原因,也可能另有其他不为人知的原因,但不管是哪种原因,至今都是谜。如此"谜"雾重重,怎么能够要求话剧《李叔同》一下子揭出谜底呢?

由"人间最是情难了",联想到赵大民曾经编导过的另一部话剧经典《钗头凤》。陆游与李叔同虽然相隔七八百年,但他们都是多情之人,而他们的婚姻却又都很不幸。一句"山盟虽在,锦书难托",有爱,有恨,有痛,有怨,百感交集,万箭攒心。于是,一种难以名状的悲哀,冲胸破喉而出:"莫,莫,莫!"事已至此,再也无可补救、无法挽回了,这万千感慨还想它做什么,说它做什么?于是快刀斩乱麻：罢了，罢了，罢了！明明言犹未尽，意犹未了，情犹未终，却偏偏这么不了了之。话剧《李叔同》以男主人公不顾女主人公"泪痕红浥鲛绡透"，毅然决然地皈依佛门为收束，正是以果断的"不了了之"来了却人间最难了之情，也算是对千古名篇《钗头凤》的一种别解吧。

2008-01-29

第四辑

咬文嚼字

《建党伟业》编导应该好好补补历史

近观电影《建党伟业》，觉得它作为建党90周年献礼影片，确实让观众看到了从1911年辛亥革命后到1921年中国共产党成立这个历史时期的重要事件和风云人物，也基本达到了该片导演的目的：向那些为革命奋斗牺牲的先烈们致敬，也提醒现代观众不要忘记那些新中国的开拓者们。影片细节也不无精彩之处，如北京大学聘任教授那场戏，被聘为英文教授的辜鸿铭穿着长袍、马褂，头上拖着辫子，老模老样地走上主席台，大家不禁哄笑起来，而辜鸿铭却沉着地说："我的辫子长在脑后，笑我的人辫子长在心头。"于是，台下瞬间转为寂静。辜鸿铭这句话说得好，因为直到近百年后的今天，心里长辫子的依然大有人在。这或许就是该片编导的用意所在。

该肯定的当然要肯定，但是看到了毛病，如骨鲠在喉，也不能不吐出来。

明星上场数量过多。《建党伟业》号称云集178位明星，最终109位出镜（也有人说是108位，那就正好是排上座次的梁山好汉的数目了），阵容真可谓强大。然而，全片层出不穷的明星实在让观众眼花缭乱，严重地干扰着对电影的投入感。算一下，明星出镜频率差不多一分钟一个，观众的眼睛和大脑能跟得上如此快的节奏吗？记得 2009 年公映的《建国大业》也是靠的强大的明星阵容，但是如果说《建国大业》还有一个相对完整的故事，那么《建党伟业》也就只剩下一堆历史碎片——片中如同模特走秀一般次第登场的众多历史人物，使人产生一种刚入戏就被抽离的感觉，这恰恰消解了观众对历史的凝神关注与深刻反思。

明星面孔遮盖角色。由于明星们自身的形象过于鲜明，一闪而过的镜头让他们无法过多地塑造人物形象，观众印象中本色的明星脸始终盖住了角色。因此，当一个个人物出场时，虽然旁边打出了提示字幕，但观众还是难以记住谁是谁。尤其是几个军阀，扮演者多是相声小品演员，如赵本山、范伟、冯巩、何云伟、李菁等，一露脸就令人发笑。这种近乎脸谱化的表演，起的只能是娱乐大众的效果，多少削弱了历史影片的庄严感。此外，陈独秀、袁世凯、宋庆龄、邓小平、朱德等名人的选角，并没有考虑到演员与角色之间外形的差异，同样留下了明显的缺憾。难怪评论家马相武观后要说："数星星容易，看历史不易。"

我在观影中还发现了几处史实方面的"硬伤"，在此挑出来，提请读者和观众注意。

例如在 1915 年袁世凯筹备复辟帝制的过程中，黎元洪一再请辞兼职，借机搬出中南海，对政事不予闻问。袁世凯承受帝位后发布的第一道"策令"，即册封黎元洪为"武义亲王"，但黎元洪坚决拒封，终不动摇，表现出对袁世凯复辟帝制的抵制。然而，在《建党伟业》中，袁世凯称帝时，黎元洪却紧随左右，趋炎附势，这就完全背离了历史的真实。

再如在 1915 年爆发的以反对袁世凯复辟帝制为主要内容的护国运动中，梁启超是主要策划者和组织者之一。蔡锷后来说："帝制议兴，九宇晦盲。吾师新会先生（即梁启超）居虎口中直道危言，大声疾呼。于是已死之人心，乃振荡而昭苏。先生所言全国人人所欲言，全国人人所不敢言……""当去岁秋冬之交，帝焰炙手可热。锷在京师，间数日辄一诣天津，造先生之庐，谘受大计。及部署略定，先后南下。临行相与约曰：事之不济，吾侪死之，决不亡命……"足见梁启超在护国运动中发挥着特殊的重要作用。《建党伟业》表现护国运动的镜头相对较多，有蔡锷与小凤仙在北京车站挥泪离别，有孙中山在日本对蔡锷的鼓动激励，也有西南战场的激烈战斗，但却一个镜头也没给梁启超。如此编排，对梁启超公平吗？对历史交代得过去吗？

另如片中聘任陈独秀担任北京大学文科学长那场戏，主席台上赫然悬挂着鲁迅设计的北大校徽。查诸史料，1917年1月11日，蔡元培正式致函教育部请陈独秀担任北大文科学长；13日，教育总长范源廉签发教育部令"兹派陈独秀为北京大学文科学长"。而北京大学校徽则是鲁迅于1917年8月设计完成，8月7日将校徽图样寄交蔡元培的，它怎么会提前多半年就被挂出去了呢？

有媒体报道，对于记者不解的部分情节，《建党伟业》导演黄建新一再动员大家："回去后好好看看这段历史。现在很多年轻人对近百年的历史并不了解。我们这部戏，就是想唤醒大家对历史的兴趣和重视。"他甚至还向在场记者"训话"："我建议你们回去好好补补历史，观众不懂不要紧，你们记者不应该不懂历史。"如果媒体报道属实的话，那么懂得些历史知识的读者和观众心里都会明白："回去好好补补历史"的，究竟应该是谁。

2011-06-28

别跟着老外拿慈禧糟改

很多年以前，曾读过描写清末宫廷生活的《瀛台泣血记》《御香缥缈录》。这两本书当时销售量很大，后来又多次再版，流传甚广。它们的作者是美籍满族女作家德龄，她曾经在清宫里伺候过慈禧太后，所以国内外很多读者便以为这两本书是史料真实的回忆录。我读它们时，发现过一些问题，例如书中写满族皇室像汉族一样将父亲喊为"爸爸"，写李鸿章是军机大臣，写被幽禁在瀛台的光绪每晚还进宫与珍妃相会，等等，都是明显的硬伤或臆造。后来读到故宫学者、文物专家朱家溍先生写的《故宫退食录》，里面有《德龄、容龄所著书中的史实错误》一文，指出德龄的《瀛台泣血记》所写内容"有些是她听来的误传，有些是她对于事物本身不了解而加以设想的，也有不少是凭空臆造的"，而她的《御香缥缈录》则是"占三分之二的内容纯属虚构"。我于是明白了：坊间所见一些关于慈禧、光绪的书，多擅以"清宫秘史"的招牌迷人眼目，其实不过是出版商预先设定的"卖点"而已，是不能轻信的。

因此，当我一看到新近出版的《太后与我》封腰上的广告词——"文稿首次面世震惊全球……英国驻清外交官回忆与慈禧的六年情史……大太监李莲英的日记，解答光绪与慈禧的死亡之谜……最天才的作家,最叛逆的浪子,最情色的人生",就马上意识到:又一本子虚乌有之书粉墨登场了。

待将《太后与我》看过,印象比我原先估计的还要糟糕。该书作者叫埃蒙德·特拉内·巴恪思,英国人,有爵士头衔。据巴恪思自己说,他在晚清来到北京,因在庚子之变后帮助清理盘点珍贵物品归还清政府,而获得好感,得以有机会接近慈禧太后,自此与慈禧展开了一场"跨国之恋"。《太后与我》是巴恪思1944年辞世前写成的一部手稿,主要内容就是这个当初只有三十多岁的英国青年与七十来岁的大清国皇太后的情爱经历。该书情趣低下,文字粗俗,情节荒诞,破绽百出。慈禧成了几近变态的荡妇、色情狂,而巴恪思本人也可以在紫禁城和颐和园里恣意妄为……最令人"拍案惊奇"的是,该书竟然说光绪是慈禧派人勒死的,而慈禧是在宫中被袁世凯用手枪"连发三枪"打死的……

恰好看到南京著名评论家雷雨(王振羽)先生的一篇博文,也是批评《太后与我》的。雷雨先生说出了我想说的话,并且一针见血:"巴恪思此人的疯癫想象、意淫迷狂,固然是其创作的权利,但若一味宣称都是亲历亲为,那倒真有点谰言无耻、厚诬古人了。"

老外拿中国的历史人物开涮,拿中国人耍着玩儿,早已不是新鲜事了;可悲的是,国内有些文化人却为了些许"卖点",乐于把这些拿中国人耍着玩儿的玩意儿,郑重其事地推荐给中国的读者,企图让国人信以为真,视若珍宝。

据《太后与我》编者序说,很早就有英国历史学家著书指责巴恪思有计划、有步骤地伪造证据,欺世盗名。巴恪思所宣称的《景善日记》,即是他本人伪造的。当年,巴恪思被指责为"幻想狂""大骗子",没有人相信他说的话,所以他的这本书一直被拒绝出版。但就是在这样的背景下,《太后与我》的中文版译者及支持者仍然认定该书具有"长久的价值",吹捧该书"与《金瓶梅》神似",

甚至说"如果全书是巴格思瞎掰的,那他是一个伟大的小说家"。如果可以用"自欺欺人"来形容该书的原作者的话,那么用"掩耳盗铃"来比喻该书在中国的吹捧者也并不为过。

《太后与我》得以高调出笼、招摇过市,反映出当下文化界在对待历史和历史人物的态度方面依然存在着模糊观念。恩格斯说过:"无论历史的结局如何,人们总是通过每一个人追求他自己的、自觉预期的目的来创造他们的历史,而这许多按不同方向活动的愿望及其对外部世界的各种各样作用的合力,就是历史。"作为晚清时期近半个世纪实际的最高统治者,慈禧在中国近代历史的发展过程中起着特殊的作用,她对朝廷的丧权辱国、社会的动荡不安和人民的苦难深重,自然负有主要责任,但是这并不等于她可以随便被拿来当成污蔑和羞辱的对象。"反面人物"创造的历史,也是历史合力的一部分,也需要科学公正地评价;对"反面人物"进行妖魔化或丑化,继而对此大肆炒作,也是对历史的不尊重、不敬畏。

跟着老外拿慈禧糟改,不过是沉渣泛起。像这种有损历史尊严的套活儿,不是中国文化人应该干的。

2012-02-27

假装的艺术，请慎用

"有时候，假装可能会导致很严重的后果。你在瑜伽课里装模作样，结果，一个下腰后，坏了事，你可能后半辈子都要像个翻过来的螃蟹一样过活了。你装作会开飞机，结果，被迫来到几万英尺的高空，面对电闪雷鸣，无处可逃，你岂不是傻了眼？不过，装作一个高品位的文化人或坚持前卫生活方式的时髦人士可是万无一失的。当然。这样的假装技术也需要研习，而本书所要做的。正是要为你提供假装的全套协助。从吃穿住行到情场问题。从音乐、话剧到精神分析……无所不包。请选好你的'专业'方向，开始假装！"

这是印在一年前出版的《假装的艺术》封底的编辑荐语。由于我对该书产生了一定的研究兴趣，前不久一见到新出版的《假装的艺术2》就毫不犹豫地买了一本。让我不解的是，两本书虽然是同一家出版社出的，但前一本的作者是美国的文化评论人，后一本的作者却是英国的电视节目制作人，而且翻译者也换了人。真不知这后一本是怎么成为前一本的"2"的，会不会是这家出版社看到前一本卖得好就硬凑了一本"2"来继续营利？难道这也是"假装的艺术"之一种？

《假装的艺术》这样的书得以出版和畅销，自然是有着深厚而肥沃的社会土壤的。当今社会，信息疯狂传播，很多人认为如果自己没有谈资就会被朋友冷落，被圈子摒弃，社交、把妹（这是我新近掌握的一个词汇，意即主动与美眉搭讪，诱使对方成为自己的女友）、接近上流人物，都需要与人交流的热门话题和时髦语言。而《假装的艺术》恰恰投其所好，教给这些人如何"'装'出你的范儿来"，如何"让你看起来无所不知"，如何"耍幽默"，并能利用这些手法"轻而易举得到他人的崇拜和艳羡"。例如你如果与人谈论有关电影的话题，《假装的艺术》就教你："装作精通电影简单无比，你只要掌握一些简单概念和专业用语即可……事实上，彻底不谈电影内容是个很帅的选择。就说说导演的八卦，或者对这个导演进行一些精神分析……不要说'费德里科·费里尼'或'大卫·柯南伯格'，要尊称他们的姓'费里尼''柯南伯格'。相反，说到男女演员的时候，可以只用他们名字，甚至是昵称，比如布拉德、妮可、梅尔……"通观全书，所谓"假装的艺术"，其实也没有多大的学问，都是类似这种廉价的小聪明、小把戏。

比较而言，我倒是觉得《假装的艺术2》封底《泰晤士报》的荐语颇有道理："一大堆人坚持不懈地在书上、杂志上、网络上努力炮制出大量的'不可错过的十大旅游胜地''不可错过的好电影''不可错过的100张专辑'。好吧，这本书就是要替你说一句'够了！'屏蔽那些噪音，去开始寻找真正快乐的生活吧。"是的，人们在追求快乐方面，已经被外界的声音奴役了太久，这声音也包括"假装的艺术"。

现实生活中，尤其是文化人当中，确实不乏喜欢运用"假装的艺术"的人。我认识的一位文化人，只要我一遇见他，无论任何时间、任何场合，他都会主动说："你今天见到我可真是不易，我昨天晚上刚从美国飞回来，明天一早还要去新加坡……"下次遇见他，他还会主动说出这套话，只不过是把美国换成加拿大，把新加坡换成澳大利亚而已。我认识的另一位文化人，则一张嘴就是"我与艾青在西湖断桥边相识，脚下的残雪未消"，或者"我与顾城在西山古寺里相遇，头上的枫叶正红"。作为文化人，他们如此钟爱"假装的艺术"，那么他们制造出来的精神产品只能是"伪文化"。

在文艺界，为了抬高自己的身价，为了使自己的书画多卖几个钱，为了给自己多赚些出场费，说说大话，夸夸海口，一般来说，只要你不伤害别人，大家虽然心知肚明，但也不会把你怎么样。以我的态度，如果你把假装作为手段来弥补或掩饰你生活的某些不真实，那么我会同情你，体谅你；但是如果你心安理得地把假装作为生活的常态来替代真实，那么我也只能鄙视你，厌恶你。

尽管如此，假装也不要过分。尤其是自吹自擂，切忌过度。记住鲁迅的话："倘是狮子，夸说怎样肥大是不妨事的，如果是一口猪或一匹羊，肥大倒不是好兆头。"

2012-03-12

替张泽贤先生"填空"

张泽贤先生近几年推出一批关于民国版本的图书,陆续在上海远东出版社出版,我一一购阅,算来大致将近二十种了。我关注此类图书,主要是觉得书里的史料比较丰富,而图版尤为珍贵。"远东收藏系列"以这些书为看家货,渐次打亮了品牌,赢得了市场,说明策划者和编辑者是很有眼光的。同时,我也看到了一些专家和读者对张泽贤先生所编著图书的纠错与批评,特别是桑农先生发表的文章,很有学术水准。最近,龚明德先生也在博客上发表文章,对朱金顺先生《〈中国现代文学诗歌版本闻见录〉很有价值》一文提出了不同看法。我认为,对读者和编著者来说,这种批评和讨论是很有意义的;同时也深切感到,在图书编辑出版领域做好一项事业是很不容易的。

其实,张泽贤先生在他编著的一些图书的前言后记中,曾经多次道出过自己做此项工作的艰辛和困惑,就其态度来说,是比较冷静和真诚的。例如他在《现代作家手迹经眼录》(上海远东出版社2007年2月版)一书的自序中,谈到对作家手迹文字辨识时说:"'手迹释义'是进一步挖掘的路径,如读不通或弄不懂'路径',那就容易误入歧途,误己误人。虽然'释义'并非易事,但在笔者认真的解读与书家的帮助与指导下,基本上把'路径'搞清楚了。当然,也不能否认,在'路径'边上可能还会有几块'碑石'仍弄不清它们的来历,那只好用□代之,作为以后的'填空'。但从总体上看,把'路径'分辨得已经比较清楚了。"通读该书,果然看到张泽贤先生在对手迹的释文中留下一些"□",我于是试着对照影印的手迹"填空",竟也填上了几个,如在陆丹林致郑逸梅信中有"便请转致黄叟□政"句,我便填"□"为"晒"。此外,我还发现张泽贤先生的释文中尚有一些可斟酌之处,如在钱玄同致林语堂信中有"日前又奉手教,属将两月前和岂明的两首歪诗(实在距离'歪'还有廿年)馀来,将于《人间世》中制版印入"句,我则认为"馀来"应为"录奉"。

　　我做了二十多年编辑,接触过很多老先生的文稿、书信手迹,深知辨识字迹实是一门特殊而深厚的功夫。做好这项工作,既要广泛了解和掌握书法的各种体态,包括草写、连笔、速记符号、多字合一、异体字、碑别字等,又要熟悉每位老先生的书写风格和用字习惯,包括仅仅局限于其个人应用的风格和习惯。近来,天津社会科学院文学研究所研究员孙玉蓉先生正应邀编注《周作人俞平伯往来通信集》,我们曾共同就书信中的一些字词进行过反复辨识和查考,尽管如此,有的仍然难下结论。因此,我对张泽贤先生在《现代作家手迹经眼录》自序末尾所说"笔者深感才疏学浅,还在学步,能完成此书,已经可说是'勉为其难'也",便多了一分同情与理解。

2009-08-28

张之洞乎？张之万乎？

张之万（1811–1897）和张之洞（1837–1909）同为近代直隶省天津府南皮县人，且是同族兄弟，都官至大学士（相当于宰相，尊称"相国"），声名显赫，致使连有的近代文学研究专家也分不清"张南皮"或"南皮相国"究竟指的是张之万还是张之洞。

最近买到一本新出版的《翁同龢选集》（人民文学出版社2004年1月版，马卫中、张修龄选注），因该书是"近代文学名家诗文选刊"丛书的一种，而这套丛书以前出版的龚自珍、康有为、梁启超和严复的选集，都是王利器、周振甫等名家选注的，印象很好，于是就认真阅读起这本翁同龢。书中选了几首评画的诗，包括《题张南皮画册（选二）》《辛丑八月旧庖丁雍姓携南皮相国小画四帧索题口占应之》和《题张南皮相国画册》，将"张南皮""南皮相国"和"张南皮相国"都注成"张之洞"。但从诗中"画笔最清苍"，"远法董思白（其昌）"等评语看，却符合张之万的绘画风格。此外，这几首诗写于1890年至1902年间，而张之洞进京入阁拜相（体仁阁大学士，兼军机大臣）是在其后的1907年，所以这里所说的"南皮相国"只能是张之万。

令人不解的是，该书的选注者虽然将"张南皮"注为"张之洞",却又在注解诗中"戴鹿床(清代画家戴熙)"时,称戴熙"尝与张之万讨论画学,称'南戴北张'"。这条注解是对的。但是看到这里,读者不禁要问:选注者既然知道"南戴北张"的"张"指的是张之万,为什么还要把同一首诗题目中的"张南皮"注为"张之洞"?出现这样的错讹,是寡闻所致,还是粗心使然?

张之洞对外主张拒侮,对内主张改革,主持兴办了大量的洋务事业,在历史上的影响要远远超过其族兄张之万。因此,后来人们一提"张南皮",多指张之洞。如现代史学大师陈寅恪说自己"议论近乎曾湘乡(国藩)张南皮之间",这里的"张南皮",指的就是张之洞。《翁同龢选集》的选注者可能就是受了这个影响,以为"张南皮"是张之洞的"专利"。但翁同龢所评的画,却不是张之洞画的,而是张之万画的。张之万是一位著名画家,而张之洞的书法则更为人们重视。在2002年国家文物局颁布的书画作品限制出境标准中,张之万、张之洞兄弟同被列为"精品和各时期代表作品不准出境者"。据笔者所见,近几年拍卖的近代名人字画,张之万的都是画,张之洞的都是字。如果谁证实张之洞能画画,而且能画到让翁同龢反复赞赏的程度,那真是一大发现。

2004-02-08

帮《人间草木》改书名

汪曾祺先生是一位不朽的作家,身后十余年,他的作品依然被不断地编印,我们这些"汪迷"也就跟着不断地购阅。近日应一家杂志之约写一篇关于汪先生的文章,遂将寒斋所存他的著作找出来翻翻。谁知这一找不要紧,竟然找出了三本《人间草木》。这三种同名为《人间草木》的书,都是散文选集,作者都是汪曾祺,只是出版社不同。按版权页上的出版时间先后排序,第一种是江苏文艺出版社 2005 年 1 月出版的,第二种是山东画报出版社 2006 年 9 月出版的,第三种是中国文联出版社 2009 年 5 月出版的。对第一种,人家是首家冠名,我没意见;而对第二种和第三种,我不免要多说几句了。

如果是文学史上著名的经典作品集,或是由经典作家亲自编定而又早已为读者所普遍接受的作品集,像《聊斋志异》《朝花夕拾》等,那么无论是哪家出版社予以出版,都不能随便更改,也没必要更改其书名。而上述几种《人间草木》以同一书名出版,则与"经典"无关,它们不过是不同的编者都看中了汪曾祺的同一篇散文《人间草木》,便都以此做了书名。在第二种和第三种出版前,相关出版社的编辑信息闭塞,又没有进行市场调查,便草率确定选题,从而造成书名重复的低水平出版。

其实，只要编辑们稍稍动动脑子，这些书名就不会重复了。如第二种，在不背离全书主题的前提下，根据书中所收录散文的标题，可以改书名为《果园的收获》或《昆虫备忘录》。至于第三种，编者既已标明"人物篇"，实际是以写人物的散文为主，则完全可以改书名为《七载云烟》或《艺术和人品》。作家出版社于2005年9月也出版过一本汪曾祺散文选集，书名为《草木春秋》，虽与《人间草木》仍有二字相同，但比完全重复要好多了。

最近读到长春《城市晚报》副刊编辑王国华先生《反标题党》一文，我的理解是，编辑对文章的标题不要做过度修改，但有的也不能不改，因为报纸是面向大众的，首先要考虑读者接受的便利。我与王国华先生是同行，在每年我收到的来稿中，标题为《童年》《母亲》《我的家乡》《记一件难忘的事》的，都各有数百篇乃至上千篇，如果这些标题都不做修改，那么文章刊出后，不仅每天看报的读者不能饶我，报社负责开稿费、寄稿费的工作人员也要找我算账的——他们实在分不清谁是谁的"母亲"，记不住哪是哪的"家乡"。出版社编书亦同此理，起个书名，何必要与人家撞车、追尾？还是"大路朝天，各走一边"为好。

2010-03-05

人名地名回译要复原

将 Mencius（孟子）回译为"孟修斯"，将 SunTzu（孙子，中国古代大军事家）回译为"桑·祖"，早已成为译界笑谈。然而，由于一些译者的文化知识尤其是史地知识贫乏，类似的问题仍时有出现。下面仅就笔者所见，举中华书局近年出版的三种译著为例：

第一例，是由英文翻译的《说扬州：1550–1850 年的一座中国城市》（澳大利亚安东篱著，李霞译，李恭忠校，中华书局 2007 年 8 月版）。该书在第 307 等页多处将当代扬州著名学者韦明铧回译为"伟明铧"。韦明铧先生研究扬州文化卓有成就，著述丰富，安东篱此书又是国外学者研究扬州文化的专著，译者承担译责，自当对扬州文化及其研究者有一定程度的了解，而不应该连韦明铧姓什么都不知道。此外，该书还将盐业史研究专家方裕谨回译为"方裕仅"，也说明译者对有些人名是只知其音而不知其人。

第二例，是由俄文翻译的《19 世纪中叶俄罗斯驻北京布道团人员关于中国问题的论著》（俄罗斯巴拉第等著，曹天生主编，张琨等译，中华书局 2004 年 6 月版）。该书在第 623 页将天津一带的卫河（南运河）回译为"渭河"，可谓谬以千里。幸好它的后面附有俄文译音 Вэй-хэ，才不致让所有读者都以为它是"泾渭分明"的那条渭河。

第三例，是由日文翻译的《北中国纪行·清国漫游志》（日本曾根俊虎著，范建明译，中华书局2007年1月版）。该书在第3页将清代天津府管辖的六县一州中的静海县（今天津市静海县）回译为"青梅县"，而天津附近从古至今根本就没有"青梅县"。中日两国皆用汉字，"静海"与"青梅"字形相近，容易误抄。因笔者未见日语原文，所以尚不知该错误是日本作者的责任还是译者的责任。不过，如果译者回译时核查一下相关的专有地名，这个错误也不是不可以避免的。

中华书局出版的上述几种汉学著作，都是较有价值而且值得翻译的。但是译者只有认真做好中国人名、地名等专有名词的回译（或称"返译"）工作，使它们真正"复原"和"归位"，才能便于读者正确理解和检索原著，才能便于研究者放心借鉴和利用国外汉学研究成果。同时，准确无误地回译相关内容，也是对原作者汉学研究工作和成果的一种尊重。如果我们的译者"杂学"积累得再多些，译风再严谨些，那么译品的遗憾可能就会少些。

2008-02-17

《玄奘西游记》地名小误

听复旦大学钱文忠教授在"百家讲坛"讲《玄奘西游记》，很感兴趣，于是锁定荧屏，每日不辍。嫌不过瘾，又买来书（上海书店出版社 2007 年 9 月版），从头细看，获益匪浅。只是书中对几处古地今名的表述小有误差，略感遗憾。

该书讲到玄奘西行途经大清池时说，"其实这个地方就是著名的伊克塞湖"。这里的"伊克塞湖"，应译为"伊塞克湖"（Issyk-Kul, Issyk-Kol 或 Ysyk-Kol）。又说它"今天在俄罗斯境内"，错了，应在今吉尔吉斯斯坦境内。接下来讲到玄奘到达碎叶城，说其遗址"就在今天俄罗斯的托克玛克境内"，又错了，托克玛克也在今吉尔吉斯斯坦境内。

近日我又读了另外两本玄奘传记，一本是朱偰先生写于上世纪 50 年代的《玄奘西游记》（钱文忠教授的书与之同名），一本是傅新毅先生近年出版的《玄奘评传》，它们都正确地表述大清池和碎叶（素叶）位于今吉尔吉斯斯坦境内。只不过前者时代的吉尔吉斯斯坦还是前苏联的加盟共和国，但绝不在俄罗斯境内。

看来钱文忠教授是把前苏联与今天的俄罗斯简单地画了等

号，以致将两个俄罗斯境外的著名地名划到了俄罗斯境内。即便如此，这也只是白璧微瑕，美中不足，影响不到《玄奘西游记》的魅力。

2007-10-23

碑文不是墓志铭

清明又至，人们纷纷扫墓祭祖，慎终追远，敦亲睦族。但我们也遗憾地发现，在清明节这一重要的中国传统节日得以延续的同时，与其密切相关的墓葬文化知识及金石书法知识却被人们淡忘或忽视了。"墓志铭"一词被普遍误用和滥用，这是一个值得注意的现象。

关于墓志铭，《现代汉语词典》解释得很清楚："墓志：放在墓里刻有死者生平事迹的石刻。也指墓志上的文字。有的有韵语结尾的铭，也叫墓志铭。"当今的误用者和滥用者，他们并不知道墓志铭是放在墓里的，墓外的人是根本看不到的，而把地面上的墓碑及碑文错称为"墓志铭"。近读《禅绕着的墓志铭》（北京邮电大学出版社2006年12月出版）、《人生的休止符——西方名人墓志铭和墓地》（山东画报出版社2008年9月出版）等图书，书名本身就弄错了，因为这些书中介绍的众多历史名人的所谓"墓志铭"，实际上几乎都是这些人墓碑上的碑文。如莎士比亚的墓碑上刻着他的遗言："看在耶稣的份上，朋友，切莫动底下的这黄土。让我安息者上天保佑，移我尸骨者永受诅咒。"再如里尔克的墓碑上也刻着他的遗言："玫瑰，啊，纯粹的矛盾，希望不是像任何一人那样睡去，在这么多的眼睑下。"这些墓碑迄今仍然被完好地安置在他们的墓外，碑上刻的名言从来就不是什么"墓志铭"。读近年十分畅销的何兆武先生的《上学记》(三联书店 2006 年 8 月出版),发现这位著名的学者和翻译家竟也误解了"墓志铭"的意思:"济慈的 epitaph(墓志铭)是他死以前为自己写的,非常有名,即'Here lies one whose name was wrote in water.(这里躺着一个人,他的名字写在水上。)'"在这里,何先生将 epitaph 译为"墓志铭",显然是不合适的,因为王尔德在《济慈墓》一文中明确说过,是济慈自己在临终之际要求把这句话刻在他的墓碑(tomb-stone)上的。好在很多种英汉词典的编者头脑还是清醒的,他们对 epitaph 都提供了两种释义:"墓志铭;碑文。"这样做,至少能给人们以选择正确的机会。

"墓志铭"一词被滥用,与很多人不了解它是特定历史背景下的一种文化载体有关。东汉末年,曹操严令禁碑,魏晋两代亦因循此令。然而世人追念亡者之情仍望有所寄托,于是产生了将地表刻石埋入墓中的墓志铭形式。墓志铭的前一部分是"志",即简述死者生平;后一部分是"铭",即用韵语概括前一部分内容,并加以褒扬和悼念之意。墓志铭又称"埋铭""塘铭""塘志""葬志"等,由这些称谓也可看出它确实是埋在地下的。至北魏时,方形墓志成为定制,即为两块等大之正方形石版,上下重叠,刻铭文者在下为底,刻碑额者在上为盖。禁碑令废除后,此风仍不改,从而造成墓碑矗于地上而墓志藏于地下的格局。墓志铭大行于隋唐时期,以唐代最为繁盛,出土的数量远胜北朝。宋元以后,墓志铭数量锐减。近代以来,西式葬法逐渐推行,碑墓合一之制日盛,墓志铭之作渐衰。解放后,实行丧葬改革,丧事从简,并推行火葬,墓志铭失去了物质载体,基本上退出了历史舞台。至于启功先生那篇著名的以"中学生,副教授。博不精,专不透……"开头的《自撰墓志铭》,其实是他生前以韵语形式表达的心迹,后来镌刻在他墓碑前的一方巨石上,而并非真正意义上的"墓志铭"。

前些年报上曾刊载《中山陵为何没有墓志铭》一文，提到"孙中山陵墓竣工后，树立墓志铭……这在当时是一件很必要的事情"，"中山陵建成之后，碑亭虽在，却没有墓志铭"。吴小如先生曾在《文汇读书周报》撰文批评，指出该作者"缺乏常识，故行文不免讹舛"，"墓志铭虽刻在石上，却是埋藏在地下的，凡立于地面之上的碑文是从不称为'墓志铭'的。今传世的历代墓志铭，都属于出土文物。如果在地面上撰文树碑，应称'碑文'，若篇末加韵语，则称'碑铭'……立在碑亭中的应是'碑铭'，而绝非'墓志铭'"。吴先生的纠错言犹在耳，但是报刊图书上的误用和滥用依然不断出现，实在令人无可奈何。

2009-04-11

《玉碎》置景张冠李戴

因电视连续剧《玉碎》的背景是20世纪30年代天津旧事，颇感兴趣，便利用"五一"长假，前后收看了两次。观后感觉，编剧对中国玉文化的宣传，主演王刚的演技，都是值得肯定的；然而，该剧置景工作之粗率、景观效果之混乱，也足以令人遗憾。

《玉碎》置景最扎眼的失误是，把明明应该是天津的外景，而且是主要外景，都搬到了上海。上海南京路上的标志性建筑先施公司，在该剧中出现了不下十几次，而且屏幕上都能清楚地看见"先施公司"的牌子。先施公司是上海最著名的商场之一，历史上从未在天津开设过分店。此外，上海"新世界"等著名的建筑及其牌匾，也在剧中多次出现，而这些同样是与天津无关的。

虽然剧中"先施公司""新世界"等外景并非实景，而是某影视城搭建的固定布景，而且20世纪30年代天津劝业场一带繁华地区的景观与上海南京路的"十里洋场"有相似之处，表现天津不妨可以向上海借景，但是置景人员总该把"先施公司""新世界"的牌匾临时遮挡一下吧。

回想近几十年来，无数反映上海、武汉、广州等城市近代生活的影视，拍摄时都要到天津来借景，因为天津号称"万国建筑博览会"，具有丰富多彩的建筑和街景；现在，拍到反映天津本地近代生活的电视剧了，我们却反要借上海的景。《玉碎》外景主要在华界和日租界，如果从现存的实景中找一两个街角拍摄，充分利用一下我们自己的城市建筑景观资源，并不是一件特别难做到的事情。

除此之外，该剧外景和内景的选择还存在很多问题。一是"偷梁换柱"，将溥仪所居静园挪到了李吉甫故居，将天津市政府挪到了天津工商学院主楼，将剧中汉奸张璧公馆挪到了梁启超饮冰室，将日本领事馆内景挪到了法国公议局里。二是"一菜两吃"，将李吉甫故居内景既当静园内景，又当日军司令部（或日本警署）内景。三是"不伦不类"，剧中的那条河，比海河窄，比墙子河宽；剧中的那座铁桥，则既不像金刚桥，也不像金汤桥和万国桥——这一河一桥，显然是模仿上海的苏州河和外白渡桥。

总之，全剧除广东会馆等个别地方用的是真景实景，其余绝大多数地方用的都是假景借景，而且"假借"得都有问题。

建筑大师伊利尔·沙里宁曾经说过："让我看看你的城市，我就能说出这个城市的居民在文化上追求的是什么。"建筑和街景在一定程度上反映了一个城市居民的审美取向和品位，反映了一个城市最基本的精神特质。《玉碎》由天津人写、天津人拍，主创人员声称要拍出"天津味儿"，但却连天津的著名建筑和街景都弄不清、拍不对，怎么能够成功地拍出"天津味儿"呢？

所谓"天津味儿"，就是天津城市精神的全息反映，它是一个历史范畴，可记忆、可遗传，有延续、有发展。《玉碎》置景沪牌津挂，张冠李戴，低估了天津观众的历史知识和鉴赏水平，冲淡和破坏了全剧的"天津味儿"，实是该剧的一大败笔。北京媒体评价《玉碎》"天津味淡，王刚味浓"，不能说没有道理。

2006-05-14

第五辑

文人相重

重提"不做空头文学家"

4月7日下午,我在获悉周海婴先生去世消息的一刹那,马上想起我曾在2009年10月20日《天津日报·满庭芳》上编发过他的长文《我学无线电》。那是我在海婴先生有生之年唯一一次给他做编辑,因此印象很深;而其中印象最深的是:他一生都在逃离鲁迅的影子,都在践行鲁迅让他"不做空头文学家"的遗嘱。

海婴先生在《我学无线电》一文的开头写道:"1945年,我又因气喘病发辍学,这时虽然抗战已达七年多,胜利曙光就在眼前,但孤岛的生活环境也愈加紧迫。这一年我已16岁,马上要迈入成年的门槛了。母亲便和我商议:虽然我不能正常上学读书,但老是在家里闲着无所事事,也不是办法,不如趁机去学习些什么为好。上海的短期学校有好几类,还是寻个夜校去读,比如簿记、会计之类,这样好歹也能有个一技之长,将来可以找个吃饭的去处。但我去试听后觉得与我的兴趣大不相合。还有一种是无线电技校,分电讯班和工程班,有三极无线电学校、中华无线电工专、南洋无线电工专等等,晚上也可上课,并不影响我白天复习中学的课程。这倒是我的爱好所在。至于学费的筹措,我曾在两年前利用压岁钱等私蓄买了架照相机,可以把它卖掉。母亲想想也同意了……"这篇文章相当于海婴先生中学时代的自传，十分重要，后来很多媒体介绍他的生平，都引用过文章中的内容；然而，我编读时最大的感触却是：第一，作者在这么重要的关乎人生转折的文章里竟然只字未提自己伟大的父亲鲁迅，甚至只字未提鲁迅对他的影响；如果不看文章署名，普通读者可能不会想到它的作者是鲁迅的儿子。第二，作者通篇谈自己的兴趣、学业和理想，却只字未提文学，让人觉得他似乎与中国现代最伟大的文学家及其巨大的文学影响力没有一点儿关系。

"孩子长大，倘无才能，可寻点小事情过活，万不可去做空头文学家或美术家。"这是鲁迅临终前留下的话。从1936年到2011年，经过如此漫长的岁月，海婴走尽了自己的一生，同时也完成了父亲的遗愿。他没有"子承父业"，而是实现了自己儿时的理想，成为大家公认的无线电专家、摄影家，成为"一个正直、有智慧、有修养的人"（作家赵丽宏语），这些，都跟文学不搭界，当然更不是"空头"的。

最近读到李泽厚、刘再复两位先生关于"鲁迅为什么无与伦比"的对话录，其中一些阐述或许更加贴近鲁迅的真实思想。如李泽厚先生认为，西方文化的长处是思辨艺术，中国文化的长处是生存智慧。求生存，是中国文化的魂魄，鲁迅则真的得其魂魄。刘再复先生也认为，鲁迅对"安贫乐道"、对愚忠愚孝、对封建宗法制极其反感，但他对人间的苦痛却又非常敏感，他热烈地拥抱是非，热爱地关怀民瘼，热烈地爱与憎等等，都与中国的乐感文化、求生文化精神相通。在对待海婴的问题上，我们现在更加清楚地看到，鲁迅早已将自己的人生经验升华为生存智慧。正是缘于爱生活、求生存，鲁迅才能自己"俯首甘为孺子牛"，也才能让自己的儿子"不做空头文学家"。

由鲁迅与海婴，不禁联想到"股神"沃伦·巴菲特和他的儿子彼得·巴菲特。看新近出版的《做你自己——股神巴菲特送给儿子的人生礼物》一书可知，彼得如果跟着父亲走进华尔街，顶着富可敌国的巴菲特家族的光环，绝对可以少奋斗三十年。但"股神"却让彼得听从自己内心的声音，发挥自己的天赋。于是彼得没有走华尔街金童之路，而是选择用音乐谱写人生的乐章。他从父亲那里获益最大的是一套人生哲学：人一生最大的财富，就是能做自己！他在名校斯坦福大学只念了三个学期便决定休学，从零开始打造音乐梦。历经波折，他终于靠自己的力量，收获了属于自己的成功，赢得美国电视界最高荣誉"艾美奖"。面对如今普遍存在的傍爹啃老、坐享其成的"官二代""富二代"现象，我们不得不说，还是鲁迅、沃伦·巴菲特堪称好父亲，他们真正地疼爱自己的儿子，他们没有让自己的儿子做任何"空头"的什么"家"，而是做自己，靠自己的努力穿衣吃饭，成为一个实实在在的人。

鲁迅的"不做空头文学家"，对当今"空头"名誉泛滥的文学界也仍然是一剂良药。有些人在报尾刊缝"补白"了几篇"火柴盒"，就自称"著名作家"；有些人诌几句"顺口溜"上了"报屁股"，就自称"大诗人"……"空头"名誉，成为心浮气躁、急功近利者渴慕的桂冠。

海婴先生为自己的生命画上了句号。这个句号提示人们：他是鲁迅先生的合格作品。同时，他也以自己的逝去，使更多的人观赏到鲁迅的一句名言再度放射出的真理的光芒。这光芒的亮度，强烈得超过以往任何时候。

2011-04-12

挑错儿也应厚道些

有关孙犁研究的信息，我一直特别关注。近日看到莫舍拉东先生的博文《人文版〈孙犁全集〉误收唐人韦应物诗》，很感兴趣。莫舍拉东先生在文中说，2004年夏季他第一次看到人民文学出版社出版的十一卷《孙犁全集》，翻到第十卷，一首题为《赠鲍晶》的五言诗引起他的注意。这首诗的内容是："有客天一方，寄我孤桐琴。迢迢万里隔，托此传幽音。冰霜中自结，龙凤相与吟。弦以明道直，漆以故交深。"孙犁在后面写着"鲍晶同志正字"和"一九八四年春日书于幻华室"。莫舍拉东先生说，他当时就觉得这首诗无论是遣词，还是意象，都不像是出自孙犁先生的笔下。幸好编者将此诗录入时保留了"鲍晶同志正字"一行小字，一般若书赠自作，应用"正之"二字，此"正字"二字使他愈疑此诗可能是孙犁给友人书写的一首古诗，一时未注明何人所作，故被编者误收《孙犁全集》了。此后，莫舍拉东先生遇到各类古诗集，总要带着这个问题查检一番。一次，他偶然在网上浏览到这位鲍晶先生写的《三访孙犁》一文，文中谈及求孙犁先生这幅字的经过，其中有一段话："本想求得几个字，没想到求来了一首诗，还是孙犁很少写的旧体诗，真使我喜出望外……"如此看来，先是当事人认定求得了孙犁的一幅自作旧体诗手迹，而又被编者跟进认可了。去年冬天，莫舍拉东先生在翻阅《韦苏州集》时，忽然看到了那八句"赠鲍嵒诗"，它是韦应物所作题为《拟古十二首》中的第十一首，除"弦以明道直，漆以故交深"一句应作"弦以明直道，漆以固交深"外，其余皆不差。而此二字颠倒和一字之差应是孙犁的误记或误书。至此，六载之疑，终于得释，莫舍拉东先生"好不欣然"。

我欣赏《人文版〈孙犁全集〉误收唐人韦应物诗》这篇文章，欣赏的原因不仅在于作者发现并指出了《孙犁全集》编辑工作中的一个值得重视的失误，更在于作者体现出乐于彻底解决疑难问题的认真执著的精神。通观该文，没有一句话是直接批评《孙犁全集》编者的，体现出作者足够的厚道，但是每个读者都能通过字里行间得出这样的结论：编书，尤其是编《孙犁全集》这么重要的书，是要有莫舍拉东先生这种认真执著的精神的。

《孙犁全集》2004年在人民文学出版社出版后，我曾听到过几位学者在不同场合对这套书的编校质量提出批评意见。金梅先生在2005年第一期《文学自由谈》发表的《〈孙犁全集〉编校琐议》一文，对《孙犁全集》的编校问题及对新发现的佚文的处理，举例指出其"令人遗憾之处"。从金梅先生文章的内容看，《孙犁全集》的编校质量是存在不少问题的，但金梅先生同样很厚道，说明自己为这套书挑错儿是"以备《全集》再版时参考"。此外，他还从读者的角度看待此事："无论是读者，还是图书馆、阅览室，都希望收藏的是一部完备而精确的作家全集。特别是读者个人，如果收藏了一部错误多多的作家全集，除了遗憾和无奈之外，大多不会再去买一部经过修订的同一作家的全集吧。这类书籍，总是价格不菲的啊。"如此为读者着想，更显出他的宅心仁厚。这样的挑错儿文章，必然得到读者更多的共鸣。

"无错不成书"，已经成为中国当代出版业的一大特色；为新书挑错儿，也就成为遏制图书编辑出版质量滑坡的必要手段。挑错儿的功效，还在于促使书的作者进一步严格要求自己，端正文风和学风，写作时遇到问题多翻一翻工具书，尽量减少笔误，避免以讹传讹。但是，如果是学术范围内的问题，挑错儿者的态度应是善意的，而不宜讽刺挖苦，更不能搞人身攻击。有个别人，自己懒得做学问，却靠给名人挑错儿出风头，靠挑起笔仗赚稿费，闹得沸沸扬扬，无非追名逐利，那就与"厚道"二字相去甚远了。

《堂吉诃德》下部第三章里，有堂吉诃德、桑丘·潘沙和参孙·加尔拉斯果学士三人的趣谈。堂吉诃德说："许多神学家自己不善讲道；听了别人讲道，他挑错儿却是能手。"加尔拉斯果说："堂吉诃德先生，您说得对呀。我但愿那些挑错儿的人厚道些，少吹毛求疵，别看见了辉煌的作品偏要在光彩里找飞扬的尘土。"塞万提斯四百年前写在《堂吉诃德》里的话，今天看来仍具现实价值。把别人打趴下了，并不就等于自己胜利了；自己站起来，站得住，站得稳，才是真正的胜利。有为的文人，应该把主要的精力用于创作"辉煌的作品"，而不要用于"在光彩里找飞扬的尘土"。

我不知道莫舍拉东先生的真实姓名，但从其文章看，我相信他是一位具有真才实学的学者；金梅先生则不用说了，他在孙犁、傅雷和李叔同等文化名人的研究及传记写作方面取得的丰硕成果，早已令人瞩目。正是因为他们挑错儿的目的是建设高水平的文化，所以他们的挑错儿文章才写得那么有风度。

2011-06-08

不悔少作惭童年

读有些人的回忆录或者回忆性散文，最反感的就是看他翻云覆雨。有些作家刚出道时，一写文章就哭穷，说自己的童年如何贫困如何艰辛。譬如他家在农村，他就说自己是靠捡蘑菇、挖野菜长大的；譬如他家在城市，他就说自己是靠拾煤渣、偷西瓜长大的……而待这些作家成名后，则仿佛忘记了自己曾经哭天抹泪，笔锋一转，大谈自己小的时候家里如何拥有一间庞大的书房，家里如何陈设一堂珍贵的古董……仅仅过了几年的工夫，同一位作家竟然前后判若两人，令人惊异。

想来，这也不难理解。先前他们哭穷的目的，是为赚取读者的眼泪；后来他们摆阔的目的，则是为赢得读者的尊崇。只要能忽悠住读者，只要能出名，他们是不惜拿自己的家世和童年糟改的。

出尔反尔的文人虽不多，但悔其少作的文人却不少。据说，"悔其少作"的祖师爷是西汉的扬雄。他早年曾赶时髦，大学作赋，待到长大老成了，却贬之为"童子雕虫篆刻"，傲然表示"壮夫不为也"，落得二百年后的杨修怪他"老不晓事，强著一书，悔其少作"。"悔其少作"一词，就是从那儿来的。鲁迅在《〈集外集〉序言》中说："听说：中国的好作家是大抵'悔其少作'的，他在自定集子的时候，就将少年时代的作品尽力删除，或者简直全部烧掉。我想，这大约和现在的老成的少年，看见他婴儿时代的出屁股、衔手指的相片一样，自愧其幼稚，因而觉得有损于他现在的尊严，——于是以为倘使可以隐蔽，总还是隐蔽的好。"分析起来，"悔其少作"的原因大致有两种：一是随着年龄的增加和阅历的丰富，文人在重新审视少作的时候感觉不满意；二是文人在其所经历的一些政治运动中主动地或违心地写过相应的文章，晚年感觉后悔或愧疚。但无论是哪一种，都没有脱开鲁迅先生那生动形象的比喻。

中国作家"悔其少作"，更是比较普遍的现象。典型的如唐代的韦庄，他曾于穷困时写了一首描述百姓离乱之苦的长篇叙事诗《秦妇吟》，受到人们的赞赏，传诵一时，许多人家都把这首多达一千七百余字的长诗抄下来别在幛子上欣赏。韦庄也因此而走红，被誉为"《秦妇吟》秀才"。对此，他常常自鸣得意。唐亡后，王建在蜀称帝，韦庄当上了他的宰相，生怕《秦妇吟》触及王建的"历史问题"，于是不但自己不肯再提这首诗，而且还要想方设法销毁别人的抄本，还特别叮嘱家人"不许垂《秦妇吟》幛子"。很多重要作家早期作品传世甚少，影响了文学史家对其进行全面的研究，当与作家"悔其少作"这个因素有很大关系。

还有很多作家，"悔其少作"的方式，不是毁，而是改。有些作家对自己的代表作不停地改，改了十几次，改了一辈子。从《〈女神〉汇校本》《〈太阳照在桑干河上〉修改笺评》等书中，往往可见这些名著漫长而复杂的修改历程。上世纪80年代后期，我与书友高为先生都酷爱《围城》，曾想一同探究钱钟书先生对其进行修改的具体过程，为此我还收藏了上世纪40年代出版的初刊《围城》的全套《文艺复兴》杂志。后来四川文艺出版社出版了龚明德先生责编的《〈围城〉汇校本》，随之发生了钱钟书先生和人民文学出版社对该汇校本的出版者和汇校者提起诉讼的事件。当时就有书友认为，原告虽然提出被告侵害了原作者对《围城》一书的演绎权和出版使用权，以及原授权出版社的专有出版权，但实际原因很可能是钱钟书先生不太愿意让读者看到作品原来的面目。

　　客观地说，作者有隐藏或修改自己作品的权利，而读者也有重新阅读或完整阅读曾经公开发表过的作品的权利。比较而言，我觉得季羡林先生和鲁迅先生显得更为自信，也更为明智——前者在《〈季羡林自选集〉序言》中说，在某一阶段自己的思想感情有了偏颇甚至错误，"这样的文章决不应任意删削或者干脆抽掉，而应该完整地加以保留，以存真相"；后者在《〈中国新文学大系〉小说二集序》中说，有些作者在自编的集子里删去了曾发表过的初期的文章，"但我间或仍收在这里面，因为我以为就是圣贤豪杰，也不必自惭他的童年；自惭，倒是一个错误"。

2011-08-16

做学问不能太"宅"了

鲁迅先生是鼓励人们读书的,但是他同时又说:"读死书是害己,一开口就害人。"(《花边文学·读几本书》)在现实社会里,因为读死书害己害人的事不敢说有,而误己误人的事确是大量存在的。

日前收到江南某市一位文友的网信,让我到天津图书馆为他复印《益世报》上刊载过的几篇文章,说他正在写的一本书里要选录、引用这些文章。我当即就回信婉拒了他的要求。

天津《益世报》是中国近现代影响颇大的全国性重要报纸,与《大公报》《申报》《民国日报》一起被称为"四大报"。《益世报》内容包罗万象,信息含量大,资料价值高,副刊、专刊办得有声有色,刊载了大量名家名作,愈来愈为当代研究者所重视。周恩来上世纪20年代初旅欧期间撰写了很多文章寄回国内,主要发表于天津《益世报》,这些文章是他早期革命活动的重要历史文献,后来出版的周恩来《旅欧通信》就是按照《益世报》影印的。此外,罗隆基、梁实秋、李长之、沈从文、田汉、钱端升、张秀亚、范长江、张恨水、邓广铭等人的大名,也与《益世报》紧紧联系在一起。多年前,天津几家出版社联合影印了天津图书馆所存全套《益世报》,全国各地图书馆多有庋藏。据我所知,这位江南文友所在省内也有图书馆采置了这套《益世报》影印本。因此，我在婉拒这位文友要求的同时，提示他可以就近解决这个问题。

说心里话，我不是不能帮助他，也不是不愿帮助他，我是不想宠他这个自以为是的毛病——想看《益世报》，就知道找天津图书馆。如果他想看《莎士比亚全集》，难道也要找大英博物馆图书馆吗？这个自以为是的毛病，乃由其读死书和学术信息匮乏所致。其实拿"益世报"三个字随便在网上搜一下，就会知道《益世报》出过全套影印本，就会知道为复印《益世报》而不远千里地找天津图书馆实在没有什么道理。

也不排除另外一种可能，就是这位文友明知《益世报》出过全套影印本，但却懒得自己动手去查，就把这个活儿派给我，让我替他干。可他也不想想，我在天津文化圈儿混了二十多年，又是干报纸的，能不知道《益世报》出过影印本吗？即便我不知道，去天津图书馆查阅，图书馆的朋友能不告诉我吗？《益世报》已经出了全套影印本，图书馆还会把珍藏的原报拿出来让人复印吗？

无论是信息匮乏，还是懒得动手，都说明当今文化界、学术界存在着一个值得重视的现象——"宅"。

"宅"，是现代都市白领、知识青年一种日益流行的生活方式，面对社会竞争和尘世浮躁，他们更喜欢孤独与寂静，选择一个人"宅"起来做自己想做的一些事情，被称为"宅男""宅女"。有些"纯宅"者，俗称"家里蹲"，在除工作和必要的购物外，平日不喜欢外出，也极少串门，多半有自己特殊的爱好，却没有多大关联的人群，甚至对人多的地方具有抵触心理。"宅男""宅女"们离不开电脑，电脑是他们的灵魂；更离不开网络，网络是他们的支柱。当下很多文人、学者，与"宅男""宅女"处于相似的生存环境，抱有同样的处世哲学，以致他们所从事的文化和学术也就随之渐趋于"宅"。现在很多研究生不仅从不进图书馆，而且干脆就不用实体书，写论文都是靠"网扒"拼凑粘贴。长此以往，文化的"宅"化、学术的"宅"化，会生成更多的与现实脱轨、于社会无补的"宅"文人、"宅"学者。

对那位江南文友的勤奋著述，我是完全支持的；但我同时又担心，他的"宅"，会降低自己的能力，拉远与朋友的距离。

鲁迅先生鼓励人们读书，是鼓励人们"自动的读书，即嗜好的读书"，因为"专读书也有弊病，所以必须和现实社会接触，使所读的书活起来"(《而已集·读书杂谈》)。

2011-10-24

文人宜简不宜繁

有些真理，要经过数百上千年历史的检验，才能成立；有些真理，未出当代，便已经颠扑不破了。孙犁先生的名言"文人宜散不宜聚"，就是后者的典型。

孙犁是这样说的："我以为文人宜散不宜聚，一集中，一结为团体，就必然分去很多精力，影响写作。散兵作战，深山野处，反倒容易出成果……"这话说在1980年，三十多年过去了，独立思考、潜心写作的文人愈发珍稀了，此话也就愈发显得宝贵而耐人寻味了。

"文人宜散不宜聚"固然是句箴言，但如今毕竟是信息化时代，"深山野处"已无处可寻，文人除了写作，也不可避免地需要交往，需要聚会，需要公关，至少，也需要通过电子、电讯等新媒体互相联系。既然如此，我以为，按照"文人宜散不宜聚"的宗旨，文人之间相互交往和联系的准则应该是"宜简不宜繁"。

"文人宜简不宜繁"，孙犁没有说过这样的话，但是他讲过这样的道理。我在编辑工作中就遇到过一些作者，他们写作很勤奋，但能够刊发的文章并不多。其中有的作者不从自身找原因，却另外揣摸到了"灵丹妙药"，兴奋地对我说："我终于明白了，作者要想多发稿，就得多与编辑沟通，最好是当面沟通……"听了这样"恳切"的话，我不得不告诉他："我的老师孙犁在活着的时候，就把您今天谈的问题提前写好答案了。孙犁在《关于编辑与投稿》中说过：'有人好带着稿子跑到编辑部，请编辑当面指点。这种办法并不好，临时仓促地看，不一定就能提出切实的意见……好跑编辑部的人……常常写不出什么好的作品。或原来写得还不错，后来反而退步了……'"这位作者闻之，有些愧色，又问我，他究竟应该怎么做。我说，所有写作的人都应该好好体会孙犁的谆谆告诫，删繁就简，把全副精力用在写稿上，把"跑稿"的劲头儿也用在写稿上。只有这样，稿子才能写好。

从上大学迄今二十多年来，我为几十家报刊写过上千篇稿子，但从未有过这些毛病：其一，稿子先不写，而是先打电话把想写的内容跟编辑唠叨半天，要求编辑表态，把风险压在编辑身上；其二，催发稿件，干扰编辑版面安排思路；其三，稿子传给编辑后，自己又作不必要的修改润色，再次传给编辑，给编辑添麻烦。简者，减也；繁者，烦也。文人之间若能换位思考，或许更能领悟"文人宜简不宜繁"的道理。

"文人宜简不宜繁"，与"文人宜散不宜聚"一样，意在表明：文学是一条寂寞之路，只有耐得住寂寞，才能创作出好作品。面对纷繁的现实，要善于找到自己的清静，在属于自己的时间里，锲而不舍地追求自己喜好的东西，努力实现自己的理想，并在追求和实现的过程中得到美的享受。

一个"简"字，做到不易，恪守更不易。日前参加天津美术学院教授王振德先生书画学术研讨会，听到与会者在纷纷赞赏王先生学术成就和艺术成就的同时，还特别高度评价了他的寂寞之道。王先生写过这样的诗句："幸有寂寞翰墨事，任尔东西南北风。"他把翰墨当成是寂寞事，不是热闹事。反观现在的艺术界，喧哗浮躁，太求热闹了，什么"板凳要坐十年冷"，什么"功夫在画外"，早已被抛到九霄云外了。

　　简有简的寂寞，简也有简的风景。关于这一点，晋人陶渊明、唐人王摩诘等遗有大量的诗文供我们引证。倘若嫌这些位古人的诗文未免有点消极避世的话，那么不妨换上一首当代作家汪曾祺先生的诗，看看"简"的生活是多么的自在而充实："新沏清茶饭后烟，自搔短发负晴暄。枝头残菊开还好，留得秋光过小年。"

　　"文人宜简不宜繁"，这句话其实也不能算是我的发明。譬如《论语·雍也》中的那句名言："子曰：'贤哉，回也。一箪食，一瓢饮，在陋巷，人不堪其忧，回也不改其乐。贤哉，回也！'"说的就是"文人宜简不宜繁"。再如一位美国女士读了钱钟书的书，十分敬佩，要登门拜访，钱先生在电话中婉拒道："假如你吃了个鸡蛋，觉得不错，何必要认识那下蛋的母鸡呢？"说的也是"文人宜简不宜繁"。

2011-11-08

北大三代鲁研人

鲁迅先生是北京大学的骄傲。鲁迅自 1920 年应聘到北大任教，在红楼授课 6 年，对这座伟大的学校，对这座学校的青年学生，充满了感情和希望。他为北大设计的校徽，沿用至今。圆形徽章中间，"北大"二字形同一个站立的人，代表北大以人为本、进步向上的精神。他在《我观北大》一文中说："北大是常为新的，改进的运动的先锋，要使中国向着好的，往上的道路走。""北大是常与黑暗势力抗战的。"有人说他是"北大派"，他"也就以此自居"："北大派么？就是北大派！怎么样呢？"

鲁迅与北大的缘分，更体现在北大一直是鲁迅研究的重镇。与鲁迅的直接关系，强大的学术研究力量，勇于开拓创新的精神，三者合一，成为北大鲁研的独特优势。鲁迅身后，北大的三代鲁迅研究者根据不同的时代需要，各有侧重地在上述三个方面作出了贡献，为世人瞩目。

在出生于 19 世纪末 20 世纪初的北大名教授中，有几位曾经是鲁迅的朋友、同事或学生，他们是鲁迅文学活动和社会活动的见证人。1936 年鲁迅逝世后，他们陆续将自己亲历、亲见、亲闻的鲁迅事迹及相关情况记录下来，撰文发表，丰富和充实了鲁迅研究史料，为深入研究鲁迅的生平、创作和思想奠定了笃厚的基础。

解放后任北大俄语系教授的曹靖华（1897-1987），是中国现代著名的文学翻译家和散文家，鲁迅的挚友。从1923年起，曹靖华开始翻译俄国进步作品和前苏联革命作品，鲁迅称赞他"一声不响，不断地翻译着"。曹靖华翻译作品的代表作为绥拉菲摩维支的《铁流》，1931年由鲁迅出资出版，在社会上产生过很大的影响。他与鲁迅多有通信，并帮助鲁迅搜集书刊和外国版画作品，保持着密切的联系。在曹靖华解放后出版的散文集《花》中，《人民的春天要开始了》《忆当年，穿着细事且莫等闲看》《"电工"鲁迅》等多篇文章都是反映鲁迅生活实况的珍贵资料。

抗战胜利后在北大中文系任教的章廷谦（1901-1981），笔名川岛，是中国现代著名的散文家。他1921年开始与鲁迅交往，1924年与鲁迅等共同创办《语丝》周刊，参与出版发行事务，并成为主要的撰稿人。章廷谦编辑《杂纂四种》、校点《游仙窟》时，都得到鲁迅的指导和帮助。在北京、厦门、杭州等地，章廷谦与鲁迅都有来往，关系甚密。解放后，章廷谦出版有回忆录《和鲁迅相处的日子》。

北大中文系教授魏建功（1901-1980），是中国现代著名的语言文字学家。1922年，鲁迅与北大国文系学生魏建功之间，因北大戏剧实验社的一次话剧演出发生论争，后来消除了"暂时的误解"，成为朋友。1925年"五卅"惨案发生，为接纳愤然从天津英国教会学校退学的爱国学生，魏建功与几位友人发起，在北京西城丰盛胡同开办了黎明中学。鲁迅热忱支持这一爱国行动，毅然以大学讲师的身份担任黎明中学高中文科小说教员。鲁迅辑录《唐宋传奇集》，魏建功认真为其校核。鲁迅逝世后，魏建功在离乱岁月里努力保存和弘扬鲁迅文化遗产。解放后，他又撰写《忆三十年代的鲁迅先生》等文章回忆与鲁迅交往的史实，并无私帮助刚刚起步研究鲁迅的青年学人，表现出对鲁迅的尊崇和爱戴。

全面、系统地研究鲁迅及其作品并将成果运用到教学上，充分显示北大教研实力，这一代专家和教授，当以王瑶为主要代表。

王瑶（1914–1989）是中国当代著名的文学史家。他1952年到北大中文系任教，致力于中国现代文学史的教学和研究，是这门学科的奠基者之一。他的《中国新文学史稿》是最早的具有完备系统的中国现代文学史专著之一。鲁迅研究方面，王瑶著有《鲁迅与中国文学》《鲁迅作品论集》等书。王瑶鲁迅论的突出特点，是以广博深厚的中国古典文学修养探讨鲁迅作品的历史渊源，对鲁迅作品进行深广的历史和文学的双重透视。在论文《论鲁迅作品与中国古典文学的历史联系》中，他宏观地把握研究对象，从整体上全面、深入地揭示了鲁迅作品与中国古典文学的历史联系，成为这一专题研究的经典之作，是中国鲁迅学史上不可多得的经典性论著。王瑶之所以能够取得这样的成就，除了借助于深厚的中国古典文学底蕴之外，还在于他善于从具体的文学实例入手，由小处发现鲁迅作品与中国古典文学的内在联系。例如嵇康文章"长于辩难""析理绵密"的议论性质与表现方式，确实与鲁迅杂文有着相通之处。王瑶长期浸润于魏晋文章与鲁迅杂文之中，潜心涵养，烛幽发微，自然而然地揭示了这二者的历史联系。王瑶在治学上受到鲁迅很大影响，他的鲁迅研究被认为是"以鲁迅精神治鲁迅"，侧重鲁迅与中国现代文学、思想、文化、政治等方面的关系，注重对鲁迅作品内在思想和美学意义的开掘，在《野草》《故事新编》《朝花夕拾》的研究上有独特的贡献。

改革开放，使鲁迅研究焕发出新的活力，催生出新一代学人。20世纪80年代，几位出生于20世纪30年代的中文系中青年教师成为北大鲁研的主力，而且显示出各具特色的研究方法和学术风格。

严家炎是最著名的中国现代文学研究专家之一，研究鲁迅作品长达四十多年。他的《论鲁迅的复调小说》是一本态度严谨、持论公允、论述有力的学术论文集,从一个侧面返观了新时期以来鲁迅研究的发展历程。

孙玉石主要从事中国现代文学史、鲁迅与五四文化及中国现当代诗歌研究,其中鲁研方面著有《〈野草〉研究》等。从《野草》诞生起一直到20世纪70年代末,人们几乎一致认为它是中国现代文学史中一部非常难懂的作品。主要的原因除了它包含的内容很深以外,还有一点就是鲁迅在《野草》里采取了一个比较特殊的表现方法,即象征主义的表现方法。鲁迅这种独特的追求,造成了艺术传达的幽深和神秘,从而使《野草》具有一种神秘美。通过对《野草》的生命哲学与象征艺术的研究,孙玉石认为,鲁迅在《野草》里有自觉的创新意识,他开辟了现代小说和现代散文的写作;《野草》是中国现代散文诗开山性的果实。

从1985年开始,钱理群连续十几年主讲"鲁迅研究"课。20世纪80年代后期,他出版了《心灵的探寻》一书,以崭新的研究态度、话语系统和思维方式,开辟出了一个全新的鲁迅世界,把经过自己生命体验和热血浸润的全新的鲁迅意象传递到了广大青年心中。而他在中国鲁迅学史上的功绩,则是开始了鲁迅研究从外向内的视角转移,在鲁迅心灵的探寻中,与鲁迅毕生所致力的为使中国人民(包括中国知识分子)"结束精神奴化状态"的事业相接续,将鲁迅研究与中国人特别是青年的精神自觉紧密地联系在一起。

乐黛云则擅长以比较文学的方法研究鲁迅,编译出版了《国外鲁迅研究论集》《英语世界的鲁迅研究》等书,发表了《鲁迅研究:一种世界文化现象》等有影响的文章,使人们更多地认识到鲁迅的世界意义。

20世纪80年代中期,我在北大中文系求学期间,有幸听过王瑶、乐黛云、孙玉石、钱理群等先生关于鲁迅的讲课或讲座。老师和同学们对鲁迅的热爱，对鲁迅精神的弘扬，对鲁迅研究的执著，给我留下极深的印象。"北大是常为新的"，鲁迅研究也应是常为新的，我们热切盼望在北大的青年教师中能涌现出新一代鲁研学者，为社会贡献出新的优秀学术成果。

2005-02-27

伟大的布衣

张中行先生的办公室里挤着三四张办公桌。他的那张旧桌子靠紧里面,桌上摆着一个干净饱满的大鸭梨。我读过他的一篇散文《案头清供》,就随口说了一句"这鸭梨也是您的案头清供"。张先生点头微笑。他笑的时候,本来不大的眼睛就显得更加朴实和慈祥。

1992年10月21日下午3时,我到北京沙滩后街人民教育出版社,拜访我仰慕多年的张中行先生。那时张先生已经83岁,但仍坚持工作,每周从城外北大的家到城里的出版社往返一次,倒公共汽车。他告诉我,如果人民教育出版社编的语文教材在使用过程中出现了问题,而且专家之间意见不同,就会找他解决。按我的理解,他是最后和最高的裁决者。出版社肯让一个如此高龄的老爷子上班,自然有其特殊而重要的用处。

这是我们之间唯一的一次面谈。此前此后,都是书信往还。他出了新书,总不忘寄给我,签名之外,还要题上几句话。每有天津的朋友去看他,他都让他们给我带好。带过好的,有出版家张道梁先生、书法家陈传武先生等。此外,我还写过一篇关于他收藏砚台的文章,记得里面有一句是:"叶公好龙是假,行公好砚是真。"

他是我大学的校友、系友,但他比我长56岁,比我早毕业52

年，实是我太老师那一代人，对于学问戋戋似我辈来说，简直是高不可及。可能是我在天津第一个宣传他的书的缘故吧，他便将我引为忘年知音，这对我来说实是一种谬奖。

那时，我已经工作多年，辛勤劳苦，按部就班，精神时常困顿，感觉前途渺茫。读了钱钟书和孙犁的书，品味他们的人生，我增强了定力和耐力；而汪曾祺和张中行，一位70岁出大名，一位80岁出大名，又都是我的前辈校友（汪先生曾就读于西南联大中文系），他们的大器晚成，则使我更加自信和从容。

张先生的故乡在天津武清，他青年时代又在天津生活和工作过，至今还有很多亲友住在天津，因此，他对天津的感情自然是极为深厚的。20世纪90年代初期和中期，是他写作的黄金时期，他应我之约为《天津日报》写了数十篇文章，其中不乏传世名作。1998年，他年近九旬的时候，大病了一场，从此不再见到报刊上有他的新作。即使这样，在我的诚邀下，他还是勉力为新创办的《天津日报》"收藏"版题写了刊名。

十几年来，在我眼里，不见张先生有什么"国学大师"的派头和架势。他布衣布履，粗茶淡饭，食无鱼，出无车，就是一个普普通通的读书人。当然，他有思想，有性格，有学问，有才华。

有思想，有性格，有学问，有才华，而能安于布衣布履，粗茶淡饭，食无鱼，出无车，正是他的不凡之处，伟大之处。

他认为《顺生论》是自己最重要的作品。他强调顺生。什么叫"顺生"？顺生不是逆来顺受，也不是苟延残喘的苟活，而是要顺应潮流，要顺应生活的自然趋势，在这个过程中热爱生命，珍爱自己，热爱生活，享受生活。顺生，说起来容易，做起来就难了，因为任何人也不敢预期自己准能活到80岁，活到90岁，甚至活到97岁。就拿张先生本人做例子，他是活到80岁才"暴得大名"，好文章一发而不可收，洋洋洒洒写了10年，作品一版再版，人称"文坛老旋风"。正是由于张先生一生信奉"顺生",实践"顺生",得"顺生"之利,才有机会在晚年完成了"顺生"之学。有的人创造了生命的奇迹,但是没有创造学问的奇迹;有的人创造了学问的奇迹,但是没有创造生命的奇迹。只有少数人既创造了生命的奇迹,又创造了学问的奇迹,张先生就是这样一个人。张爱玲说"出名要趁早",她自己确实做到了,可谓少年得志;比较而言,张中行的大器晚成显然更为难得。季羡林先生称张中行先生是"高人、逸人、至人、超人",道理尽在于此。

在将近一个世纪的生命历程中,他历经坎坷,却始终泰然处之。他出身农民家庭,一生清贫,家里摆设极为简陋,除了两书柜书几乎别无一物。他为自己的住所起了个雅号叫"都市柴门",安于在柴门内做他的布衣学者。虽然他一辈子没钱,却从来没把钱当回事。他写了那么多书,却没有留下稿费。接近他的人披露:"他接电话我在旁边听。人家说什么什么稿费来了给您,他说:'算了,算了,你拿去吧,我不要了。'就让人家拿走了。我听过这样的电话,不止一次。"一位同事的钱被偷了,多少日都难过得缓不过来。张先生见之,大动恻隐之心,竟拿出相当于被盗钱数的一半交到他手里,安慰他说,就算是咱俩一起被偷了。一次,一个晚辈送给他一瓶"人头马",偏偏他只认"二锅头",就将这瓶"贵客"很随便地丢在了屋角。后来,他看报纸上说"人头马"值一千八,想喝了吧,但一想到喝一两就等于喝掉了一百八,实在下不了口;送人吧,又怕背上巴结他人之嫌;卖了吧,拿晚辈的人情换钱,怕日后见面不好交代。这竟然成了一件令他烦恼的事。他走得非常安详,并没有给亲人留下什么遗嘱。他对儿女们最常说的一句话就是,多读书,读好书,做个好人。这也是他自己一生的行为准则。即使谈到读书做学问,他也认为自己还不够,总是说:"我这辈子学问太浅,让高明人笑话……要是王国维先生评为一级教授,那么二级没人能当之。勉强有几位能评上三级，也轮不上我。"他打从心底里把自己看得普普通通，自道"我乃街头巷尾的常人"。

20世纪50年代，杨沫创作的长篇小说《青春之歌》轰动一时。因张中行与杨沫曾有过一段婚姻，当时，有人认为小说借"余永泽"的形象影射张中行。两人离婚后，杨沫撰文批评张中行负心、落后，张中行则始终保持沉默。杨沫之子、作家老鬼说，"张先生是非常好的人"，"妈妈曾经跟我说，在'文革'中，无论造反派怎么逼问他，张先生都没有揭发过我妈妈。他始终说：'我是不革命的，杨沫是革命的。'这一点让我妈妈非常感动，说这是她没有想到的事情。"张先生的善良、仁义、理智和宽容，也是其"常人"心态的反映。

1992年10月21日下午5时，我向张先生告辞。他拽着我的手，真诚挽留，说刚得到一笔稿费，要请我到附近景山一家饭馆喝二锅头，吃京东肉饼，就小米粥。他说他常请朋友去吃。酒饭家常，但很诱人，无奈我急于赶火车回津，只好与老人依依惜别了。

多年来，我常常想起张先生爱喝的二锅头，爱吃的京东肉饼；同时，也常常想起《论语·雍也》中的那句名言："子曰：'贤哉，回也。一箪食，一瓢饮，在陋巷，人不堪其忧，回也不改其乐。贤哉，回也！'"我敢说，以张中行先生淡泊而高尚的布衣风范，倘若他这次见到了孔老夫子，一定能得到与颜回一样的赞赏。

贤哉，行公！

2006-03-26

也说范张恩怨

2010年4月30日《假日100天·浮世绘》刊有黎家明《张仲愤懑》，文章不长，不妨一录：

"20多年前，范曾调来南开大学创建东方艺术系，之后，与张仲相识，推想是因为张仲编辑天津日报副刊的缘故。我在范曾那见过张仲，知道他们很相熟。好像是张仲为范曾编辑一本什么书，具体详情记不清了。后来我介绍台湾双向式英语创始人扶忠汉与范曾认识，范曾表示希望将《范曾自述》拿到台湾出版。扶忠汉答应说没有问题，二人自然托我处理稿件和图片等具体事宜。后来张仲得知我在为这事儿忙活，颇不以为然。有一次，在张园对面的日报大楼台阶上碰见张仲，他欲言又止，竟有几分愤懑的样子，大意是范曾不够朋友。我没好意思多问，始终也不知其中详情。现在张仲先生已驾鹤西去。范张恩怨，或大或小，还是个谜。"

读罢该文，颇有感触。范张恩怨，友朋多有所知，早已不是秘密。20世纪末，范曾先生也曾对我谈起他对张仲先生的一些意见，但在我听来，细枝末节，没甚大事，实不足以构为恩怨。即使如此，范曾先生还是肯定了以往张仲先生对他的友情。再看张仲先生，他在世时，虽然与我既是相契的老同事，又是熟稔的忘年交，毫无所忌，无话不谈，却从未从怨恨的角度谈过涉范之事。

　　我分析，范张龃龉，一是两人个性都强，难免意气用事；二是有人从中传话，不仅没有疏解，反使误会增生，而范张彼此又欠沟通，遂致积怨日深。但我认为，综观范张之事，他们之间的友谊与合作是主流，在首位。2008年张仲先生逝世后，我参加了由冯骥才先生主持的张仲先生追思会，后来听说范曾先生也组织了一个张仲先生追思会，再后又听说范曾先生表示全力支持编辑《张仲文集》，可见范曾先生崇谊念故之情，亦可见范张之交诚非一般。

　　昔廉蔺，小国之臣，犹能相下；寇贾、仓卒武夫，屈节崇好。范张乃当代精英、文化大家，历练老成，举重若轻，有何恩怨不能化解，岂待留诸青史耶？

2010-04-30

秀才人情纸一张

南京的《开卷》是我格外喜爱的民间读书刊物。喜爱的原因之一是该刊特别重视那些年逾古稀的老作家、老学者的稿子。仲夏，在美丽舒爽的青岛海滨幸遇《开卷》执行主编董宁文（子聪）兄，谈起老年文人的手迹在现时弥足珍贵，以及《开卷》这些年为老文人们所做的扎扎实实的工作，颇有感触。从我在北大中文系读书，到在《天津日报》工作后跑文化、编副刊，与老文人们打了二十多年的交道，不能不颇有感触。但到动笔时，考虑篇幅所限，挑来挑去，只好拣近的说——我们天津的老文人孙犁、梁斌和方纪。

说近，那可真不是一般的近。孙犁、梁斌和方纪，不仅是我的作者，不仅是我的采访对象，而且——先说孙犁，刚解放一进城就在《天津日报》工作，直到去世也没办离休手续，而且主要是编文艺副刊，与我是同报社同部门的同事；再说方纪，曾经是本报文艺部（我目前所在部门）的前身——副刊科的科长，他的夫人黄人晓也是我们文艺部的编辑；三说梁斌，他与《天津日报》虽然没有直接关系，但他的夫人散帼英离休前是我们报社的办公室主任。不用说，孙犁、梁斌和方纪的子女，我也大多认识。

这还不能算近，因为这毕竟是人缘上的；还有精神上的，这个层面更为重要。孙犁、梁斌和方纪这三个老头儿，不约而同，都很喜欢我。喜欢的突出表现，是对我直言不讳，肯掏出心里话。举个例子，孙犁对我说，天津文化界谁谁我不感兴趣，不想见；到了梁斌那里，他就说谁谁不好，是思想问题；再到了方纪那里，他就说谁谁不好，作品不好，人品也不好，有一次在书画展现场，他当着我的面，激动得差点儿拿拐杖把一幅他认为作品不好人品也不好的作者（一位领导）写的书法从墙上挑下来。

这三个老头儿喜欢我，信任我，才有如此表现。要知道他们都比我年长五十来岁，在他们面前，我只是一个小小孩；要知道他们不只写下了中国新文学经典《荷花淀》《红旗谱》和《挥手之间》，他们还都有很深的政治资历——他们都很早就投身革命，梁斌是正部级干部（作家极少能到这一级），方纪早就够副部级，孙犁晚年也得以享受副部级待遇——在他们面前，我只是一个小小兵。虽然我与他们在年龄和资历上相距甚远，但由于他们对我喜欢和信任，我就不用改倚小卖小的坏毛病，说话办事无所顾忌，所以彼此打得是一种放心、轻松和愉快的交道。

有文学史研究者认为，解放区作家，或从解放区进城的作家，文化素质普遍较低。说实话，我原先也是这样看的。然而，孙犁、梁斌和方纪动摇甚至改变了我的看法。也许，他们是其中的特例吧。仅以字画收藏论，孙犁家里有陈师曾、齐白石的画，方纪写字盖的印章是齐白石给他刻的，梁斌更是收藏过足够重量级文物的海派大家虚谷的手卷。依现在的市场行情看，这些东西绝不是一般文人所能玩得起的。无疑，他们当年很有眼光；或许，他们是以"秀才人情纸一张"的平和心态对待这些东西的。

秀才人情纸一张，或者有时再说得吝啬点儿——秀才人情纸半张，多指文人之间一张字、一幅画、一封信或一本书的过往，含有"礼轻情意重"和"君子之交淡如水"的意思。难得孙犁、梁斌和方纪,不仅早年有着相似的经历,而且晚年有着相同的爱好——或钟情翰墨,或迷恋丹青。以我多年的观察,晚年的孙犁以写作为主,书法为辅;梁斌以书画为主(其中又以绘画成绩更为突出,有评论家将他的画与其堂弟、大画家黄胄的画相提并论),以写作为辅;方纪则更是全身心地投在书法上,还当过天津市书法家协会名誉主席。因此,很多人都以得到他们的一张字、一幅画、一封信或一本签名书为荣耀。在我的印象里,孙犁、梁斌和方纪虽然赶上了市场经济,却从未卖过自己的书画作品,但他们对好朋友却是蛮大方的,该送就送,天津文化圈儿里很多人都收藏有他们的手迹。

我信实了"秀才人情纸一张"的真义,所以虽然机会很多,但是所获却寥寥。还是先说孙犁,我只求他为我的散文集《槐前夜话》题过书名。他十分爽快,当场拿毛笔写了一横一竖,供我选用。当时百花社刚刚推出新版八卷本《孙犁文集》,孙犁看上去很高兴(孙犁自己说过,当他接到出版社送来的这套书时,"忽然有一种满足感也是一种幻灭感";那么,我所见到的是他的"满足感"),问我有没有这套书,我说已经有了,他提示我,愿意为我的这套《孙犁文集》签名,但我总想有机会再说,所以一直没有再去麻烦他。再说梁斌,我给他写关于他绘画的专访,在他的书房兼画室里采访他一个下午,他边画边聊,如果我张口要一张画,那肯定没问题,但我认为采访毕竟是一种工作状态,此时要画不太合适,今后还有机会,所以就此作罢了。梁斌的《一个小说家的自述》出版,在北京人民大会堂举行了规格很高的首发式和研讨会,我也与会了,看到很多人都请梁斌在书上签名,我想我就别跟着凑这个热闹了。三说方纪,我与他接触最多,一年之中光是参观各种书画展就能碰上十几次,但越熟悉,就越觉得不着急求字,所以一直也就没求。但是,我家有他的字。我太太结婚前在书店工作,她经常帮助方纪买书,方纪曾经送给她二十来幅书法作品。1999年我搬家后,我太太整理家里存的字画，找到六七幅方纪的书法，特意挑出其中的一副大对子给我看。我一看，吓了一跳：以前真是熟视无睹，怎么没意识到方纪用左手写的字会这么好！

孙犁、梁斌和方纪去世后，我在搜集他们资料时特别注意他们的手迹，因为这些手迹已经是他们生命中不可分割的重要组成部分。很多朋友知道我的这一点点特长，就拿来他们收藏的孙犁、梁斌和方纪的手迹，让我辨认字迹，或解释含义。前几年，在天津国际拍卖有限公司月末举办的小型拍卖会上，出现过几幅梁斌的画作，起拍价并不高，只有一二百元，有朋友想买，就让我鉴定过。三年前，方纪的同乡、青年书法家刘运峰兄告诉我，广东路靠近人民公园的一家小裱画店正在出售十几幅方纪书法，价格也不贵，每幅只要几百元，我便去看，发现出售的不仅是方纪的真迹，而且有的还是精品，便动员和鼓励同去的青年书法家朋友刘运峰、张绍文、赵飙、傅杰等每人买了一两幅，他们都觉得很值，我也算给流落于市场的方纪书法找到了知音。

正是因为有了与这些老文人们打了二十多年交道的经历和资格，所以我十分讨厌和蔑视那些费尽心机、不择手段地向老文人们索要手迹，然后靠着这零缣寸楮来抬高自身、招摇过市的人。鲁迅说过，凡有名人弃世，总有若干闲人争相攀附，谬托知己，这是足以令逝者不安、生者侧目的。冯雪峰、瞿秋白、萧军、许寿裳等，都是与鲁迅十分知心或亲近的人，但《鲁迅全集》里很少或者没有收入鲁迅致这几位的信，我们能够据此认定鲁迅与他们的关系不好或疏远吗？同样，《孙犁全集》中收与没收孙犁写给他的信，也并不能说明他与孙犁关系的远近亲疏。据我所知，亲近而没收的原因有几种：第一，没有，因为话孙犁已经当面说了，或者托人传达了，没有必要再写信；第二，有信，但没拿孙犁当名人，没有保存意识，找不到了；第三，有信，也没丢，但不愿有攀附名人之嫌，所以没有提供。去年姜德明先生送我一本《尘封的记忆——茅盾友朋手札》，里面收录了天津著名文学评论家、编辑家金梅先生四十多年前与茅公的几封长篇通信，态度认真，内容丰富，而且讨论了一些实质性问题，我认为，像这样的信才能证明通信者之间的密切关系，从而显现通信者双方或一方的文学或文化地位。大家、名人也是人，他们都有应酬，都写过应酬信，信中的只言片语往往说明不了任何问题，那是到不了"秀才人情纸一张"的境界的。清高也好，淡泊也好，作为文人，还是应该提倡和恪守"秀才人情纸一张"的本义的。

孙犁、梁斌和方纪，业已离我们而远去了，天津和中国不再有这么有性格的文人了。我们痛感，我们所缺失的，是与他们的精神联系，而不是他们的一张字、一幅画、一封信或一本书，更不是他们的零缣寸楮、只言片语。

2006-07-17

向秋石先生致谢

顷读2006年第6期《文学自由谈》，见有秋石先生文章《应当避免的笑话》，用了数千字的篇幅，对发表在2006年第5期《文学自由谈》上的拙文《秀才人情纸一张》中提到有关《鲁迅全集》的一句话进行批评。拜读秋石先生大作后，真感到如醍醐灌顶，胜过读书十年，很是高兴和满足。只是觉得秋石先生还多少有些手下留情，对我批评得太轻了。其实，我不仅如秋石先生所说，"连翻看一下《鲁迅全集》书信卷前目录这丝毫不丧元神的举手之劳也嫌麻烦"，而且压根儿就没有看过《鲁迅全集》。无论如何，我理应向秋石先生致以深深的谢意。

首先，我要感谢秋石先生对我的特殊垂爱。

我对秋石先生仰慕已久，对他的文章自然是十分关注。我最深的印象，也可以说是唯一的印象，是在有关鲁迅的史实问题上，他对周海婴、严家炎、周楠本等先生的批评指责。如对周海婴先生，秋石先生在发表于《中华读书报》的一篇文章中"真诚地劝告海婴先生一句：请您认真地读一读自己父亲的书信日记，切勿道听途说，望风捕影……"这与他批评我"连翻看一下《鲁迅全集》书信卷前目录这丝毫不丧元神的举手之劳也嫌麻烦"之语，其口气和声调是完全相同的。

当然，我既然关注秋石先生批评别人的文章，也就顺便读了一些别人批评秋石先生及对秋石先生的批评进行反批评的文章。如董大中先生在《关注鲁迅死因之争，秋石对周海婴的指责近乎粗暴》一文中指出，秋石先生对周海婴先生的指责"说穿了，仍是'文革'遗风作祟，是剥夺他人的发言权"，"这种简单化的直线思维，是导致鲁迅研究中不断出现极左思潮的根源之一"。

周海婴先生是鲁迅的亲生儿子，严家炎、周楠本等先生是当代鲁迅研究的权威，他们尚且受到秋石先生的严厉指责；似我这样一个无名的小小"夜郎"（秋石先生批评我是"夜郎自大"），竟也能有幸得到秋石先生的批评指教，能不道一声感谢吗？

其次，我要感谢秋石先生为我的观点提供了十分有力的论据。

我在拙文《秀才人情纸一张》中，为说明《孙犁全集》中收与没收孙犁写给谁的信，并不能说明谁与孙犁关系的远近亲疏，便以《鲁迅全集》为例，写了一句："冯雪峰、瞿秋白、萧军、许寿裳等，都是与鲁迅十分知心或亲近的人，但《鲁迅全集》里很少或者没有收入鲁迅致这几位的信，我们能够据此认定鲁迅与他们的关系不好或疏远吗？"秋石先生抓住我的这句话，批评我"想当然地信口开河，妄下断语"；他的洋洋洒洒数千字的大作《应当避免的笑话》，也正是为否定我的这句话而作。

但令我大惑不解的是，秋石先生既然否定我的观点，理应提出与我的观点相反的论据，怎么却列举出大量证明我的观点完全正确的论据来呢？

例如，秋石先生文中说许寿裳"与鲁迅同为浙江绍兴人，两人交往时间久远且又十分密切"，还特别指出"至1936年10月17日，亦即鲁迅逝世的前二日止，鲁迅日记中有关许寿裳先生的文字记述高达860次……"，同时又特别指出"经仔细核查，《鲁迅全集》共收入鲁迅致许寿裳信63封"。那么，就按秋石先生自己提供的这些数据算一下，63比起860，是很多还是很少？我在前面说过，我压根儿就没有看过《鲁迅全集》，因为做秋石先生出的这种学龄前儿童都会做的算术题，根本就不需要看《鲁迅全集》。

再如拙文所说《鲁迅全集》里没有收入鲁迅致冯雪峰、瞿秋白的信，秋石先生更是列举大量论据证明我的观点的正确性。至于秋石先生文中所说："难道鲁迅压根不曾给冯、瞿写过信吗？非也！""那么，在《鲁迅全集》的书信卷中，又为什么鲁迅致冯、瞿二人的信连一封也没有收入呢？"这是秋石先生自行转移话题（在逻辑学上属于"偷换论题"），自问自答，没话找话，与我的观点没有任何关联。这些明显游离于主题之外的文字，占了秋石先生文章篇幅的三分之一强。

《文学自由谈》是在全国很有影响的名刊，我与绝大多数喜爱它的作者一样，非常珍惜它的版面，尽量不说空话、废话，更不会借题发挥，东拉西扯，凑字数，混稿费。难得秋石先生煞费苦心，替我说了这么多我本来想说却不好意思说出来的话。秋石先生这篇大作刊出后，所有为此事给我打电话的朋友都说："秋石先生的文章写得真好，开头像是骂你，看到最后才明白，原来是抬你、捧你。是不是你请来给你打托儿炒作的？"对此，我也只能对秋石先生深深地鞠个躬，说声："谢谢啊！"

再次，我要感谢秋石先生给我推荐了一位好老师。

秋石先生在批评我"连翻看一下《鲁迅全集》书信卷前目录这丝毫不丧元神的举手之劳也嫌麻烦"之后，十分热心地给我推荐了一位鲁迅研究专家给我当老师，就是天津的刘运峰先生。秋石先生在高度评价刘运峰先生在鲁迅研究方面的突出成就后，责问我"当你提笔无所顾忌地写下这篇让人读了直觉汗颜的论断时，为什么不就近拨个电话，向刘先生请教一二"。拜读至此，我对秋石先生的感激之情油然而生，真是佩服他有如此独到的慧眼，给我推荐了一位这么好的老师。但秋石先生热心过度，却不小心搬起石头砸了自己的脚——拙文《秀才人情纸一张》的写作，尤其是其中提到有关《鲁迅全集》的那句话，事先正是请教了刘运峰先生，得到了他的认可。而且，秋石先生的批评文章刊出后，我又极为认真地将秋文和拙文一起送给刘运峰先生看，他反复看过后，仍然表示肯定拙文的观点，包括有关《鲁迅全集》的观点。

我与刘运峰先生是有近二十年密切交往的文友、书友，我曾编发过多篇刘运峰先生研究鲁迅的文章，我也多次发表我对刘运峰先生鲁迅研究成果进行评论的文章。仅在最近几个月内，我就编发过刘运峰先生对新版《鲁迅全集》的评论，也发表过我对刘运峰先生新编《鲁迅全集补遗》的评论。这些都是白纸黑字、有案可查的。近些年，刘运峰先生在他编著的所有与鲁迅有关的图书出版之前，都给我看过清样；图书出版后，我又往往是它们的第一个读者。这些图书包括《鲁迅序跋集》《鲁迅自选集》《鲁迅佚文全集》《鲁迅全集补遗》及《鲁海夜航》，还有即将出版的《鲁迅纪念集》。同时，我在撰写涉及鲁迅的文章时，也都事先向刘运峰先生查询（也就是秋石先生所说的"请教"），征求他的意见。例如在最近出版的拙著《名家扇面趣谈》（这是我这个如秋石先生所说"刚过不惑"的小小"夜郎"出版的第二十本著作；当然，我承认，把我这二十本著作捆在一起，其分量也还是远远比不上秋石前辈那几篇专门指责别人的宏文的）的后记中，就专门提到：刘运峰先生向我建议，应将鲁迅赠日本友人杉本勇乘的自作自书的《自嘲》诗扇收入此书，他还将他存的影印有这帧扇面的《鲁迅诗稿》借给我。这也是白纸黑字、有案可查的。

具体到秋石先生责问我"为什么不就近拨个电话，向刘先生请教一二"，我也不得不向秋石先生据实汇报一下：我不仅经常"就近拨个电话，向刘先生请教一二"，而且由于我有与刘先生每天同在一个市场买菜的天时，有与刘先生同住在一个街道的地利，有与刘先生同时在同一学校门口接各自孩子的人和，我还经常在排队买菜时、晚间散步时以及等候孩子放学时，更为近便地当面"向刘先生请教一二"。我与刘运峰先生长期的友谊和密切的交往，在我们各自发表过的文章中，在我们各自出版过的著作中，都有明确而详尽的记载。

秋石前辈的这篇批评文章，如同他一贯的文风：居高临下，好为人师。他煞有介事地搬出刘运峰先生来做我的老师，并不是出于对刘先生的真心钦佩和推崇，而无非是想借风使船，借刀杀人。可惜他弄巧成拙，落得个自找没趣。

我还想告诉秋石先生，除刘运峰先生外，天津的其他鲁迅研究专家如刘家鸣、张铁荣、王国绶等先生，我也是经常"就近""请教一二"的。天津以外的鲁迅研究专家，过世的如王瑶、唐弢等先生，在世的如严家炎、孙玉石、钱理群、陈漱渝、朱正等先生（这个名单至少可以排上二三十位），我也曾经"请教一二"。如果将来有一天我觉得秋石先生经过努力能够接近这些先生的水平的话，我也一定会虚心地向秋石先生"请教一二"的。

我要特别提示读者的是，在秋石先生为我推荐老师这一段文字中，出现了一个令人拍案惊奇的大看点。拙文《秀才人情纸一张》中，清清楚楚地写到我的朋友刘运峰兄告诉我一家裱画店正在出售方纪书法，我与刘运峰等朋友一同去买方纪书法之事；然而，秋石先生在对我的批评文章中却说："据我了解，就在你们天津卫，就有那么一位……刘运峰先生。相信作为天津日报文艺副刊成员的你，是熟悉他的……"在我已经明明白白、清清楚楚地写出刘运峰是我的朋友的情况下，秋石先生却以"据我了解……""相信……是……"的口气，郑重其事地把我的朋友推荐给我做老师，这显然是为了急于抓住一句话而大做文章，竟然连同一篇文章的相关内容都顾不上看一眼了。靠骂人出风头，靠打笔仗赚稿费，以致急功近利、捉襟见肘到如此荒唐和拙劣的地步，这才真正扣上了秋石先生大作的标题——"应当避免的笑话"。

最后，我还要感谢秋石先生给我带来的意想不到的名利。

拙文《秀才人情纸一张》发表后，静悄悄的，没有任何反响。做梦也没想到，秋石先生的批评文章一刊出，不到半月间，我就连续收到五家报刊要转载拙文的通知。我问缘由，都说是先看到《文学自由谈》上秋石先生的批评文章，然后再找来我那篇被批的文章看，认为拙文写得还是有一点点道理、有一点点水平的，于是决定转载。成就这样的好事，对秋石先生来说，实是无心插柳柳成荫；对我来说，则是天上掉下个大馅饼。吃水不忘挖井人，如果没有秋石先生的批评，我哪能得到这些意想不到的浮名与外财？

2006-12-17

华枝春满柴德森

春往秋复,暑去寒来,屈指一算,柴德森先生离开我们将近一年了。几个月来,我总觉得这位著名诗人、作家并没有离开我们,假如给他打个电话,还能听到他那激昂的语调和爽朗的笑声。他的远行,他的离去,给我的感觉,就像雪莱墓碑上镌刻着的莎士比亚《暴风雨》中的名句:"他的一切都没有消失,只是经历了海的变异,已变得富丽而又神奇。"

2007年,本是平平常常的一年。我们这些平平常常的人,也一如既往地做着平平常常的事。这一年春夏之交,我的第一本诗集《罗文华世纪诗选》出版,柴老师很快就写了评论,在《天津老年时报》副刊发表,引起诗友们的关注;这一年的夏天,柴老师毕生唯一一部长篇小说《大爱至情》在报纸上刊出,连载百日,各界读者好评不断;还是在这一年,柴老师和王玉树先生等四处奔走,积极筹备成立天津市鲁藜文学研究会,大功将成,胜利在望,柴老师热情地希望我参与进去,隔些天就告诉我进展情况……如果这一年就这么平平常常地过去,一切也就平平常常了。

然而,生命的不幸却悄然而至。临近夏末的一天,柴老师告诉我,数月前一次查体,他有几项指标出现了问题,但他自己刚刚知道。他说得很平静,我也一直认为他的身体底子不错,就没太往心里去,还安慰他说:"没事儿,您就好好活着吧。人家周骥良、杨润身老先生都快九十岁了,还写着呢。您还差着远呢,继续努力吧!"

过了些日子,9月中旬,一天下午,我有事打电话找柴老师,但打了一下午,直到傍晚,他家也没人接电话。我预感到可能有事了。下班回家,我放心不下,就找出以前我从未用过的柴老师的小灵通号码拨打起来。终于打通了,是他的女儿接的,告诉我柴老师刚在医院做了一个小手术。柴老师还亲自接过电话,声音微弱,说了一句他不要紧。放下电话,我立刻回忆起他查体出现的问题,又联想到这家专业医院的名称,心里顿时紧张起来,晚饭也吃不下去了,马上赶往医院。到医院已将近晚上九点钟了,柴老师精神尚好,正躺在病床上输液,时而咳嗽一阵儿。柔和的灯光下,我看到他每次吐出的痰里都有血。柴老师见到我,十分高兴,抓着我的胳膊,断断续续地说了二十来分钟话。他告诉我,他年轻时曾得过肺结核,这次手术是除掉一些过去的结核点。我安慰了他几句,让他安心养病,劝他这次病好以后要更加注意身体,有时间再把文集整理出来——以前他曾几次对我说过,他在八十岁之前要出版一套自己的文集,大致包括五卷:两卷诗歌、两卷散文和评论、一卷小说。走出病房,我的心情变得格外沉重,感到一个人原来拥有的似乎非常漫长的时间,一下子被一种不可预测的强大的外力挤压得非常短促。

除了医护人员和他的家属外,我是第一个知道并看到柴老师病况的朋友。然而,从他做手术到去世,七个月间,我多次去看他,与他通电话数十次,他和他的家人却始终没有提到"肺癌"这两个字。因此,在他最后的这些日子里,我们之间的交谈,既要涉及实际问题,又要避开敏感话题。现在回想起来,对他的真实病情这个敏感话题,开始时我们是互相隐瞒,后来是心照不宣。

平平常常的日子终于被打破。不断地有朋友向我打听柴老师的病情，并咨询是否合适前去看望。其中不少关系较近的朋友很合乎情理地追问他的真实病症。因为在开始的一段时间里，他的家属几乎婉拒了他的所有同事和朋友去探望，这样做可以避免刺激病人心理，当然也是很必要的。尽管我已猜出柴老师身患绝症，但为落实清楚，并了解他究竟还剩下多少时间，我便向柴老师的老同事、好朋友、著名文学评论家沈金梅先生询问。因为沈老师有家属是相关的医学专家，并且接受过柴老师家人的咨询。沈老师多年来一直提携、帮助我，这次又承蒙他信任我，告诉了我柴老师的真实病情。病情的严重程度，恐怕当时连柴老师本人也不清楚。

沈金梅老师对我的信任，实际上帮助柴老师了却了平生一件大事。我从沈老师那里得知柴老师来日不多，立即想到他的长篇小说《大爱至情》尚未出版，应抓紧让书面世。写这部小说，柴老师用尽了一生的生活积累，花费了五年的时间。这是他创作的唯一一部小说，对他来说分量自然不轻，如不能及时出版，他将落得终生遗憾。当时书稿已交给天津人民出版社，柴老师委托他的老同学、好朋友、著名出版发行专家张金明先生负责与出版社联系。张金明先生曾多次与我共同出书，关系非常亲近，于是我立即把柴老师的真实病情告诉张老，请他尽快与出版社确定该书出版事宜，争取在柴老师生前能够亲眼见到他的呕心沥血之作。为解决编辑出版的具体问题，加快出书速度，我与张老专门通话十几次，认真研究，细心斟酌。特别是在柴老师已无精力参与的情况下，我和张老该做主的事就做主，真是比我们自己出书还负责任，还下工夫。天遂人愿，在天津人民出版社领导和编辑的大力支持下，封面红彤彤的《大爱至情》样书终于送到了期待已久的它的作者手里。从柴老师将他的这部新著题赠给我，到他离开人世，中间仅有三天的时间。当时已被病魔折磨得骨瘦如柴的柴老师，十分喜爱自己的这本新书，虽然嗓子已说不出话来，却还不断地用手抚摩着书的封皮。他是带着欣慰和成就感辞世的。

　　面对病魔，柴老师始终保持着坚强和乐观，令所有看望他的朋友钦佩不已。在养病的同时，柴老师还写了一些小诗和短文，里面浸透着对生命价值更高层次的理解。在他弥留之际，他将他忍着病痛写成的最后一篇散文《"穷途末路"当诗人》交我发表，里面写道："我从来没有计较过由仕途而入文途的得失，往日生活经历给了我更多思考；人间真善美的至爱，善良的人们悲欢离合的至情，始终萦绕在我心头……"回顾和总结人生，他将坎坷和痛苦视为作家的一笔宝贵财富，而且"要将这笔财富与读者共享"，表现出一种乐于为文学、为读者献身的高尚情怀。他的读者们同样关心他，一天，他告诉我，他收到一位小读者的信，信纸上工工整整地抄录着他的散文名篇《多彩的森林》："褐色的峰巅托着瑰丽的夕阳，夕阳把余热蒸腾为斑斓的云霞，云霞轻轻地把墨绿的林木遮掩，微风不起，水波不惊，凝重的乳白色雾气在水面上轻柔地飘动。沉思的色调更要音响作启迪，嘎嘎嘎的拖拉机履带声带着欢笑的勘测队员归来……"这些美好的抒情语言，唤起了他对生命的无限渴望。可惜，他已无力与命运抗争，残酷的死神最终还是碾碎了他的生存理想。

　　送柴老师远行的那天，春光明媚，春意正浓。他家附近的几条路旁，树上都开满了白里透粉的花朵。有些花朵随着和煦的春风缓缓坠下，飘落在路人身上，铺满了边道庭园。泪眼迷离的我，面对纷纷扬扬的花朵，已然分不清它们究竟是梨花还是桃花，但我知道它们是在为一位热爱大自然、热爱美好生活的诗人送行。柴老师是天津市李叔同——弘一大师研究会的副会长，他特别推崇弘一高洁超尘的精神境界。树上那些为他送行的盛开的花朵，仿佛就是弘一遗偈"华枝春满"的诗意表达：春天来了，诗人走了；诗人走了，春天来了……为他送行的，除了满树的花朵，还有众多的友朋。我看到，李永旭、罗广才、刘功业等青年诗人很快就在各自的博客上发表文章，高度评价柴老师的人品和文品。柴老师多年来热情烛照文学青年的成长，在自己如蜡炬成灰的时候也收获了青年们的热情。华枝春满，生命的终极达到此境，柴德森老师可以满足了。

2008-12-14

写给秋光中的略萨

这个奖,早就应该给他。

今天清早,注定不是一个平凡的清早。在起床后的半分钟内,我习惯性地打开当天的晨报,立即注意到头版导读栏里的一行小字:"秘鲁作家获得诺贝尔文学奖。"不用看后面版面里新闻的详细内容,我就十分自信地脱口说出:"是略萨!略萨获奖了!"翻到国际时事版一看,摘得桂冠的果然是马里奥·巴尔加斯·略萨。我于是不免责怪头版导读栏的编辑:你为什么不直接说"略萨获得诺贝尔文学奖"呢?"略萨"这个名字要比"秘鲁作家"响亮得多啊。

这是让所有文学爱好者瞩目的一件事。

还没到中午,我就发现,在卓越网上,《绿房子》《胡莉娅姨妈与作家》《潘达雷昂上尉与劳军女郎》等略萨名著译本的销售价格都已被升至八五折,而他的成名作《城市与狗》则已经售罄。多年来,我一直注意搜集略萨著作的不同译本,所以非常清楚这些书网售价格的变化。我还发现,卓越网为略萨设置了专门的网页,以"鞭辟入里的形象刻画""天赋如有神助的说故事者""结构写实主义大师""当代魔幻现实主义掌舵人"等评语吸引人们买书。精明的书商知道,这位文学大师的获奖,必然带来一场相关图书出版发行的盛宴。图书市场再萧条，书再不好卖，真正的读者也会舍得掏钱为真正的文学捧场的。

这是文学的胜利。

上世纪80年代，1983年，或许是1984年，也是一个像眼下这般气爽宜人的秋天的午后，我和我的几位同学聚集在北大32楼北面的核桃林里，举办一个自发的室外文学沙龙。当天的中心话题之一，是预测未来诺贝尔文学奖的得主。先是杨君武同学谈了自己对当时获得诺贝尔文学奖不久的加西亚·马尔克斯及其《百年孤独》的阅读印象，随后黄亦兵、臧棣（当时叫臧力）、阿忆（本名周忆军）、孔庆东等同学就此展开讨论，都认为当时对于中国来说还较为陌生的拉美当代文学，很快就会对世界当代文学特别是中国当代文学产生难以估量的影响。话题由此自然指向略萨——当时很多同学已经看到我们北大西语系的赵德明教授介绍略萨的文章，读过赵老师组织翻译的略萨作品，对略萨并不陌生。讨论气氛活跃，涉及拉美当代文学中以马尔克斯为代表的魔幻现实主义、以略萨为代表的结构现实主义和以博尔赫斯为代表的后现代主义。最后，在那缀满果实的秋天的核桃林里，大家一致认定略萨应该排在诺贝尔文学奖候选人之列。事情已经过去二十多年了，我们这几个同学算是略萨获奖的较早预测者吧。就在今天，我看到当年核桃林里的预测者之一、现为北大中文系教授的臧棣在接受媒体采访时说："略萨受法国存在主义影响较重，相对马尔克斯，他和西方的关系更为密切，而在中国80年代的时候，他的作品在校园非常流行，影响了很多作家。"现在看来，预测略萨能够获得诺贝尔文学奖，实在不需要太高的智商——或早，或晚，一种热情的或者温情的文学期待终究是要兑现的。

这是文学在文学意义上的胜利。

对于诺贝尔文学奖，略萨自己期盼了多久，我们不得而知；

然而，我们对略萨获奖的期盼，毕竟绵延了长达四分之一个世纪。二十多年来，我和各地几位比较喜欢外国文学的同龄作家朋友，如青岛薛原、海口伍立杨、长沙吴昕孺（本名吴新宇）、北京止庵等，多次通过面谈和笔谈，聊起略萨，聊起略萨与诺贝尔文学奖。就在十来天前，吴昕孺还说，他正在读略萨的《潘达雷昂上尉与劳军女郎》，非常喜欢这本书，因为它体现了略萨天才的叙事能力；同时还讨论了略萨获得诺贝尔文学奖的可行性。得知略萨获奖的消息，吴昕孺特别高兴，深有感触地说："前些年，诺贝尔文学奖剑走偏锋，把莱辛、勒克莱齐奥等一干'亚一流'作家扶上台面；略萨的获奖，能否传递这样的信息——诺奖将重新重视那些产生过经典作品的作家？若如此，那米兰·昆德拉、奥兹都能看到曙光了。"众所周知，关于诺贝尔文学奖的价值取向及其对中国文学的重要性的讨论，已经有很多年了；此次略萨获奖，可以看作是对文学应有价值的一种肯定与尊重。

行文至此，又在网上看到赵德明老师对略萨获奖的看法："过去没有得这个奖，人们并不会因此而忽略他的重要；得了这个奖，也不会抬高了他的地位。"赵老师是第一位将略萨介绍到中国的学者，我曾在北大听过他的课，认为他对略萨与诺奖关系的这个评价很客观，但又觉得换一个说法，用两个"归"字——名至实归和众望所归，来评价略萨获奖，似乎更多一些积极的意味。

现时正是北半球的秋天，收获的季节。得知获奖消息的一刻，正在北半球的一所大学里授课的略萨，"很开心，很激动"。作为略萨作品的一名忠实读者，谨以此文，祝贺在秋天里收获成就感的略萨，祝福世界文学收获更丰硕的黄金般的果实。

2010-10-08

第六辑

收藏鉴宝

玩转那一晕旧时明月

每年春、秋两季艺术品大拍之前，我都能收到很多拍卖行寄赠的拍卖图录，有的拍卖行一场就印几十本图录，摞起来差不多有半人高，真是下了大功夫。最近一季大拍，更是硕果累累，成绩斐然，过亿元成交的航母级拍品就有好几件，令人心惊目眩，亢奋不已。然而，引起我极大兴趣的，并不是王羲之的《平安帖》，也不是陈栝的《情韵墨花》，而是一本不算太厚的嘉德专场图录，它的封面上印着"旧时明月——一个文人的翰墨因缘"。"一个文人"是谁？我首先就猜到了董桥；打开图录一看拍品，可不，就是董桥。这是一个打动人心的消息：董桥的书画藏品，竟然也拿出来拍卖了。

董桥，一位玩转文字的高手，成了玩转古董字画的高手。

二十年前，柳苏在《读书》杂志上写了一篇《你一定要看董桥》，使这位香港文化人走进大陆无数读书人的阅读视野，以至出现了大量的"董丝""桥迷"。今天，我们应该写一篇《你一定要知道董桥是高手》。你看他的藏品，多么的可观，仅是这次拍卖的字画，其作者就有徐悲鸿、溥心畬、张大千、陈半丁、林风眠、刘奎龄、任伯年、谢稚柳、傅抱石、李可染、陈少梅、弘一法师、台静农、沈从文、周作人、胡适，都是高人。在拍卖预展现场亲眼欣赏过它们的人都说，这批藏品就如董桥的文字，精致，玲珑，恬淡间透着丝丝的雅致；而且每件藏品后面都有一个了得的大家和故事，每个故事都泛着青花瓷一般的古韵。

现在看来，董桥不仅是玩转古董字画的高手，而且是玩转古董字画市场的高手。

董桥的朋友、天津著名收藏家张传伦先生告诉我，此次"旧时明月——一个文人的翰墨因缘"专场，董桥书画藏品共拍出四千多万元，远远超出原来预计的一千万元，而且全部成交，震惊拍场。他还告诉我，董桥闻讯也非常高兴。董桥的"粉丝"、北京作家董小染也告诉我："您喜欢的那幅画（指董桥藏品中胡也佛的一幅《金瓶梅》工笔春宫）拍价最高。"我知道，其中绝大多数拍品，曾先后"著录"在董桥近几年出版的《白描》《小风景》《故事》《记忆的注脚》等散文随笔集中，早已深入人心。这次拍卖的极大成功，充分体现了文玩的名人效应，特别是文人效应。

说到藏品的文人效应，令人印象最深的是2003年举办的"俪松居长物——王世襄、袁荃猷珍藏中国艺术品"专场拍卖会。该专场推出了一百多件拍品，总估价为两千多万元，但最终成交金额却高达六千多万元，且百分之百成交，当时引起轰动。王世襄和董桥都是文人，但也有些区别：王世襄是大收藏家，而董桥则是喜欢收藏的随笔作家。从王世襄"俪松居长物"的专业收藏，到董桥"旧时明月"的业余收藏，可以看到，精英文人的文化附加值的社会认知度在不断增加，这是社会文明、进步的一种表现。

毋庸置疑，无论是王世襄还是董桥，它们的藏品都普遍卖出了高价，有的要比正常情况下高出好几倍。也就是说，这些藏品如果让普通人送拍，是绝对卖不到这么好的价格的。这又不能不肯定王世襄、董桥的高明：他们在集存藏品的同时，用自己的慧心，更用自己的妙笔，为这些藏品制作了醒目而权威的文化标签。

董桥随笔的好处是，以今烛古，以古鉴今，恣意横生，饶有兴味。那些精彩的篇什，如同穿越时间的微风，抚过一个个旧日的尘梦，把清朗的明月和睿智的心灵一同呈现在读者面前。他写古玩的随笔，更是如鱼得水，如鸟入林，在对历史事件和历史人物进行谛视与观照的过程中，给人一种宁静而又深沉的感受。人们看到他的藏品，自然会联想到他的文章，领会他的修养，如此，怎么能不对他的藏品高看一眼呢？

人，能写能玩；东西，能进能出——执著而洒脱，坚定而超逸。那一晕旧时明月，着实被董桥玩转了。

写作离不开生活，尽人皆知；然而，并非所有人都能意识到：书斋里也有生活，鉴赏字画、收藏古董也是生活，把它们写下来，把它们的高妙和优雅写出来，同样能写得满纸云蒸霞蔚，溢彩流金。因此，你一定要看董桥，你一定要知道董桥是高手。

文人受到社会的高度重视，恐怕尚需时日；所幸的是，文人的藏品现在的确值钱了。

2011-01-17

过我眼，即我有

看了我那篇《玩转那一晕旧时明月》，董桥的"粉丝"、北京作家董小染女士即发来网信，问了我一个非常值得推究的问题："把这么多字画藏品拿出来拍掉，董桥是不是会心痛上几天？"

且不说董桥自己的感受，此事连我都觉得心痛。一个文人，怎么可以把精神上与自己息息相通乃至相依为命的东西卖掉呢？这不等于英雄卖宝剑、美人卖妆奁吗？

最初得知董桥将其书画藏品拿出来拍卖的消息，我也不敢相信真有其事。说不敢相信，还不如说不肯相信，更不如说不忍相信。董桥出版的几十种著作我都看过，其中有些在大陆尚未出版过，我是特意托友人从香江代购或网购来的。因而我知道，董桥的那些藏品是他花了几十年时间，费尽周折，从世界各地辗转搜集来的，其中很多藏品都有着独特的背景和复杂的传承，它们身上或薄或厚的包浆，都浸透着收藏者的心血与情感。特别是它们已经荣幸地成为董桥许多随笔佳作的主角，董桥的读者熟悉和喜爱它们，如同熟悉和喜爱董桥。而今一场拍卖会下来，它们已经不再属于董桥了，真让人有些刹那间"樯橹灰飞烟灭"的感觉。就在这时，董桥的另一位忠实读者、百花文艺出版社编审高为先生还来问我："你说，董桥这些藏品是不是被很多买家分别买走了？"我正惋惜，无以解忧，便颇有些不礼貌地反问他："你满怀辛酸地提出这种答案明摆着的问题，难道是想让回答者比你更辛酸吗？"

我想，要摆脱这种惋惜和辛酸的心情，把这个文化现象想通，还得找个明白人聊聊。我首先想到的就是董桥的朋友、天津著名收藏家张传伦先生。传伦先生平素倾心收藏古董、古石，闲时喜欢临帖练字，前不久他出版的专著《柳如是与绛云峰》还得到了董桥的激赏。以前有一次谈到收藏精品的价值时，传伦先生曾深有感触地说："就和董先生说得一样啊，现在坊间的老东西确实比晨星还少哩！大家富了，艺术的世俗功能也多起来，万竿空心的商机牵起满街嫁妹的投资，书画市场炒成天价不必说，原本是书斋多宝格中的怡情雅玩也变身成了银行保险箱里的万贯家业，要再守不住几样好东西，还能有几缕清风、几晕明月陪我老去呢？"谈到董桥这次的割爱，传伦先生笑着解释道："董先生这次拍出的是书画藏品，而他最有价值的藏品是杂项。他的文房杂项不是一件也没有动吗？"

传伦先生的话，似乎可以慰藉一下我和很多"董丝""桥迷"近来一度极为失望的心灵。然而，冷静下来，我又想：董桥今天可以把这些字画藏品拿出来拍掉，明天能保准不把那些杂项藏品拿出来拍掉吗？

其实，世界上从来就没有永远的收藏家，收藏家只不过是其藏品暂时的保管者或拥有者。以撰著《明式家具珍赏》《明式家具研究》享誉海内外的中国古典家具收藏大家王世襄先生，他的收藏观就比较豁达，认为一切收藏皆"由我得之，由我遣之"。对于一切藏品，他的态度是："只要我对它进行过研究，获得知识，归宿得当，能起作用，我不但舍得，而且会很高兴。"上世纪90年代初上海博物馆新建，王世襄的老友、香港实业家庄贵仑想买一批家具捐给上博，以了却父亲的遗愿，经与王世襄多次商谈，最后以市值十分之一的价格买下了王世襄所藏的79件珍贵家具。王世襄用这笔钱在北京朝阳区芳草地购寓所一处，在俪松新居，他开始了晚年著述的最后一个重要阶段。王世襄虽然失去了那些珍贵家具的拥有权，但他却因此赢得了一个幸福安定的晚年，并在这个幸福安定的晚年里创造了新的学术辉煌。其得与失，显而易见。

　　回过头来再看董桥，他对收藏原本也是十分达观的。记得他曾经说过："收藏、鉴赏和研究是孤独而不寂寞的游戏。孤独，说的是非常个人的文化生活：一得之愚，偶得之趣，都不足为同道说，说了同道也未必有分享的气度；集藏之家天生是酸葡萄家。不寂寞，说的是自得其乐和自以为是的偏心，自家的藏品都是稀世的珍品，越看越好，人家说不真是人家浅薄。"董桥就是以这样平和、宽容的态度，用自己的稿费购买自己喜欢的藏品，并以自己的学养品读出藏品中深厚的文化内涵，在自己的随笔中写出文人特有的高雅境界、高华气派、高贵品位与高卓精神，成为当代文人收藏的一个典范。

　　"过我眼，即我有。"与所有财富一样，古玩字画也是身外之物。如果我们平生有幸与它们相遇相伴，能做到悦目赏心，也就足够了。

2011-02-15

雾里看花难鉴宝

收藏圈儿里有句老话："古董古董，古人才懂。"现在说这句话，难免会产生争议，但它至少能给人一个经验性的提示：文物鉴定，不是一件容易的事，更不是谁想干就能干的。

随着中国收藏热的持续升温，越来越多的人加入了收藏大军。"收藏家"多了，"鉴宝专家"也就随之剧增，也就出现了大量"朝代随意'穿越'，给钱就开证书"的"鉴宝专家"。这样的"鉴宝专家"如过江之鲫，纷纷攘攘，已经促使中国文物鉴定的首要任务，由以前的对文物的鉴定，转移到现在的对"鉴宝专家"的鉴定。

前不久，央视记者到潘家园附近的一家拍卖公司探访，鉴定师表示只要沾边就可以开证书，比如明知是清末的东西可以写成是康熙年间的东西，昆仑玉也可以写成和田玉。他特意提醒记者："别卖给特别懂的人。"记者拿来的齐白石赝品，鉴定师收了1000元鉴定费后，也开出了写着"齐白石本人画作"的证书。在北京一家文物鉴定中心，记者花200元买的小瓶，经鉴定师一鉴定，成了价值二十多万元的光绪仿品，身价一下翻了上千倍。经过讨价还价，记者最终以1600元的价格给小瓶开了清康熙的证书。记者花100元在地摊上买的杯子，鉴定师表示，鉴定证书年代写成明成化要5万元。

类似情况也发生在北京另外两家文物鉴定中心。在此之前，各地的报纸、电视台也多有同样的报道。

媒体披露的这些真实情况，公开揭下了披在那些"鉴宝专家"身上的皇帝的新衣，引起社会强烈反响。天津师范大学教授谭汝为先生有感而发，作了一首题为《如此鉴宝？！》的打油诗："文物鉴定家，良莠岂可辨？斯文扫地久，雌黄信口嬗。民国旧凉席，居然成宋簟。晚清两把刀，竟为古鸳剑。铜钵化汉碗，石凹成唐砚。钱到古玩珍，火到猪头烂。专家横竖嘴，忽悠坑蒙骗。无赖充大师，铜臭操胜券。三月鉴定师，十万雪花炫。鉴宝谄笑声，令人泪如霰……"这些入木三分的讽刺诗句，深刻地警示社会：不对"鉴宝专家"行业进行有效的打假，中国的文物收藏事业就不可能健康地发展。

历代都有文物鉴定专家，历代也都有"打眼"的文物鉴定专家。清代乾嘉时期的大鉴藏家阮元，曾著《积古斋钟鼎彝器款识》，他收藏的古董以三代鼎彝尊为多，宴请学生都用这些古物，虽然如此，他鉴定、收购古玩也有"走眼"的时候。阮元有个学生在旅途中买饼充饥，忽见饼上纹案斑驳，便将纹案拓印下来，把"拓片"寄给阮元，说纹案拓自古鼎，请老师辨别鼎之真伪和朝代。阮元召集鉴藏家朋友，对"拓片"进行鉴定。大家开始意见分歧，后来竟趋于一致，认为拓片上纹案正是《宣和图谱》中某鼎的铭文。阮元于是题跋语于"拓片"上。毕竟"拓片"与《图谱》所录有所不同，又断定"拓片"上某些字皆与《图谱》所载相同；另一些字或因年久铭文剥蚀，或因拓工不精导致漫漶，因而与《图谱》所载某鼎铭文有所不似。这样一来，为学生果腹的饼成了老师眼中的古鼎。阮元是清代大学问家，精于金石考据之学，亦难免走眼，出了笑话，说明学问之无穷，明鉴之艰难；如今这等打着"鉴宝专家"旗号的精鄙无识之徒，则徒为骗钱蒙事，与阮元等先辈之过失是不能同日而语的。

　　社会上各种名目的"鉴宝"活动，很多都是商业行为，与文物鉴定无关。那些号称"文物鉴定师"的人，他们的职称不知是哪个国家评定的，反正中国文博界没有这种职称。那些随处"鉴宝"的"专家"，如同穿着僧服上街乞讨、给人算命的"僧人"，是进不了任何庙门的。收藏者如果对这样的伪专家顶礼膜拜，奉若神明，那就离倒霉不远了。

　　前段时间古玩都市剧《雾里看花》热播，给关心收藏的观众带来一些思考与感悟。尤其值得注意的是：收藏界"伪专家"过多，已成害群之马；许多专家被利益集团绑架，失去社会责任感；一些专家无底线，无标杆意识。文物鉴定，实是良知与学问相融的结晶，文物鉴定专家如果全都"雾里看花"，那么整个文物收藏界将会混乱不堪。

　　马克思不会说出"古董古董，古人才懂"那样的话，但马克思在《路易·波拿巴的雾月十八日》中写过："人们自己创造自己的历史，但是他们并不是随心所欲地创造，并不是在他们自己选定的条件下创造，而是在直接碰到的、既定的、从过去承继下来的条件下创造。一切已死的先辈们的传统，像梦魇一样纠缠着活人的头脑。"可能以往很多领域、很多行业的人都学习过马克思的这段名言，但我觉得现在的文物收藏界人士最有必要重温此言，学会尊重历史，尊重这个既定的存在，不能容许那些"鉴宝专家"们随心所欲地创造"历史"，创造"古董"。

2011-05-05

大梨"鉴定家"是财迷"收藏家"捧起来的

"大梨赚财迷",此言堪称天津卫老话里的经典。古今中外,这类事件数不胜数;在文物收藏领域,更是屡见不鲜。这些年中国收藏界的种种乱象,原因大都可以归结于此。其中,文物鉴定的混乱尤为突出,已成为整个收藏界混乱的症结所在。不夸张地说,越来越多的大梨"鉴定家"得以招摇过市、指鹿为马,他们正是被越来越多的财迷"收藏家"捧起来的。

"财迷"是"大梨"赖以生存和经营的基础。"大梨"正是利用"财迷"的贪婪心理,设下圈套,布下陷阱,以发财做诱饵来"赚"他们。"大梨"只管自己赚钱,而不管"财迷"是否赔钱。可悲的是"财迷",他们吃亏上当赔了钱,也不认为是为"大梨"所"赚",甚至还要感谢"大梨"。在收藏圈儿里,"大梨"与"财迷",真正是"一个愿打,一个愿挨",他们永远是朋友。

大梨"鉴定家"之所以吃香走红,无所顾忌,除了目前中国的文物鉴定没有清晰的标准可依、外行极易钻空子外,主要是由于文物鉴定行业缺乏准入制度,在行业资格的管理上也没有明确的规定。想开一家鉴定工作室或俱乐部从事文物鉴定,没有专业门槛限制,与开一家普通的公司差不多。在这种情况下,一些所谓的"收藏家协会""鉴赏家协会",以及一些视频媒体,都在开展"鉴宝"业务;有的无业游民几乎什么都不懂,也挂起招牌,自封为"著名鉴定师""鉴宝专家",在古玩城里摆摊"鉴宝";有的团体拉大旗做虎皮,用别人的名字支撑门面,聘请一两位顾问、专家,看起来好像很正规,事实上骗人的事也不少。据业内人士披露,这些"鉴宝专家",往往是皮条客,他们大都与古玩交易有密切联系,有的本身就是古玩交易的幕后操作人。有人去鉴定时,他们就将藏品"备案",等到另外想收藏的人找他们咨询,他们就充当中间人,两边通吃。如果他们看上了某件文物,想把它搞到手,就故意对持宝人说文物是假的,然后让另外一个人花很少的钱把这件文物拿下,他们再从中分利。像这样无险有财、无本万利的营生,"大梨"们何乐不为?

更可怕的是,文物系统内部的一些颇有实践经验和鉴定技能的专家,也禁不住赚钱的诱惑,被利益集团绑架,在鉴定过程中放弃原则,违背良知,信口开河,甚至为赝品假货涂脂抹粉,遭到批评后还强作辩解,死不认错。专家骗人没深浅,对普通收藏者危害更大,这些已经堕落为"大梨"的"专家",实是文物系统的害群之马。他们在电视上出镜担任"鉴宝专家",受人之托,故意炒作,大吹这个文物可值天价,其实那玩意儿如果让他自己买走,恐怕他连十分之一的钱也不肯掏。有的凭借自己已有的权威地位将现代工艺品"鉴定"成古代珍贵文物,也是利益使然,因为社会上文物鉴定的收费,是按估价的一定比例收取的,估价越高,鉴定费自然就越高。如今在一些网民中,教授被戏称为"叫兽",专家则被戏称为"砖家"甚至"专门骗人家",这些戏称用在某些"鉴宝专家"身上,倒是恰如其分的。

收藏爱好者若想不为"大梨"所"赚",其实也不难做到,首先就是不能当"财迷",不能有贪心。浮躁、扭曲的收藏心态,只能给

"大梨"们提供机会和市场。有些收藏者即使买到真品，也不知如何把玩，认识不到其内在价值，仅仅为财富而收藏、为"高价"而收藏，失去了收藏本义。像电视剧《雾里看花》中的郑万春，本来是一个修了二十多年车的小修车厂老板，却发疯般地迷上了古玩收藏，还一心想着能捡个"大漏儿"，几次都被骗子忽悠，最后连修车厂也赔了进去。他对古玩知识一知半解，骗子吹捧他两句，他就自以为是鉴定专家了；骗子再一番花言巧语，他就晕晕乎乎地上了当。郑万春的故事告诉观众：搞收藏，不能贪得无厌，不能好高骛远，不能自我膨胀。收藏家能保持这颗平常心，那些"大梨"自然就对你无从下手了。

最近看到天津市河北区政协文史资料文化艺术委员会、区档案局、区民间收藏专业委员会编辑出版的《民间收藏》一书，书中汇集了河北区乃至全市的 70 位民间收藏家的藏品，包括票证、钱币、邮品、报刊、服饰、家具等五十多个收藏品类，琳琅满目，美不胜收。在欣赏这些特色藏品的同时，也真切地感受到这些民间收藏家都怀着一颗执著而朴实的平常心。在民间，收藏文物艺术品除了投资增值外，更主要的是陶冶性情，所以良好的心态实是收藏成功的关键。

"没有天上掉馅饼的"，这话好像是中国老百姓说的；"天下没有免费的午餐"，这话好像是从西方传过来的。对于收藏，话不管怎么说，道理却是一样的。

2011-05-11

鉴宝好比看医生

近些年，文物艺术品已经继房地产、股票之后成为又一个投资热点，社会上鉴藏风尚十分流行，各个阶层的人们纷纷加入鉴藏群体，电视"鉴宝"节目也随之大量出台。然而，这些"鉴宝"节目往往过度宣传文物艺术品收藏的投资功能，只注意提示观众关注藏品的经济价值，而忽略乃至遮蔽了它们的文化传承价值和艺术欣赏价值。这样的节目，名为"鉴宝"，实是"鉴钱"，对人们的收藏观、社会的价值观是一种可怕的误导。

多年来，几乎每天都有熟悉或陌生的朋友让我"鉴宝"。他们让我看过的各类"藏品"，从字画、玉器、瓷器、家具到成扇、紫砂壶、砚台、铜墨盒，不止数万件，但总的印象是真品少，珍品更少。久而久之，我也为持宝人总结出一些怎样参与"鉴宝"的门道儿，而这些经验与患者找医生看病好有一比。

患者，要知道自己的病源；持宝人，也要知道宝物的来历。

生了病，虽然要到医院经过医生诊断才能确定病源，但是患者也应该多少掌握一些医学常识，大概知道自己的病因。比如得了感冒这样的常见病，是吃出来的、穿出来的、坐出来的还是熬出来的，患者会有个基本的感觉，并会将这个感觉提供给医生，以利医生诊断时参考。同样，家里发现宝物，也要知道它的来历。有的持宝人在家里偶然翻出一件旧东西，就如获至宝，想拿到拍卖会上立马卖个高价。他不知道那只是一件普通的旧物，没有任何文物价值。其实他应该想想，他家几代都是平民百姓，根本没有财力和眼力去买珍贵的文物，先人留下的都是些旧时常见的生活用品，放到现在仍然不值钱。老话说"祖宗显灵，坟头冒烟"会给家里带来财富和好运，但也不可能所有人家的祖坟都冒烟呀。还有一些收藏爱好者总想捡个大"漏儿"，想通过这种方式"一夜暴富"，快速实现发财梦，这也是缺乏清醒的自我认知的非理性表现。此外，购买文物时还要做到知己知彼，尽量了解对方的来历。很多靠赝品赚钱的骗子都把自己说成是历史名人的后代，把假货说成是传承有绪的宝贝。在前不久举办的一次文物鉴定会上，一位北京女藏友让专家为其收藏的一件"官窑"瓷器"掌眼"，没想到鉴定结果却令她大失所望。鉴定专家告诉她，那是件赝品，没有收藏价值，顶多值 200 元。它底部虽有烧制的"官"字，看似官窑标志，但古代真正的官窑一般不带"官"字。很多藏友过于迷信瓷器上的字迹，把它们视为真品的标志，以致屡屡上当受骗，其实他们就是吃了不了解文物的来历、不清楚卖方的底细的亏。

患者，要找准医生；持宝人，也要找准鉴定专家。

生了病，都想快点儿治好，彻底痊愈，但是也要量病寻医，不要"小病大治"。有些患者即使是头痛、发烧等寻常小病，也要长途跋涉到大医院去看，以至于大医院门庭若市，而基层小医院则门可罗雀。更有些患者不仅忍受大医院漫长的排队、拥挤，而且专门爱挂专家号，甚至托关系直接找院长看病。其实，看一些小病、常见病、慢性病，在街道医院和社区卫生服务站比在大医院要方便得多，小医院的医生在诊治上可能更有经验，更见成效。鉴定文物也是同样的道理，朋友托我找专家鉴定文物，我进行"初诊"后，一般的文物我就介绍到国有文物公司或正规的拍卖公司去鉴定，因为这些单位的鉴定人员见的东西多，又了解市场情况，鉴定起来比较简便快捷；至于那些比较珍贵的文物，或者类似"疑难病症"的确有争议的文物，我会推荐到国家文物鉴定部门请专家鉴定。最难应付的是那些"半瓶子醋"的持宝人，自己的藏品本来很一般，是开门见山的大路货，却总认为其价值连城。他们找过很多专家鉴定，但就是死活不信专家的话。他们口气大得很，一张嘴就是："天津没有识货的，你往北京给我找真正懂行的专家看看。""这么好的东西我不在天津拍，拍也拍不上价儿，你帮我找佳士得、苏富比拍吧。"有的藏友简直就是"乱投医"，前几天报上不是登了一位患者误投庸医，花了三万九"治"掉四个脚趾的事情吗，收藏界也有这样瞎找乱撞的"患者"。一位藏友淘到一枚市场价格仅在千元左右的古币，却梦想发财，鬼迷心窍地找到一家拍卖公司的"鉴定专家"。对方"鉴定"后告诉他：这枚古币如果拍卖，估价在50万元以上。藏友当时就乐蒙了，于是就交纳了巨额"服务费"委托拍卖公司进行"拍卖"，结果自然是多次"拍卖"，多次流拍，"拍"了几年也无人问津，而这位藏友却白白搭进去几万元钱。他终于想明白了：自己钻进了对方事先设好的圈套。患者找错医生，耽误的是病；藏友找错专家，白搭的是钱。

还有一句附言：多好的文物鉴定专家也有"打眼"的时候，因为专家也是人。正如多好的医生自己也有生病的时候，因为医生也是人。

2011-05-18

别忘了,皇帝也会"看走眼"

这些年,在很多落马贪官的"安乐窝"里,都能发现他们收受的大量"雅贿"。这些"雅贿",主要是文物艺术品市场当红走俏的珍贵古玩、名人字画。然而,一经有关部门委托鉴定专家对这些"雅贿"进行鉴定,结论则大多是假货赝品。在假冒伪劣商品充斥市场的现实世界中,贪官们在大发不义之财、收受贿赂的时候,"看走眼"的几率自然也随之增加,实在不足为怪。

据闻,湖南曾对一批贪官赃物进行公开拍卖,因巨贪们"收藏"的古玩字画多为赝品,以致部分物品的起拍价低得可怜。其中五十多幅字画落款赫然是齐白石、林风眠、吴冠中、徐悲鸿、关山月、吴作人等大师,而起拍价却仅在50元至200元之间。有一幅署名李可染的《万山红遍》,仿得拙劣至极,一看便知是初入绘画门者的练习之作。在江西一次罚没贪官赃物拍卖大会上,赝品迭出成为观众的热门话题。一位专家告诉记者:"假的东西太多了,有的砚台说是什么古砚,其实就值几块钱。"落款是著名书画家陶博吾的一幅花鸟画,被现场的书画专家一致认定为赝品,最终以低价拍出。有人透露内情并感慨道:"这幅画明显是陶博吾的学生仿制的。这个贪官虽然会写几个字,并不说明他对书画就有鉴别能力。"

官再大，心再贪，在古玩字画面前照样是个"睁眼瞎"。贪官们难以逃脱的这个命运悲剧，对其他喜欢收藏文物艺术品的人也应起到警示作用。

我接触过很多颇具经济实力的朋友，他们对收藏有着炽热而执著的爱好，常常是不惜血本，一掷千金，但是一看他们的藏品，满屋子的古玩字画，花上千万元买来的，却几乎没有一件真品。可悲的是，他们竟全然不知自己每天身处假货堆里，依旧陶醉在藏宝赏宝的快乐中。

这些"大款"朋友买假、藏假而始终不识假，原因其实很简单。首先，他们觉得自己已经牢牢地把握住了市场规律，认为有经济实力就有收藏实力，花大钱就能买到好东西。再有，他们深信自己超人的才能与智慧，觉得自己把一个大公司都能管理好，把几百名员工都能领导好，难道还看不懂一幅画、一个瓷瓶吗？此外，由于他们彰显出来的过度自信与过强气势，懂行的朋友即使知道其上当受骗，看到其满屋赝品，也不敢指明，不便点破。

这些"收藏家"朋友可能忘了，皇帝怎么样，比任何官都大、款都大，还不是照样"看走眼"？

清代的乾隆皇帝是中国历史上著名的高度重视文化的帝王，他雅好古玩字画，鉴赏水平也不低，但也有多次"看走眼"的经历。典型的如他误鉴《富春山居图》一事，便常为后世所非议。《富春山居图》是元代大画家黄公望晚年为无用师和尚所绘，用了多年时间才画成，画面情景交融，气度不凡，成为黄公望的代表作，被誉为"画中之《兰亭》"。明清之际，《富春山居图》流传到收藏家吴洪裕手中，吴洪裕极为喜爱，甚至在临死前下令将此画焚烧殉葬，幸被他的侄子从火中抢救出，但此时画前一小部分已化为灰烬，后一部分成为一大一小两段，前段画幅较小，称"剩山图"，后段较长，称"无用师卷"。至清代乾隆年间，一幅《富春山居图》被征入宫，乾隆皇帝爱不释手，但在隔年又有一幅《富春山居图》进入清宫。前者称"子明卷"，系后人伪造；后者是"无用师卷"，这才是黄公望的真迹。但乾隆皇帝认定"子明卷"为真，并在画上加盖玉玺，还与大臣在留白处赋诗题词，却将真迹当赝品处理，置于冷宫。直到近代学者翻案，认为乾隆皇帝搞错了。"剩山图"今藏于浙江省博物馆，而"无用师卷"则藏于台北故宫博物院。2010年3月14日，国务院总理温家宝提出两岸《富春山居图》璧合展出的倡议。2011年1月16日，浙江博物馆与台北故宫博物院签订了相关协议。近日，"剩山图"已运抵台北故宫博物院，即将与"无用师卷"同柜展出。人们在庆祝《富春山居图》璧合展出的同时，自然会联想到乾隆皇帝"鉴宝"故事中不无荒唐的《富春》疑案。

皇帝"看走眼"的历史教训说明，收藏不是一件容易的事。当前中国收藏界虽然队伍激增，但其中多为"白丁"，根本不具备基本的知识和必要的眼力，很多人甚至连自己藏品的名称都叫不上来。这样的收藏者越多，给文物造假者提供的机会就越多，收藏市场就会越来越乱，结果只能是收藏者扔钱买垃圾。

歌德说："收藏家是最幸运的人。"然而，若让浮云遮眼，乃至心乱神迷，收藏家就会成为最不幸的人。

2011-05-24

没有火眼金睛，别看拍卖图录

每年春、秋两季大拍，都能收到很多文物艺术品拍卖图录。虽然这些图录印得越来越精美，但其中信息的真实性却越来越让人不放心。很多图录里赝品所占比例太大，而且那些东西明眼就是假的，年份既不是西周的，也不是东周的，而是上周的。看过这样的图录，就再也不想进场竞拍了。然而，毕竟有很多买家没有这样的鉴别能力，轻信了图录上的虚假信息，买走了价值不菲的赝品，待事后弄清真相，追悔莫及。

每当我收到一本拍卖图录，翻阅之前，总会产生一种临考的感觉。这种测试眼力的感觉，既紧张，又刺激。看过以后，如果觉得自己的眼力得到了印证，并且经过这次磨炼有了新的认识，心里也有一种探破秘案般的愉悦感。此时，耳边总会响起那首歌："雾里看花，水中望月，你能分辨这变幻莫测的世界……你知哪句是真，哪句是假……借我，借我一双慧眼吧，让我把这纷扰看得清清楚楚、明明白白、真真切切……"是啊，收藏文物、欣赏艺术，贵在拥有一双慧眼。要想看懂拍卖图录，也得先炼火眼金睛。

一本正规的拍卖图录，不仅应该为潜在的买家提供拍品的作者、年代、题材、工艺、技法等要素，更应该详实地介绍拍品的来源、著录、创作背景、历史考证等详细信息。只有这样，当买家拿到图录的时候，才能对拍品的来龙去脉有一个基本了解，而不仅仅是观赏图片。但是，很少有拍卖公司在编辑图录方面能达到这样的水平。值得重视的是，随着艺术品拍卖市场的日益火爆，制假贩假也花样翻新，其中，利用拍卖图录以假乱真，诱使买家上当的手法，在当前市场上尤显突出。一些别有用心的投机者、造假者利用买家相信图录的心理，推销他们手中的"传家之宝""大师真迹"。拍卖图录中，瓷器、玉器、杂项、家具等收藏品种都有假货，而最多的还是书画。

现在的拍卖图录在对拍品的介绍中，普遍强调"著录"，即该拍品曾经被哪本古籍记载过，或者被哪本画册收录过。有著录的拍品，往往被视为流传有绪，真实性有可靠的保证，因而这样的拍品自然是"钱"景无限，都能拍出很高的价格。其实，历史上也曾出现过"假著录"，如明末张泰阶所撰《宝绘录》，著录晋唐至明代的书法绘画二百余件，竟然全系伪作，览之令人忍俊不禁。在由乾隆皇帝下令编纂的收录清代宫廷所藏书画的《石渠宝笈》中，也有历代大量的伪作和仿作。《石渠宝笈》的著录只能保证：所录作品，确在清宫收藏过；著录的赝品，不会晚于乾隆或嘉庆。因此，对著录作品必须采取具体问题具体分析的态度。如今，"假著录"又随风而起，通常采用的伎俩是：先将自己准备出手的某大画家的仿作拍成照片，与这位大画家公认的真品的照片混在一起，出版一本画册；随后以仿作冒充真品参加拍卖会，并在拍卖图录中注明该拍品已在那本画册中"著录"过。此外，买家如果发现在同一场拍卖会上推出的很多拍品均在同一本杂志刊发过，也应对其真实性予以质疑。利用著录造假贩假，已成为当下骗子"偷梁换柱"、赝品"脱胎换骨"的主要方式之一，买家不得不防。

翻阅书画拍卖图录，还经常能发现在大师、名家的作品中间，羼杂着几个当代"小名头儿",甚至是没有名气的"书画家"的作品。它们傍着大师、名家的作品,大树底下好乘凉,想晃个眼蒙一头,卖个高价,这当然是需要一番运作的。

有些书画家,总急着出大名。他们急着出大名的目的,无非是要赚大钱。出大名,赚大钱,靠规规矩矩地写字画画太慢了,于是他们不进画室,却一头钻进厨房,把全副功夫用在了"炒"上。然而,这"炒"的火候也不是那么容易把握的,往往不是"炒"生了,就是"炒"糊了。有的书法家,觉得参加这个展览那个评比获的奖级别都不够高,不能反映他真实的书法水平,就干脆买了个书号,自己编印了类似《中国十大书法家》这样的书。这"十大书法家"中,第一位是王羲之,第二位是颜真卿,第十位则是他本人。别看他如此屈尊,没把自己排在王羲之前面,但是他编印的这本书也没人欣赏,送朋友也没人看,流落到地摊也没人肯买……看到这位书法家的"炒"法不灵,更多的书画家就打起了拍卖会的主意。他们认为,依靠拍卖借鸡生蛋,比自己搭窝孵蛋更省事,也更安全。于是,这些三四流以下的书画家的作品就纷纷涌进了拍卖图录。他们的作品虽然不是假的,但将其与大师、名家的作品混在一起,标上高价,也难免有欺诈的嫌疑。

在拍卖图录里做手脚,以假乱真,以次充好,此举得以行世,是因为总有上当受骗、吃亏倒霉的买主。关于这一点,在鲁迅杂文《大小骗》里已经说得很清楚:"'欺世盗名'者有之,盗卖名以欺世者又有之,世事也真是五花八门。然而受损失的却只有读者。"火眼金睛,洞悉事变,还得说是鲁迅先生。

2011-07-13

"捡漏儿"可遇亦可求

张仲先生在世时,写过很多关于收藏的文章,但他是比较反对写"捡漏儿"文章的。他认为,你到一个老太太家收古董,老太太的儿子上班去了,她独自在家,既没文化,又没信息,结果你凭着花言巧语,只给仨瓜俩枣,就把老太太家祖传的珍贵古董买走了,这样的"捡漏儿",是不讲道德的,是不应该宣扬的。

张仲先生对于"捡漏儿"的道德评判,恰好暗合于马克思的观点:"要求的手段既是不正当的,目的也就不是正当的。"也就是说,如果手段不正当,你的目的正当本身是值得怀疑的。事实上,一些"收藏家"在收藏成功的同时,其人品却受到同行和朋友们的指摘,很多就是因为他们曾经发生过有悖于道德的"捡漏儿"行为。

所谓"捡漏儿",就是以很便宜的价钱买到很值钱的古玩。但如果不是像入户蒙骗老太太那样"劫贫济己",而是在市场上靠眼力"捡漏儿",不仅可遇,而且可求。天津著名古瓷收藏家、鉴赏家边正明先生近几年举办过几期古陶瓷鉴定培训班,收效甚好,学员们从中体会了收藏的乐趣,领悟了中华民族的历史文化,有些人还从中获得了不小的经济收益。例如一位安徽的年轻女学员,本着学学瓷器鉴赏、增加个人业余爱好的思想,上了两个月八节课后,提高很快，经边老师允许，前去地摊"捡漏儿"，花720元买了四件瓷器，分别是宋代湖田窑青白釉瓶、清代雍正青花瑞果纹三联瓶、明代景泰青花三足炉、民国浅绛彩人物故事纹瓶，拿到北京一家拍卖公司拍卖，以26万元拍出三件，流拍的一件最后也以8千元转让，总共赢利三百多倍。此事足以证明，"捡漏儿"的机会确实有，它是为有眼力的人提供的。

"捡漏儿"的另一个重要特征，就是被"捡漏儿"的卖家往往是不知情的。其实，对于古玩市场的摊主和店主来说，他们再"不知情"，也懂得加价卖，也不会赔着卖。我逛沈阳道地摊，就多次听到摊主们说："这玩意儿究竟是什么，究竟值多少钱，我们也不知道，也没必要知道；我们是赚钱就走，能赚多点儿当然更好。"因为这些东西原本也不是他们的，他们本身又不识货，所以便宜让别人捡走完全是咎由自取；况且他们出的价钱肯定不是原始价钱，已经赚了一定的差价。对这样的"漏儿"，有眼力的收藏家完全应该多捡、快捡，心慈手软是毫无意义的。在姜维群先生最近出版的《玩转文房》中，有一篇《捡漏要知道：名刻更比象牙贵》，写作者在古玩城见到一把象牙扇，扇骨为民国时期竹刻大家林介侯所刻，十分珍贵，但店主只知象牙值钱，于是按象牙扇骨的价钱售出。这样的"捡漏儿"，对买主有益，对卖主亦无损，因为即使他"知情"，也不一定能遇到识货的买主。

看来，"捡漏儿"有它合情合理的一面，在现实生活中也是可行的。然而，以往人们对"捡漏儿"的认识，存在这样两个值得重视的问题：一是过于看重利的因素，甚至几乎看成就是钱的交易、钱的较量，说白了，将"捡漏儿"视同"捡钱"；二是没有把"捡漏儿"行为的重心放在"捡漏儿"者身上，而是放在被"捡漏儿"者身上，也就是说，评价"捡漏儿"行为成功与否，不是看"捡漏儿"者收益多少，而是看被"捡漏儿"者损失多少。我认为，这样的

"捡漏儿"观念明显带有金钱至上、自私自利的色彩，不利于文物收藏市场健康、和谐地发展，是应该予以矫正的。

我们所认同的"捡漏儿"观，是"捡漏儿"者应该更多地为文化积累和文物保护作贡献，在交易效果方面则应该侧重于"买者获其益"，而非"售者损其利"。只有这样做，"捡漏儿"行为才会更加合理，也才更加具有可操作性——既可遇，又可求。

2011-09-27

"捡"来有用即是"漏儿"

因纪念辛亥革命100周年，想起了张仲先生收藏的辛亥革命纪念瓷，还有他的收藏心态。

在二十多年的时间里，张仲先生留意搜寻，在古玩摊上陆续淘得三十多件辛亥革命纪念瓷，其中包括彩绘铁血十八星旗和五色旗的辛亥革命纪念茶壶、茶杯、糖罐、笔筒等。当年，这些小件的民初瓷器并没有引起收藏界的重视，张仲先生往往花上十几元几十元就能买到一件，他也没有考虑这些东西将来是否能够升值。单从市场经济的角度看，他买这些东西，不仅沾不上"捡漏儿"的边儿，而且还会被一些擅长投资经营的"收藏家"视为"捡破烂儿"。张仲先生何等聪明，他不是不了解这个行情，但依然故我，将这项收藏坚持下来。如今，辛亥革命纪念瓷在市场上难见真品，而张仲先生的藏品已成系列，所以就显得很有分量了。为纪念辛亥革命100周年，《民间收藏》报约我写了一篇关于张仲先生收藏辛亥革命纪念瓷的小文，刊发在该报近期头版头条，足见这些辛亥革命纪念藏品的特殊价值。

比藏品更值得欣赏的，是张仲先生的收藏心态。张仲先生是卓有成就的民俗学者、天津历史文化研究专家和"津味儿小说"作家，因此，他的收藏实践会自觉或不自觉地为他的研究提供实物镜鉴，为他的创作还原历史氛围。独辟蹊径的个性收藏，是他在晚年成就为文化大家的重要条件之一。这样侧重于文化的收藏取向，反映着一种良好的收藏心态，体现着一种人生的大智慧，是"捡"了真正的大"漏儿"，那些靠耍小聪明打小算盘"捡漏儿"赚钱的"收藏家"们是不能望其项背的。

对于人类来说，无论多么有价值的藏品，也只能是身外之物。然而，对待这些身外之物的不同态度，影响着人生的走向，决定着人生的质量。有一种收藏者，单纯追求经济利益，在他们眼里，藏品无非是金钱；藏品增值，翻了几个滚儿，也就是等同于赚了几倍钱。还有一种收藏者，他们喜欢欣赏和把玩藏品，用以涵养心性，提升品位，进而将收藏当作储蓄知识、增进学术的津梁；本来无生命的藏品，在他们的精神作用下，古意焕发，变得有用了。这后一种收藏，就是文化性收藏，其最终的效果，似乎也不是能以投资多少来衡定的。

津门宿儒、书法大家龚望先生，一生雅好收藏，在他经历的半个多世纪里，收藏形势几经变幻，风谲云诡，冷热至极，但他不随冷而冷，不趋热而热，保持着自己的收藏旨规，甚至反其道而行之——在新中国成立初期，他对文物是"人弃我缺"；在"文革"时期，是"人毁我藏"；在改革开放时期，则是"人卖我不卖"。他的收藏，尤其是对天津地方乡贤书画、文献的收藏，不以利益为先，而是以文化为先，许多先贤的东西就这样被他保存下来。龚望先生是李叔同早年印谱的主要收藏者，还撰写过相关研究文章，做了重要的基础性工作。龚绶先生子承父业，最终完成了龚望先生的遗愿，编辑出版了目前最完备的弘一大师李叔同篆刻作品集，成为津门文坛佳话。

黄裳先生在《忆施蛰存》一文中写过："蛰存晚年喜欢收些碑

帖拓本，收集得不少。其中不无名品，但到底不如专收精本的富商大贾，所收不尽理想。他印成的《唐碑百选》，用了不少心思，细心考订，可惜原拓质量关系，为之减色。鲁迅当年跑琉璃厂买碑帖拓本，也因财力所限，同有此憾。读书人与收藏家的区别，大抵也就在此。"据我所知，像龚望先生、张仲先生这样的文人，其收入都是有限的，都不是能够一掷千金购买古董珍玩的人。他们于冷摊小店见到自己感兴趣的东西，觉得好看好玩，或者将来会有用处，而经济上又力所能及，就买下来，存下来。因为他们是有心人，所以他们的藏品终究得以派上用场。

古人云："闭门即是深山，读书随处净土。"我们说，"捡"来有用即是"漏儿"。这样的话，于收藏，于修身，都是有益的。

2011-10-10

古玩市场为何纠纷少？

近十几年来，我几乎每周都要逛逛古玩市场或旧书市场。最常逛的，是天津的沈阳道古物市场和古文化街文化小城旧书市场，此外，还逛过北京、郑州、青岛、保定等地的古玩旧书市场。逛摊儿，不见得每次都能淘到宝贝，更多的是为了消闲散心、增长见识。喜欢逛古玩旧书市场的重要缘由，就是这里有一种独到的氛围——不但人气旺，而且纠纷少。

有人群的地方，就会有矛盾；而且按照常理，人多的地方，事儿必定也多。然而，古玩旧书市场恰恰打破了这个常理，一直是人虽多而事儿却少。以周四上午的沈阳道古物市场大集为例，上千个古玩摊、几万名淘宝者，把沈阳道一带十来条马路、几个大院和停车场，包括很多小胡同，都塞得严严实实，挤得密密匝匝。"摩肩接踵"如果用在这里，就不必再查任何词典来解释了。在天津所有市场中，这里的摊主和顾客最多，这里的人口密度最大，这里的商品交易量极为可观，但在这里却很少能见到争执吵架的。而在其他市场，如百货商场、超市和菜市场，发生争执吵架现象的频率是不会这么低的。

听常去国外淘宝的朋友说，世界各地古玩旧书市场的氛围也普遍很好。例如东京国际展示场每年举办一次日本全国规模最大的古董展销，有上千个展位，场内人头攒动，但秩序良好。买卖双方言谈平和，绝无喧哗。场终人尽时，地上分外清洁。再如法国巴黎拉丁区塞纳河左岸的旧书市场，据说当年狄德罗、拿破仑、巴尔扎克等名人都曾在这里流连忘返。著名作家法朗士就出生在拉丁区一个旧书商家里，他这样描述塞纳河左岸旧书市场："那个地方绿树成荫，书籍满摊，还有淑女散步，是世界上最美的地方……我在这里获得了智慧。"游览过这里的前苏联作家邦达列夫也曾写道："在春天的巴黎……那些旧铺旁边围满了默默无言的书迷们，他们用颤抖的手指抚弄着书页，就像在抚摸着孩子一样。"巴黎拥有很多享誉世界的名胜古迹，在这样的背景下，一个旧书市场却能产生如此大的吸引力，成为一个独特的城市景观，殊为难得。

东京、巴黎的古玩旧书市场氛围良好，原因很简单——在任何重文化的城市里，都会有大量讲文明的市民，二者是相辅相成的。中国的古玩旧书市场人多事儿少，除了与国际共有的特点外，似可结合国情作进一步的分析。

市场里的矛盾，归其大类，无非两种，一是人际间的磕磕碰碰，二是利益上的高高低低。先说前者，举个报道过的例子，一位买家看中了摊主的一只玉镯，但在交接时玉镯掉到地上，摔成三块，为此双方争执不下，便报了警。民警分别对双方进行了深入细致的说服工作，经过协商，双方达成协议，问题圆满解决。民警在解决问题时所依据的，主要还是古玩行里流传了几代的一个不成文的规矩——买卖一方必须将物品放在桌子上或是地上，另一方才能去拿，以免一旦失手损坏时责任难分。再说后者，也举个报道过的例子，一名妇女由于不懂行，误将家中祖传的画以极低的价格卖给了别人，回家后才知道那幅画价值不菲，自此便每周都到古玩市场寻找那个买主，后来终于等到了买主，但却得知那幅画已被再次转让，于是她将买主拉到了派出所。经过民警的一番调解，问题也得到了圆满的解决。这位民警"调解"的具体细节，我们不得而知，但我们可以估计到，他一定是在不违背法规的前提下，参照古玩市场惯常的交易规则进行调解，才会得到纠纷双方的认可。

　　古玩行里、演艺行里，都有很多约定俗成的规矩。其中一些几十年乃至上百年传下来的行规，至今尚未过时，它们在调节人际关系、处理利益分配等方面，依然发挥着积极有效的作用。这或许就是"文化力"的特殊作用，它通过传统的传承，形成道德的约束，维护行业的规范，达到和谐的目的。因此，尽管市场熙熙攘攘，世事纷纷扰扰，但只要大家都自觉地遵守游戏规则，就会相安无事。

2011-12-13

节日的盛宴

今年的春节，大饱了眼福。大年初一至初七，每天在黄金时间准时收看央视二套"CCTV首届赛宝大会"，场场仔细观瞧，场场都觉精彩。

荧屏赛宝，是展示当代中国民间收藏的一个新尝试。这次活动展示的藏品涉及书画、瓷器、玉器、家具、金银铜器五大类。参展对象包括民间个人收藏、私人博物馆收藏以及海外回流的中国文物艺术品。赛宝大会由中央电视台经济频道主办，通过全国28家省级收藏协会协助"海选"，初选的三万件藏品中有500件进入了复选，而最终只有36件顶级民间宝贝幸运地进入了赛宝大会角逐现场。这是迄今为止国内规模最大、规格最高的民间藏宝展示活动，也是有史以来民间藏品的第一次集中展示。虽然赛宝（或叫"斗宝"）在中国很有传统，如春秋时秦穆公召十七国诸侯会于临潼斗宝，再如西晋时贵族富豪石崇与王恺斗宝比阔，但是那些"赛宝活动"或是政治争霸的手段，或是财富炫耀的表演，根本不同于广大百姓的收藏文化活动。当然，历代各地民间也常有小范围的赛宝活动，但其规模和影响毕竟无法与今天全国参与、万众瞩目的电视直播赛宝大会相提并论。

观看荧屏赛宝，感觉十分兴奋。中国历史悠久，地大物博，绝不是一句空话，它是看得见、摸得着的。中国民间蕴藏的文物宝贝数不胜数，层出不穷。此次赛宝，从众多的藏品中优中选优，宝中选宝，对专家来说也不是一件容易的事。复选主要从藏品的历史价值、艺术价值和科学价值三个方面来评判。初评过后，经过两个轮次的筛选，才最后产生提名藏品，角逐金、银、铜奖。此次赛宝大会获得藏品金奖的明代黄花梨供桌等几件文物珍品，不仅充分显现了中国民间收藏的巨大实力，而且弥补了国家博物馆的不足，填补了中华文明史的空白。

CCTV首届赛宝大会是一道传播文物知识、弘扬民族文化、振奋民族精神的盛宴，中央电视台作为中国的主流媒体发挥了很好的作用。一般来说，主流媒体必须具备三个条件，即有较大的发行量或收视率，有较多的广告营业额，有很大的影响力和权威性。当人们又在讨论电视春节联欢晚会还有没有可视性的时候，中央电视台利用春节假期黄金时间成功地推出首届赛宝大会，证明了自己雄厚而独到的策划能力和组织能力。在大年初七赛宝大会颁奖现场，五件超一流的国宝与观众见面。按照规定，这五件国宝不能参加任何比赛和展览，更不能出境展览，除了当年参加考古挖掘的人见过，一般收藏爱好者是见不到的。此次中央电视台把这五件国宝提到了节目现场，名为"五福临门"，让广大观众耳目为之一新，以此文化大餐欢度春节，使人不得不佩服编导的策划水平和活动能力。有些地方电视台的收藏栏目把重点放在以藏品的价格吸引观众，重娱乐而轻文化，就相形见绌了。

新春佳节，观赏赛宝，增长识见，愉悦精神，如饮美酒，如上高楼。

2006-02-07

第七辑 文坛艺苑

在校园里寻找文化归属感

近日,到天津市红桥区丁字沽小学,参加妈祖文化与运河文化传承发展研讨会。引起与会者浓厚兴趣的,是这所小学建在丁字沽娘娘庙旧址上。坐落于北运河西岸的丁字沽娘娘庙,相传建于元代,历史悠久,它得益于天津繁盛的河海文化与妈祖民俗信仰,其知名度早在清同治九年(1870)编修的《续天津县志》中即有明确记载。20世纪30年代初,庙址兴办公立小学,教化一方学子。其后不久,火患无情,损毁庙宇大半,劫后仅存西配殿。然庙堂福地,学风绵亘,几易其名,传流至今。西配殿安存校园,古气犹在,堪称天津妈祖文化、运河文化、教育源流的重要活态标本之一。

一所小学,能拥有这样一座古建筑,当然要拿它当宝贝来看待,也要拿它来做文章。身居妈祖文化福地,丁字沽小学因势提出了"普惠至善"的办学理念,即"弘扬传统树美德,普惠至善塑新人",让教育惠及百姓。参加妈祖文化与运河文化传承发展研讨会的专家、学者则进一步提出,对于该校学生、毕业生及周边居民来说,这样具有浓郁古风古韵的校园,是寻找文化归属感最好的地方;而在社会现代化过程中,找到文化归属感,对于每一个人来说,又是十分重要的。

我们熟悉海德格尔最著名的言论——"人，诗意地安居"。依他所说："'人诗意地安居'更毋宁是说：诗首先使安居成其为安居。诗是真正让我们安居的东西，但是，我们通过什么达于安居之处呢？通过建筑（Building）。那让我们安居的诗的创造，就是一种建筑。"也就是说，人、建筑、诗意和安居之间，存在着无法割舍的必然的联系。近些年，我们更多地谈论"现代性之病"，但是无人给出完美的答案。我们只能从发展经济与保护文化的关系上，不断地提出相关的隐忧，随时提醒人们：不是金钱，而是文化，才能赐予人类以灵魂的归属感，才能揭晓人类幸福的含义；缺乏文化的支撑，经济很可能只是一件华丽的外套；盲目地拜金，结果会是穷得只剩下钱……

在敬慕丁字沽小学能够坚持数十年保护校园里一座古老的庙堂之余，我不由得联想到，就在前不久，我的母校、天津市河西区台儿庄路小学的老楼在城市改造中被拆除了。上世纪70年代，我曾在这所小学里读过两年书，这座解放前建筑的、教室高大宽敞的小楼，给我留下深深的印象。离开这所小学三十多年间，我时常回到母校门前，从校园的围墙外凝望这座小楼。而今母校消逝了，小楼蒸发了，我的童年记忆仿佛也变得模糊了。

好在世界上还存在着两所让我能够找到校园的母校。一所是天津海河中学，它的校园是中国近代第一所高校北洋西学堂的发祥地，它也是中国最早的公立中学，有着一百多年的办学历史，海河中学教育博物馆珍藏的上百件近代教学仪器，具有较高的文物价值，向人们无声地诉说着这座历史名校曾经的荣光。还有一所是北京大学，无论是沙滩红楼，还是海淀燕园，都留下了大量著名的历史遗踪。母校的存在，为我寻找自己的文化归属感提供了更为充分的可能。

已有教育研究者指出：学校，是学校成员共同的期望、信念和价值的共同体。学校内的教师、学生、管理者，有着共同的治学方式、思维进路乃至办学理念。同一所学校,同样的文化,强调的是人与人之间的紧密关系、共同的精神意识及强烈的归属感、认同感。校园,以及学校的老建筑、老物件,作为教育的历史物证,是一种特殊的资源,承载着教育的发展变迁,以其丰富的历史信息和深厚的文化积淀滋养着师生的精神家园,也是新时期学校文化建设极为重要的载体。像丁字沽小学这样历史悠久的学校,可以依照这个思路,延伸自己的办学理念,把"教育力"转化为"文化力",将校园打造为对学校成员及周边地区更具文化凝聚力和辐射力的新的"福地"。

现代化节奏,给人们带来无休止的辛劳。但是如果能有些许喘息的时间,不妨读读海德格尔引用过的荷尔德林的诗句:"人充满劳绩,但还/诗意地安居于这块大地之上。"这可能是当代人类所追求的最本真的存在方式。

2011-06-22

由老贾小人儿书摊思考夏日休闲文化

一年四季，每个季节都需要休闲，但夏天的休闲问题最敏感。尤其是在酷暑闷热的伏天，人们不得不休闲，不得不琢磨休闲的事儿。

在一年中最酷暑闷热的时候，听说天津市连环画收藏协会副会长、老贾书屋经理贾世涛先生近来在古文化街摆起了小人儿书摊，每天傍晚义务为市民和游客提供阅读服务，于是就慕名前去"逛摊儿"。

喜欢连环画的朋友，都惯称贾世涛为"老贾"。坐落在天津古文化街文化小城的老贾书屋，是天津最著名的连环画书店，新、旧连环画兼营；也是天津市连环画收藏协会的主要活动阵地，每到周六周日，连环画爱好者宾客盈门。为满足市民和游客消暑纳凉之需，并宣传推广连环画，近来老贾每天傍晚在古文化街宫北大街路边摆设小人儿书摊，准备了上千本连环画和十几个板凳马扎，让住在附近的市民和来往的游客免费阅览连环画。如果哪位游客能够在此连续阅览一个小时，老贾还有奖励——赠送他一本连环画。老贾准备的连环画，有近几年重印的连环画，也有上世纪七八十年代出版的连环画，多为名著名绘，品相也都很好，从中可见老贾对小人儿书摊是非常投入的，对读者是非常真诚的。老贾的小人儿书摊，吸引了众多的市民和游客，得到大家的好评，成为每天傍晚古文化街消暑纳凉的好去处。

老贾的小人儿书摊，引起我们对夏日休闲文化的思考。

休闲文化，贯穿于人类文明史，是人类生活的重要组成部分。在现代社会，休闲文化不仅是一个国家生产力水平高低的标志，更是一个国家社会文明程度高低的标志。现代人更加自觉地重视休闲文化，将其视为一种崭新的、积极的、自由的生活方式和生活态度。在中国，休闲文化也已成为全社会关注的领域，休闲文化与人的幸福度也已直接挂钩。人们身处飞速发展的时代中，价值观产生了新的变化和调整，其中就包括对休闲文化的重视，以及相关的研究与开发。据一份材料提供的专家预测，到2015年，发达国家将全面进入"休闲时代"。中国虽然是发展中国家，但是改革开放同样给休闲文化和休闲产业带来强大的发展势头。面对即将到来的具有全球意义的大众化休闲时代，积极地将人们引导到文明、健康、科学的休闲文化中，已成为中国社会亟需研究和解决的重要课题。

具体到时下倡导的夏日休闲文化，人们根据自己的兴趣爱好、经济条件和作息习惯，可以有多种选择。例如泡泡图书馆，图书馆是一个在供人们消暑的同时又提供"精神食粮"的好地方。再如过把电影瘾，在电影院里，人们不但能享受清凉优雅的环境所带来的舒适，还能进行一次视觉的冲浪。另如逛逛大书店，通过逛书店多看点书，拓宽自己的知识面，是正在放暑假的学生们的一个很好的选择。此外，很多中、小学生会参加一些美术、书法、武术等兴趣班或夏令营，以文化"自助餐"的形式来充实自己的假期生活。有些餐饮店，为了招揽客户，也大打文化牌，明明是露天烧烤，却定名为"休闲文化歌舞烧烤广场"，一到夜幕降临，几个演员在"广场"台上吹拉弹唱，连唱带舞，一群食客则在下面喝着啤酒，吃着烤肉，看着演出，沐着凉风，看上去也是悠哉乐哉，好不自在。在酷暑闷热的伏天，消暑纳凉成为很多人的第一要务，只要饮食有卫生保证，歌舞表演不扰民，像这样的"休闲文化歌舞烧烤广场"也不失为一些市民的"避暑胜地"。

由此回忆起二十多年前的消夏晚会。那个年代，城市文化生活还比较单调，暑季一到，北宁公园、人民公园、第二工人文化宫等各大公园、文化宫的消夏晚会便成为天津市民的乐园。消夏晚会内容丰富多彩，有露天电影、戏曲专场、相声专场、歌舞表演、游艺活动等，参与的市民人山人海，热闹非凡。再有就是旧书摊，每天晚上，八里台、小海地等处边道上摆的旧书摊都绵延数百米，吸引了众多的读书人。其实，有些传统的"休闲文化"并未过时，如果现在选择适当的地点，允许在晚上摆设旧书摊，让人们买书、交流、乘凉，同样会受到市民的欢迎。

人三分之一的时间在闲暇中度过，休闲已经成为一种时尚，并由此导致人的日常生活结构、社会结构、产业结构以及人的行为方式和社会建制的变化。休闲质量的高低，将直接影响社会的全面进步，影响人能否完整、全面、健康地发展自己。面对休闲文化这样一个庞大的社会空间和文化空间，如何充分认识和利用其潜能为人类服务，是值得深入探究的。

在酷暑闷热的日子里，我们希望更多的人重视夏日休闲文化，特别希望有更多的人像老贾那样身体力行，为市民的夏日休闲文化做一点实事。

2011-07-27

树碑须知

最近发生在黑龙江省方正县的日本开拓团民亡者纪念碑（简称"日本开拓团纪念碑"）事件，引起社会广泛关注和强烈反响。笔者多年来几乎无一日不读碑（欣赏碑拓中的书法），一向重视有关碑的材料和信息，写过小文《碑文不是墓志铭》，还有幸被《咬文嚼字》杂志转载。因此，想试从文化角度谈谈对碑以及这个事件的管见。

碑，遍及华夏大地，在众多古籍中皆有记载，在历代重要的工具书里也都有明确的解释。综合现代几部主要辞书的解释，简单地说，碑就是刻上文字纪念事业、功勋或作为标记竖立起来的石头。据媒体透露，刻在方正县日本开拓团纪念碑上的"日本开拓团民亡者名录"序言中说："1945年日本战败投降，日本开拓团民15000余人集结方正，欲取道回国。因饥寒流疾，有5000余人殁于荒郊野外，简而掩埋。其间历经近二十年，方正人民不忍其尸骨散落于荒野，遂以仁善之心将其集整。1963年，国务院总理周恩来批准建设'方正地区日本人公墓'，将尸骨埋于墓中。1984年，'麻山地区日本人公墓'迁移至此。墓中亡者多无姓名，经各方努力，搜集部分，故今将墓中亡者姓名刻录，一为告之日本后人，其先人长眠于此，勿以忘之；二为展示人类至善大爱乃人性之根本；三为前事不忘，后世之师，反思战争之危害，昭示和平之可贵。故立此名录，以警世人。"按照中国人对碑的理解，该文声称的立碑的三个目的，只有第一个是实用的，而后面的两个则纯属胡乱引申，自欺欺人。尽管方正县有关部门如此煞费苦心地为此碑涂脂抹粉、乔装打扮，也掩盖不住其为日本人立碑的真实目的。

北京大学教授孔庆东先生在得到方正县立碑消息之初，就一针见血地指出："碑是干什么的？！有给小偷儿立碑的吗？！有给杀人犯立碑的吗？！有给侵略者立碑的吗？！碑，对于家庭来说，给死去的亲人可以立；对于国家来说，给烈士、圣贤才能立。那么这个'垦拓团'（即'开拓团'）是干什么的？你们不去查查历史啊？！他们不是普通的日本老百姓，他们是亦兵亦民的'日本武装垦拓集团'！他们随时可以加入军队——就相当于我们说的民兵，他们就是日本的民兵——来占中国的土地，杀害中国的百姓……如果说为了表现我们中华民族博大的胸怀，为了让日本人来找这些死去的人，那么在文件里记载就可以了，为什么要堂堂皇皇地立一个大碑呢？！这碑不是为了让人来寻找的，而是为了弘扬的，是为了表彰的，是为了纪念的，是要拜祭的……"孔庆东先生不仅讲出了碑的本质，更讲出了方正县立碑事件的本质。另有资料显示，在日本侵占中国东北期间，"开拓团"强占或以极低廉的价格强迫收购中国人的土地，然后再租给中国农民耕种，从而使500万中国农民失去土地，四处流离，或在日本组建的12000多个"集团部落"中忍饥受寒，其间冻饿而死的人无法计数。善良的国人习惯于赏读对逝者充满敬意的碑文，而今面对为侵略者树立的纪念碑，民族感情和文化尊严着实受到了极大的伤害。在这个问题上，所谓"展示人类至善大爱乃人性之根本"，是不能不以维护民族感情和文化尊严为前提的。

在网民的一片愤怒声讨中，方正县的这块"恶碑"终于被拆除了。这本来是一件大好事，但是也有少数网友提出：不容此碑，是否显得我们太狭隘了？其实不是。最近我正在读耶鲁大学哲学系教授卡斯腾·哈里斯所著《建筑的伦理功能》，书中有一专章，通过坟墓和纪念碑来论述建筑与社会的关系，作者指出："铭刻碑文的纪念柱给死者以荣誉，令生者不仅记住牺牲了的英雄，而且直面自己永存的死亡的可能性……不只是记住英雄，生者还应把他当作榜样，继承他的遗志……"由此可见，西方人对待纪念碑，也是非常重视其伦理价值和社会影响的。

说了中国人和西方人，再看日本人对待纪念碑的态度。在旧上海爱多亚路（今延安东路）外滩，原来矗立着一座高大的"欧战纪念碑"，又称"和平女神像"，闻名遐迩，在反映上海的老影片中经常可以看到它。这座纪念碑是上海租界当局为纪念第一次世界大战协约国取得胜利，以及上海英、法、俄、意等国侨民赴欧从戎的阵亡者，并为"祈求永久之和平"，于1924年建成的。1941年年底，侵华日军占领上海公共租界中心区后，立即将敌对国建立的这座纪念碑拆毁。日军拆碑，可是毫不手软的。

天津旧日本租界曾有一座大和公园，又称"日本公园"，建于1906年，是典型的日本风格园林。如果单从风景看，这座公园是非常漂亮的。然而，该园内却立有一座"北清战役纪念碑"，是为纪念八国联军侵略天津时被中国军队打死的日本士兵而建，在碑的旁边还陈列着日军从中国军队缴获的大炮，以彰显其侵略功绩；不仅如此，1919年园内又增建了日本神社，从留存的老照片上看，其建筑很像日本的靖国神社，显然是支撑日本法西斯统治的精神支柱。新中国成立后，该园被拆除，在其原址建成"八一礼堂"。那么，会不会有人说"曾经那么漂亮的一座公园，拆掉多可惜啊"？我想，因为园内曾有那样一座纪念碑，那样一座神社，那样一段令人感到恐怖的历史，所以一定没有人敢说这句话。

关于碑的这些知识，这些历史，这些道理，料想方正县有关主事者是不懂的。因为不懂，所以他们立的碑就会最终被拆掉。碑拆掉了，他们可能就有点儿懂了：随便树碑立传，至少是一种浪费。

2011-08-09

花好月圆

岁岁中秋，今又中秋。海上生明月，天涯共此时。当此之时，全中国的百姓，全世界的华人，看到的是同一轮圆月，感受的是同一份心境，恰如宋人晁端礼《行香子》词中所吟咏的——"愿花长好，人长健，月长圆"。

那年，也在中秋，文人李渔到扬州桃花庵游玩，寺中方丈诚邀他同赏月景。三五之夜，明月圆盈，银辉满寺。二人边走边谈，缓步登上绎经台。但见清光万丈，静寂无声，唯有风拂月波，掀动衣袂。二人不觉渐入佳境，兴致勃勃地作起对子来。方丈吟道："有月即登台，无论春夏秋冬。"李渔对曰："是风皆入座，不分南北东西。"这副流传千古的佳对，表述的是人类对特定意象所产生的共同体悟。一个民族，一个国家，乃至整个世界，每年都要有规律性地过节、过年，说明人们需要这样的共同体悟。

中秋时节，花好月圆。月圆之月，独一无二，举世无双；而花好之花，则因地域、气候、文化和风俗的差异而呈现着丰富的多样性。由此联想到中国各个城市的市花，它们各有各的特色，但如果将这些市花串起来看，却正是表现中国文化丰富多样性的一份难得的清单。

以天津的市花为例，月季在天津栽培历史悠久，天津是月季的重要产区；月季花绚丽多彩，馥郁芬芳，且四季花开不断，深受市民喜爱。1984年根据市民评选结果，市园林局、园林学会推荐，市人大常委会批准将月季定为天津市市花；上世纪90年代初期，天津还举办了几届很有声势"月季花节"。月季成为天津的市花，自然是有充分理由的，但这并不等于说月季在天津是一枝独秀。在天津这样具有丰富历史文化内涵和浓郁生活时尚氛围的大都市，能与月季媲美的花卉还有很多种，如菊花，每到秋季，天津的公园常常举办大型菊展，前往观赏的市民络绎不绝；如荷花，天津湖泊池塘遍布，荷莲广植，处处见景；如兰花，天津拥有很多养兰的名家高手；如玫瑰，天津青年男女传情达意的首选花卉就是玫瑰，其市场消费量不输于任何城市。今年春天我写了一篇关于蔷薇的小文，刚贴在博客上，就有好几位热心的博友告诉我在天津什么什么地方种植着蔷薇，非常好看，让我去观赏。我自己也留心寻访，发现盛开的蔷薇足以称得上是我们城市一大迷人的景观。此外，像牡丹、海棠、茉莉、丁香、石榴、桃花等，都是我们十分熟悉和喜爱的天津城市的美丽天使。

日前在报上看到天津文史专家侯福志先生写的《芍药曾被选为天津"市花"》一文，极感兴趣。据该文介绍，1928年11月20日，《北洋画报》向读者公开征选天津市"市花"。1929年1月5日，《北洋画报》刊出《市花答案揭晓》："前本报征求关于天津市花答案，蒙阅者纷纷投函，年前已接有百数十件，唯以选举芍药者为最多。芍药前有王小隐君倡之于先，复经众意公选于后，故本报即假定芍药为天津市市花。"关于芍药与天津的关系，此前我只知道两点：其一，芍药是扬州的市花，而在历史上扬州与天津的联系十分密切；其二，天津博物馆藏有一件国宝级文物清乾隆珐琅彩芍药雉鸡图玉壶春瓶，瓶上所绘芍药异常华美。我猜想，上世纪20年代将芍药选为天津"市花",一定与上世纪80年代将月季定为天津市花一样,都是采取了天津市民心气的最大公约数,或者说是天津城市精神的最大公约数。

因此,我尤为欣赏《北洋画报》为市花规定的五个条件:"一是易于培植,二是普通易见,三是为人喜爱,四是符合本地人的性格,五是富有意义。"其可贵之处在于不仅注重自然标准和物质层面,而且注重人文标准和精神层面。而法国艺术家德拉克洛瓦在1857年发表的《美的多样性》一文中说,"风尚的影响比气候的影响更大",我觉得,很多城市确定的市花,如牡丹之于洛阳、梅花之于南京、木棉之于广州等,都印证了这种影响。

如此解读一过,"花好月圆"不再是一个普通的中秋佳节祝福语,它的寓意显得丰富而深刻,既包含着世人祈愿的共同性,同时也包含着世人审美的多样性。繁花伴一月,一月照繁花,这共同性与多样性交融于此时此刻,也算是"和而不同"吧。

2011-09-07

写作文怎样才能有词儿？

近日，《初中生》杂志编辑部负责人吴昕儒先生转来江苏省兴化市安丰初级中学绿野文学社的同学们提出的有关作文的一些问题。现试围绕"写作文怎样才能有词儿"这个主题，就作文的想象力、作文与读书、作文的篇幅等几个方面，答复几位同学提出的问题。

葛娴：每次写作文，总觉得无从下手。现在的作文题，越出越精，都是半命题作文，说是充分发挥学生的想象力。可我就怕这，生怕写错了题目，偏离了方向，请问有什么好方法吗？

罗文华：半命题作文，确实是充分发挥同学们想象力的一种题型。它的好处是有一半或一部分的命题权掌握在你的手里，选材有较大的自由度。与全命题作文相比，它有利于同学们发挥自己的写作水平，可以比较自由灵活地进行写作；与话题作文相比，它则适当作些限制，既可使评卷更准确，也可避免考生千题一文的套文现象。写好半命题作文，除了需要弄清题意、补好文题以及开头和结尾注意点题、扣题外，更重要的是要充分利用它选材自由的特点，填上自己觉得比较容易写的内容。所谓"比较容易写的内容"，就是你的想象力能够达到的内容，而且你的想象力在别人看来是合情合理、能够接受的。如我在上初中时,老师出了一道作文题"……的风景",就相当于现在的半命题作文。绝大多数同学都选择写名山大川或名胜古迹的风景,其中最多的是写天津水上公园和北京北海公园、颐和园,他们认为那里景色秀美,并且景点较多,可说的话多,比较容易写。而我却与众不同,写了一篇《我家的风景》。其实当时是20世纪70年代末,家家户户房子普遍很小,生活条件都很一般,哪有什么"风景"可言?但我家有一个特点,就是墙上挂的镜子多,那些镜子都是我父母结婚时亲戚、朋友、邻居、同事们送的,有十几面,大大小小,各式各样,非常美观,使得陋室生辉。其中有两面风景图案的镜子,"富春江景"和"放鹤亭景",画得极为幽静悠远,如世外桃源。虽然当时这两处名胜我都没去过,但是每天都凝神看看这两面镜子,看了十几年,脑子里自然积淀了联翩的浮想。于是我就在描写自己家庭家具陈设的同时,借镜中富春江和放鹤亭的美景,抒写现实生活的幸福,特别是精神生活的充实,以及对未来美好家居的向往。结果,我这篇作文的分数老师给得最高,还写了"言有尽而意无穷""室雅何须大"等褒奖性很强的评语。我是这样想的:水上公园和北海公园的风景再容易写,也不如自己家的风景容易写,因为一个人最熟悉的地方还是自己的家;写自己最熟悉的地方,不仅选题独到,想象力也得以充分运用,能够点石成金,化平凡为神奇,做到真正打动人心、感动人心。

韩璐璐:我不明白别人写作文就滔滔不绝,而我写作文就像挤牙膏似的,总也写不出来。勉强写出来了,自己看着都不顺。可是在考场上,时间那么紧,也没有办法再改,所以作文成绩总是很不理想。请问怎么才能得高分呢?

罗文华:作文若想取得好成绩,改变"挤牙膏"状态,就要平时多"备料",即多读书看报,注意搜集和积累素材。写作文词儿多的,都是喜欢看书的同学;作文写得顺的,都是会看书的同学。依我的阅读经验，多浏览些名人传记和文学名家代表作，最能激发写作文的兴趣；多赏析些著名报纸副刊上的短文或《读者》杂志精选的文章，作文技法提高得最快。

沙帅：我们每次作文都要求在600字以上，可很多时候还没到规定的字数，我就没话说了，在这种情况下，我该怎么办呢？而且作文一定要达到字数才算好吗？

罗文华：写作文没话可说，可能是你的"架子"没搭好。拿到作文题后，一定要结合审题，根据字数要求，先在心里给文章搭个架子。换句话说，就是构思出若干个自然段，前后段之间需有一定的时间联系、空间联系、因果关系或逻辑关系。然后你就按照顺序去写每个段落，逐一完成。即使有不太重要的一两段写得很少或者实在写不出，也不会影响文章的整体格局，也能达到规定的字数。有时老师要求作文要达到一定的篇幅，目的主要是训练同学们对文体的全面把握，避免丢失文章的关键要素。我倒是觉得文章不一定要达到多少多少字数才算好，反而觉得好的文章多是短文。像鲁迅、周作人等大作家，都是以写短文见长的。写短文，并不说明他们的水平低，并不影响他们的文学成就。现在我们做报纸副刊编辑的，不愁文章少，就愁短文太少了。如果你们将来从事文字工作，就能深有体会：文章写长了容易，写短了难。

2012–03–22

知识，能改变命运吗？

几位青年学子不约而同地告诉我，他们参加今年考研复试的面试，主考者都提出了这样的问题："你认同'知识改变命运'吗？"我打听了一下，很多大学的考研面试都提过这个问题，甚至同一所大学不同专业的面试都提了这个相同的问题。由此我好心提示，哪位学子如果明年考研，一定要提前准备回答这道题。

这几位参加了考研面试的青年学子把这个问题告诉我，是想听听我的答案。我说，有一个现成的答案，在金羊网和齐鲁网上都可以看到："一人去算命，算命先生摸骨相面掐算八字后，说：'你20岁恋爱，25岁结婚，30岁生子，一生富贵平安，家庭幸福，晚年无忧。'此人先惊后怒，道：'我今年35岁，博士，光棍，木有恋爱。'先生闻言，略微沉思后说：'年轻人，知识改变命运啊！'"

这或许只是个笑话，但类似的真实情况也是存在的。相关人士告诉我，前不久，一个研究所招聘研究人员，一位北大博士前来应聘，却未能如愿，原因是他已经39岁，且没有副高职称，而据说按照规定招聘研究人员应在35岁以下，或具有副高以上职称。听说这位北大博士前后花了八年时间才获得博士学位，很多人包括主考者都对此事感到惋惜，但确是无可奈何。这位博士长期苦读和高龄应聘的经历，很容易让人想起"范进中举"的故事。我觉得，两者的悲剧有相似度，但这位博士的幸运度似乎比范进还要低——范进中举后到了家门，毕竟还有跟在他后面的胡屠户高声叫道："老爷回府了！"

无论如何，范进和这位博士的故事，都不能作为认同"知识改变命运"的论据。

"知识改变命运"的主张者，往往举出匡衡凿壁偷光、车胤萤囊映雪这样的例子来鼓励孩子们刻苦读书，这本身无可厚非。但是，"命运"这个词是非常丰富复杂的，人们的命运又是千奇百怪、变化莫测的，幼时好读书不一定成年有业绩，自己主观努力还需客观条件适配。能改变命运的，除了知识，还有制度、性格、环境等。因而很难求证出读书与命运之间的必然公式。比起匡衡凿壁偷光、车胤萤囊映雪来，我倒是更乐意举司马迁《报任安书》中提到的那些例子："盖文王拘而演《周易》；仲尼厄而作《春秋》；屈原放逐，乃赋《离骚》；左丘失明，厥有《国语》；孙子膑脚，《兵法》修列；不韦迁蜀，世传《吕览》；韩非囚秦，《说难》《孤愤》；《诗》三百篇，大抵圣贤发愤之所为作也。"挨个看看，这里面所有例子都与知识有关，都与读书有关；然而，再挨个看看，这些名人的命运究竟是怎样的呢？包括司马迁本人，包括后来的陶渊明、李白、杜甫、苏轼、关汉卿、顾炎武、王夫之、黄宗羲、曹雪芹、鲁迅等，这些人都与知识有关，都与读书有关，都是中国历史上第一流的知识分子，而他们的命运又是怎样的呢？这些人的影响力和说服力，难道不比匡衡、车胤更大吗？

"读书无用论"是应该坚决反对的；但是说读书"有用"，它对什么人"有用"，"有用"到什么程度，怎样才叫"有用"，也是值得探究的。对于"知识改变命运"这句话，站在不同的世界观、人生观和价值观，也会得出不同的结论。苏格拉底说过："真正高明的人，就是能够借助别人的智慧，来使自己不受别人蒙蔽的人。"我认为，面对文化浮躁和青年人追求茫然，眼下最需要警惕和抵制的，就是将"知识改变命运"纯然功利化。功利之于知识，是最大的贬损。那些以功利性的眼光看待知识，并以知识为跳板，合用其他法术，较为顺手地达到了某些现实目的，成为既得利益者，反过来又洋洋自得地将"知识改变命运"作为真经传授给青年人，其背后必藏有一副小人得志、穷人乍富的嘴脸。

"我们的一些大学，包括北京大学，正在培养一些'精致的利己主义者'，他们高智商，世俗，老到，善于表演，懂得配合，更善于利用体制达到自己的目的。这种人一旦掌握权力，比一般的贪官污吏危害更大。"这是北京大学钱理群教授在武汉大学老校长刘道玉召集的"《理想大学》专题研讨会"上语惊四座的一段发言，非常值得品味。但愿今后有幸通过"知识改变命运"的，不是"精致的利己主义者"。

2012-05-07

慈善事业与媒体传播

获悉以慈善为主题的"第三届寒山寺文化论坛"在苏州举办，我立即想起林则徐在担任江苏巡抚时为苏州报恩寺观音殿题写的一副对联："大慈悲能布福田，曰雨而雨，曰旸而旸，祝率土丰穰，长使众生蒙乐利；诸善信愿登觉岸，说法非法，说相非相，学普门功德，只凭片念起修行。"人们都知道林则徐是一位伟大的民族英雄，中国近代禁烟运动的杰出先驱，而通常不知道他还是一位虔诚的佛门弟子，慈善事业的积极参与者和热情传播者。他"苟利国家生死以，岂因祸福避趋之"的爱国壮举，正是履践"先学做人，后学做佛"的宗旨。早在青年时代，他就笃信佛教。嘉庆十二年（1807）二十三岁时，即手书《佛说阿弥陀经》《金刚经般若波罗蜜经》《般若波罗蜜多心经》《大悲咒》《往生咒》五种经咒，共贮一函，上题"行舆日课""净土资粮"八字，作为每日必诵的功课。他在日理万机和戎马倥偬中，坚持"行舆日课"，不废诵经念佛外，在《林则徐日记》中还可以查找到不少供佛礼佛、求佛祈雨、写经赠友、忌日持斋、参拜佛寺的记述。在诸佛菩萨中，林则徐最崇敬的是观世音菩萨，除多次向观音大士行香、祈雨外，道光十八年（1838）在担任湖广总督期间，还在督署内建了观音庙，每日行香设供。在《戊戌日记》中，即有诣署中大士前行香，"大士神诞，黎明诣本署庙内设供行香"等记述。林则徐还把慈悲情怀落实到慈善实践中，他严禁鸦片、保卫疆土的举动，对当时中国人民来说，就是最大的慈善行为。此外，道光十五年（1835），林则徐与其他官员在苏州城里修筑了十间大小仓库，从无锡买粮存放，历史上把这座救灾仓库称为"长元吴丰备义仓"，在此后二十多年间，这座义仓有效地起着荒年赈灾的作用。鸦片战争后，林则徐被流放到新疆，他在伊犁又一次自己捐款兴修了龙口渠，为边疆人民谋福利，完成了一生中最后一次为国为民的慈善事业。他为苏州报恩寺观音殿题写的这副对联，充分表达了他广布福田、利乐众生的慈善思想，饱含着人生哲理和佛教智慧，言词精练，耐人寻味，对当世、对后人产生了广泛而深刻的影响，具有强大的社会传播力和感染力。

当代传媒业的飞速发展，使得慈善事业的社会传播力和感染力更为强大；同时，慈善作为传媒的一项重要内容，也使得媒体的社会功能得以更充分地发挥。作为长期关注社会慈善事业的媒体人，我想根据我了解的实际情况，从以下几个方面谈谈当代慈善事业与媒体传播的密切联系和互动关系：

一、慈善活动要体现媒体的社会责任

在目前中国媒体的实际运作中，慈善活动策划得相当火爆，活动类型也丰富多彩。慈善活动愈来愈成为打造媒体品牌、树立媒体形象、赢得媒体竞争的一大法宝，成为媒体打造影响力的重要手段。但不可否认，有些慈善活动只是玩噱头，或是掺杂了过多的商业色彩，或只是为吸引眼球的无聊炒作，无益于媒体影响力。针对这种情况，很多优秀媒体坚持正确的舆论导向，坚持"三贴近"原则，通过成功举办慈善活动，聚集了可观的人气，有效地提升了媒体的影响力。媒体的慈善活动必须体现媒体的社会责任，这是它们获得的有益经验。

全国最早的慈善文化杂志——天津《慈善》杂志创办十余年来，紧跟社会发展的步伐，坚持大力弘扬慈善文化，通过感人至深的真实故事，给人以善与爱的启迪，并以一系列抒写人们爱心与善德的美文，形成了自己的风格，被人们称作一份引人向善、普洒爱心的期刊。《慈善》杂志多次开展全国性慈善文学艺术征文，为推动慈善文化的研究、探讨、普及起到了积极的推动作用。多年来，《慈善》杂志团结了众多文学艺术家，王蒙、冯骥才、铁凝、毕淑敏、马三立、骆玉笙等著名作家、艺术家都曾专门为《慈善》撰稿。同时，《慈善》杂志还联络、培养了大批青年作者和学生作者。除了对抗震救灾进行深入、及时、生动的报道外，《慈善》杂志还多次与有关单位合作，资助家庭经济困难的学生，举办"慈善明星"评选活动，体现媒体的社会责任，取得了良好的社会效益。2008年，《慈善》杂志被中国期刊协会评为优秀期刊。2009年，在中华慈善总会成立15周年暨中华慈善突出贡献奖表彰大会上，《慈善》杂志荣获中华慈善突出贡献奖。这些，都是社会对《慈善》杂志充分体现媒体社会责任的肯定与鼓励。

二、慈善活动与媒体宣传要有机结合

优秀媒体举办活动有一个很明显的特色，就是活动本身与媒体的宣传紧密相关，完美融合，媒体日常的宣传为活动充分造势，活动则成为宣传的重要内容。有经验的报纸举办慈善活动，首先要专门编排活动的广告宣传文字，陆续刊发，号召广大读者参与；还要开通活动的热线电话，方便读者参与；此外，还要特意安排记者采访一些参与活动的代表人物,其内容经过挑选、编辑,再在报纸上刊发。这样,活动与宣传就形成了有机配合,既扩大了这一活动的吸引力,促使更多人参与,又满足了报纸日常发布信息的需要。不仅如此,通过举办慈善活动,进一步塑造了报纸以人为本、关爱百姓、守望良知的主流媒体的良好形象,增强了报纸的公信力、权威性,扩大了报纸的影响力。

近几年来,《天津日报》等媒体对著名陶艺家鼎朴从事慈善活动的宣传,便与活动本身配合得很好。2004年,在南开大学举办的"鼎朴紫砂陶艺展"上,鼎朴结识了一直奔波于天津滨海新区慈善事业的开发区志愿者协会会长。不久,鼎朴第一次到了滨海新区,举行了义卖,将所得款项作为志愿者协会从事慈善事业的基金。为了这次义卖,鼎朴一下子无偿捐献出了自己创作的六十把紫砂壶、十方紫砂印、十个紫砂笔筒、十块陶板……《天津日报》等媒体及时预告和报道了义卖活动,使得更多的人参与活动,提高了义卖的成功率。2006年,天津开发区社区服务志愿者协会举办了第二届慈善义卖活动,所得善款全部用于援助贫困学生和患有先天性心脏病的孤儿。与《北方经济时报》等媒体及时预告和报道有关,为期四天的义卖,现场始终非常火爆。有近三百人从义卖展中购买了展品,而且很多人都不止买一件展品。此次义卖展中,价值最高的当数鼎朴的紫砂作品,一把标价一万元的紫砂壶,在开展十分钟内就被售出,而且还不断有人询问还有没有类似的紫砂壶,希望有机会购买收藏。鼎朴事后告诉记者,标价一万元的这把紫砂壶,其实市场价大概要在五万元左右。他是故意将价格标低的,因为买这把壶的人是为了做善事。由此可见,鼎朴作为一位著名艺术家,肯于将自己的作品低价出售,为的是让更多的人有能力献出自己的爱心。此事一经媒体披露,极大地激发了人们参与慈善活动的热情,相关媒体也因此扩大了影响力。

三、媒体要大力宣传慈善人物

通过树立和宣传先进人物的先进事迹，启发、教育和鼓舞广大人民群众，是主流媒体在宣传工作中一贯倡导并一直坚持运用的好方法。从各行各业涌现出来的先进模范人物，他们的先进事迹具有时代性、生动性、鲜明性和说服力、感染力、号召力，为人民群众树立了榜样，形成了鼓舞人心的力量。对于如何更好地抓好慈善事业代表人物的宣传，也是媒体宣传工作中非常值得加以探索的重要问题。只有真实可信的慈善事迹，才能激励群众，只有熟知可亲的慈善人物，才会成为群众自愿学习效仿的对象。要增强慈善人物宣传的亲和力、吸引力和感染力，必须坚持实事求是，真正做到对慈善人物不神化、不美化、不拔高。只有这样，慈善人物才能为大家所熟悉、了解、相信并感动，才会在感动中心悦诚服地受到启发、教育和激励。

几年前，天津的多家新闻媒体曾对热心支教的白芳礼老人进行大力宣传，为全社会树立了一位典型的慈善人物。白芳礼老人节衣缩食，把自己蹬三轮车的所得全部捐给了教育事业。曾经有人计算过，白芳礼捐款金额高达三十五万元，如果按每蹬一公里三轮车收五角钱计算，老人奉献的是相当于绕地球赤道十八周的奔波劳累。由于众多新闻媒体的重视，在白芳礼作为"感动中国"的慈善人物被深度宣传的同时，媒体人通过采访而整理成的"白芳礼语录"一经见报，也在社会上迅速流传开来。如白芳礼在接受记者采访时说："我没文化，又年岁大了，嘛事干不了了，可蹬三轮车还成……孩子们有了钱就可以安心上课了，一想到这我就越蹬越有劲……"白芳礼对南开大学教师说："我这样一大把年岁的人，又不识字，没啥能耐可以为国家作贡献了，可我捐助的大学生就不一样了，他们有文化，懂科学，说不定以后出几个人才，那对国家贡献多大！"白芳礼对受助学生们说："同学们放心，我身体还硬棒着呢，还在天天蹬三轮，一天十块八块的我还要挣回来。""你们花我白爷爷一个卖大苦力的人的钱确实不容易，我是一脚一脚蹬出来的呀，可你们只要好好学习，朝好的方向走，就不要为钱发愁，有我白爷爷一天在蹬三轮，就有你们娃儿上学念书和吃饭的钱。"白芳礼对红光中学孙玉英老师说："我不吃肉，不吃鱼，不吃虾，我把钱都攒着，给困难学生们。"白芳礼在病中对关心他的市民们说："我挺好的，谢谢大伙惦着，等我出院了，还要支教去！"老人临终前时断时续地说：感谢大家的关心。他表示，要是有来世，还将蹬三轮为年轻后生们播撒自己的爱心。这些语言平实而感人肺腑的"白芳礼语录"，成为当今时代的慈善宣言。这些话语既反映出社会快速发展过程中出现的不容忽视的困难，又显示了一个普通人为完善这个社会而进行的艰苦努力。宣传像白芳礼这样的普通人自觉自发、一点一滴地从事慈善活动，比宣传大款、官员、明星们风风火火、大张旗鼓地搞慈善活动，更具有感染力和说服力。这是媒体在传播慈善事业方面成熟的标志和成功的表现。

《大智度论》有言："大慈与一切众生乐，大悲拔一切众生苦；大慈以喜乐因缘与众生，大悲以离苦因缘与众生。"弘扬慈悲为怀、利乐有情、服务社会的人道主义传统，继承和发扬中华民族扶贫济困的传统美德，促进社会主义精神文明建设与和谐社会建设，是当代媒体应尽的重要职责。与国际完善地区相比，中国的慈善事业目前还处于初级阶段，相信通过我们媒体的不断宣传，能够较快形成普遍的社会慈善意识和机制，使慈善成为每一个公民、每一个企业自觉的诉求和行动，成为一种社会时尚。

2009-09-01

正确对待先人

过去常说这样一句话："正确对待自己，正确对待别人。"对待自己与对待别人是一个事物的两个方面，正确对待别人实际上就是正确对待自己。近几年，有些不能客观地实事求是地看待自己的水平和能力、不能把自己在社会和历史坐标中的位置摆正的人，不仅不能正确对待别人，就连自己的先人也不能正确对待。

某报刊登了一位一贯治学严谨的老学者的文章，其中提到两千多年前一位皇帝的出身。没想到从千里之外的一个村子忽啦啦来了十几口子，占据了该报编辑部，他们自称是那位皇帝的后代，以"侮辱先人"为由，要求在报纸上恢复名誉，并把那位老学者交出来。事情闹得沸沸扬扬，编辑无法正常工作，老学者有相当一个时期发表文章不能署真实姓名。其实，中国古代早就有一位大历史学家（请恕笔者不能将他的姓名写出，怕的是那皇帝的后代以"侵犯名誉权"的罪状将他的后代送上法庭）在其历史名著中记载过这段事。谁都爱自己的祖先，但这种爱不应是一种盲目的狭隘的爱。你的祖先一旦作为历史人物被纳入历史研究的范畴，你就不能不允许有关专家学者在科学论证的基础上对他作出这样或那样的评价。对自己的先人只许说好不许说坏，实是当代批评空气稀薄的另一种反映。

中国近代有一位历史人物，他在反击外来侵略的战斗中临阵脱逃，为世人所不齿。近几年却有从事历史研究的人为他涂脂抹粉，极力想把他打扮成"正面人物"。终于有人揭露，此事的背景是那位历史人物的后代提供了赞助。有的人阔了，自己享受还不够，也要让祖先风光一下，于是掏腰包雇人改写历史。在商品大潮的冲击下，有些研究人员禁不住孔方兄的诱惑，见利忘义，整天围着大小老板们做文章，不惜混淆是非，颠倒黑白。这样写出来的铜臭味十足的"平反"文章，只能欺骗一时，因为历史毕竟不是谁想怎么改就能怎么改的。

在极"左"思潮泛滥的年代，人们往往讳言家世，唯恐死人给活人找麻烦。近些年来，很多人对寻根觅祖产生兴趣，这本不是一件坏事，因为在每个人的家史中都会有闪光的可贵的东西，继承这些精神财富，有利于自己创造新的辉煌。杜审言是唐代著名的诗人，他的孙子杜甫不无自豪地说"吾祖诗冠古""诗是吾家事"，正是在先人成就的激励下，杜甫成为比杜审言更为杰出的大诗人。继承和发扬家族的优良传统，与继承和发扬民族的优良传统，本质上是一致的。每一个家族的历史都很悠久，在漫长的岁月里都有过好人好事，也都有过坏人坏事，因此实在没有必要因先人中有过不光彩的事而觉得自己也不光彩。

只有正确对待自己，才能正确对待先人。正确对待先人，就是正确对待自己。

1999-01-30

赏画不是吃快餐

日前，一位朋友因看到电子出版物的飞速发展———花 10 元钱就能将《二十五史》搬回家，花 25 元就能够拥有一套 74 卷《中国大百科全书》，于是对家里的书籍进行了大清理，甚至连一些工具书也清理掉了。这位朋友不仅爱读书，还喜欢看画，他十分得意地说出在计算机显示器前的感受："想欣赏油画作品，就看看《世界油画艺术精品百科》，1150 幅经典油画艺术作品，伴随着音乐一幅幅展现在眼前……"

我说：且慢。

电子读物不能完全替代书籍，许多作家和学者都根据亲身感受谈过这个问题。这里单说观赏美术作品。我的感觉是，电脑里的油画表面看上去虽然清晰、透亮，但是层次、质感、立体感都表现得不到位，色彩、光感也显得单调。里面的国画也是一样，笔墨韵味很难出来。尤其是经典画作，点击鼠标在电脑里翻毛片似的看，只能看个"大概"，是达不到内行的"欣赏"程度的。前一段时间，一批从海内外著名博物馆复制的中国历代书画精品在几座大城市展出，吸引了大量书画爱好者；这些展品虽然是克隆的，但极其接近原作的面貌，仿真效果好，因而被著名书画家、鉴赏家启功评为"下真迹一等"。若以此推论，那些印刷质量较高的画册可称"下真迹二等"，而电脑里的画就连"三等"也够不上。总之，如何把画从画布、宣纸上原汁原味地搬到显示屏上，还需要进一步研究和试验。或许将来会解决这个难题，但是至少目前还不行，因此画册还不能扔，美术馆、博物馆还不能不去。

  实际上，我们现在所处的时代只是一个准电子时代，或者说数码初级阶段。电子技术还需要创新，电子产品还需要完善，即使这样，也不能保证新科技载体就一定会覆盖或代替传统载体。新、旧载体，新、旧生活方式将长期共存，并且互相交流和影响。仍以看画为例，前一个时期上海博物馆举办"晋唐宋元书画国宝展"，观展场面极为火爆，购票者排起三四百人的长龙。许多观众为了能亲眼目睹赫赫有名的《清明上河图》，甚至不惜等候四五个小时。为此，上博采取了总量控制的办法，即一天之内观众总数不得超过5000人。据统计，参观者中以白领和大学生居多，而他们恰恰是典型的"上网族"和电子读物消费者。观众们说，这些国宝级书画在印刷品和网上已经看过无数次，但是身临其境、零距离地直面原作后才发现，复制品与真迹的差距是那么大，"真迹是活生生的，层次分明，线条流动"，而那些载体上的画是死的。由此可见，"屏画"永远不能等同于原画，电脑也不可能包办博物馆。

  毋庸置疑，新科技产品具有快捷、方便、容易互联等优势，但是使用了这些东西，并不等于就提高了生活质量。就像快餐也快捷、方便，但是不一定科学、营养一样。真正追求高质量、高品位生活的人，往往是家里收听收视设施越先进，越要到外边去听音乐会、看戏、买书、参观画展、逛古董摊儿；家里健身器材越先进，越要到外边去登山、游泳、溜冰、滑雪；家里有最先进的电器，同时也有用最原始材料制作的家具和饰品；喜欢养花养宠物的人越来越多，但是仿真花、电子狗并没有大受欢迎。道理很简单，自然的、鲜活的、丰富的生活方式，总要比预设的、机械的、单纯的生活方式，更有情趣，更富魅力，更具可持续性。艺术欣赏，重在感受本真、品味妙谛，尤其忌讳快餐方式。

明乎此，那些已经把工具书、画册清理掉的朋友，是不是觉得有点操之过急了？

2004-03-28

马儿跑得好，还是要吃草

作家肖克凡近日发表《相当于副蒙童》一文，相当精彩。他以自我批判的精神将自己列为个案，以没读过或读不懂《幼学琼林》《龙文鞭影》为考核标准，借用"相当于副局级"的句式，为自己评定职称为：相当于副蒙童。他诚恳而深刻地指出："我为自己评定这样的职称并非调侃，只想说明自己文化现状之窘迫，绝非捉襟见肘所能形容矣。"读罢肖氏此文，更加明白了当今文艺作品为什么难以突破和升华，当今的作家艺术家为什么难成大师。

到一些中青年画家家里串门，总的印象有两个：橱中书不多，墙上画不珍。其实这两条就是一条：不重视学习和借鉴。"墙上画不珍"尤其使人感到遗憾，这些画家的客厅和画室里一般只挂自己的画，顶多再挂一两幅自己老师或关系不错的同行的画，而极少见古今中外经典画家的作品。在艺术品拍卖会上，也极少见这些中青年画家竞买经典画家的作品，他们只关心自己的作品卖没卖个好价钱。画家画画，只卖不买，是不是有点不正常？

绝不是他们买不起经典画家的作品。有些画家的画比经典画家的画卖得还贵，他们早已进入高收入阶层，甚至明目张胆地包二奶泡三陪，花钱如流水。拿出几万十几万元买几张历代有成就画家的作品，对他们来说简直是小菜一碟。我曾经劝几位画家买几张好画，他们却说："画画的买画？冤！"他们难道不知道徐悲鸿以重金换回唐人《八十七神仙卷》和牺牲去国外办画展的机会"抢购"明代仇英《梅妃写真图》的故事吗？他们难道不知道张大千"遇有昔贤名迹，必得之而后快。囊中金不足，则贷诸友朋，往往手挥巨金，瓶无余粟，家人交怨，不之顾也"吗？而我认识的这几位画家在这方面却极为吝啬，他们拿自己当工匠，拿画室当作坊，画的是钱，有钱足矣。

比起这些画家来，张蒲生教授的做法着实令人钦佩。天津美术学院教授、著名画家张蒲生过 66 岁生日时，他的儿子要给他买一万元钱的东西做寿礼，他劝阻无效，就开了一个书单，让儿子按照上面的书目给他买书。于是，他的儿子遵嘱买了石涛、任伯年、吴昌硕、刘奎龄等经典画家的大画册，一算，正好花了一万元。张蒲生和他的夫人、儿子都是画家，孙子也学画多年，这些画册摆在书橱里，可供他们学习欣赏，有利于艺术的可持续性发展，全家人皆大欢喜。从这件事本身也可看出，一个艺术家在市场获益、生活富裕后，在金钱观、价值观、人生观方面应该采取怎样的态度。

由此又联想到做学问的人舍不舍得买书的事。实事求是地说，近几年文学版本书虽然明显升值，但还没有贵到研究者买不起的地步。但有些人研究文学史却不注意购藏文学版本书，结果让这些书或在书商书贩之间倒来倒去，或长久封存在非文学史研究者手里，作用得不到发挥。还有的学者埋怨民间收藏热的兴起和繁荣，说某位已故著名作家的一批书信在收藏市场出现，被人以数万元拍走，结果这位作家的后人在为这位作家编辑全集时就没能收入这批书信，很令人遗憾。但是这件事是怪不得民间收藏市场的，如果没有这类市场，研究者们恐怕连那位已故著名作家有没有这么一批书信都不知道，更谈不到将它们收入全集了。充分利用这类市场，下点本钱买些有研究价值的东西，方为明智之举。

　　画画的不买画，写书的不买书，这类现象普遍存在，证明了肖克凡观点的正确："弘扬中华民族传统文化可能是一项难度很大的工作。必须从我这样的人做起——也就是从零做起。"创作与学习的关系，还是跟马儿跑得好不好和吃不吃草有点相似。

2006-04-09

中国到底有没有大象？

中央电视台的"鉴宝"节目，近年来收视率很高。经常观看这个节目，可以了解到在中国民间有着无比丰富的珍贵文物，对中国的"地大物博"产生强烈的民族自豪感；然而，同时也能发现，在当代国人尤其是青少年中，文物知识极为匮乏，博物精神严重失落。

在前不久的一期"鉴宝"节目中，一位收藏家出示了一对清乾隆珐琅彩"太平有象"（大象驮宝瓶）摆件，现场一位青年手机短信观众（自然是收藏爱好者）在发表看法时，竟十分富有想象力地说，这对文物"与中泰友好有关"。给人的感觉是，中国没有大象，大象是从泰国进口的。在前不久的另一期"鉴宝"节目中，一位收藏家出示了一件传世清乾隆青花瓷瓶，现场一位青年手机短信观众在发表看法时，也异想天开地说，这件文物"不像是出土的，应该是从南海沉船中打捞上来的"。给人的感觉是，文物不是出土的，就是出水的，而没有传世。这些话说出来，明白的观众听了，啼笑皆非；不懂的观众听了，可能还觉得蛮有道理呢。

大象，中国自古就有，而且曾经遍布于黄河流域；直到现在，云南西部和西南部也还有野生大象。"太平有象"题材的文物，多见于乾隆时期。大象寿命极长，可达二百余年，被人看作瑞兽。象，也喻好景象。大象所驮宝瓶，传说是观世音的净水瓶，亦叫观音瓶，内盛圣水、滴洒能得祥瑞。因此，"太平有象"也叫"太平景象""喜象升平"，形容河清海晏、物阜民丰的盛世。无论作为动物的大象，还是作为吉祥寓意的大象，都是"中国制造"，与泰国没有什么关系。况且，大象遍布亚洲的印度、斯里兰卡、孟加拉国、缅甸、老挝、越南、柬埔寨、马来西亚，以及非洲撒哈拉沙漠以南的大部分地区，并非泰国独有。那位青年观众不了解大象的历史，可能只是看过介绍泰国的电视片，于是就把"太平有象"说成"与中泰友好有关"。关于大象的知识，关于出土、传世文物的分类知识，并不复杂和深奥，属于常识。真正令人担忧的，正是对常识的无知。

青少年文物知识的匮乏，责任在教育的偏颇。计算机、外语，这些实用的技能，近些年始终是学校和社会教育教学的重点和热点；而文化知识特别是文物知识的传授，则被摆在不太显眼的位置。商代铸造的司母戊鼎是迄今为止出土的最大最重的青铜器，举世珍视。几十年来，中学历史教材对这件国宝一直做重点介绍；1959年以来，它也一直作为常规展品在中国历史博物馆展出。北京、天津的中学很有条件组织师生们亲眼观赏一下司母戊鼎及展出的其他珍贵文物；然而，有些中学历史教师讲了一辈子司母戊鼎，却连它的仿制品也没见过。一本小学语文教材的封面，竟将古代柱础倒置，被一名小学生发现，公诸报端，才更换了封面。在这样的教育环境里，青少年痴迷于上网聊天、打电子游戏、哈韩哈日、吃麦当劳肯德基，而不清楚兵马俑是死尸还是陶俑、唐三彩是瓷器还是陶器，就决不奇怪了。

热爱和保护祖国的文化遗产，是爱国主义的重要内容。像中国这样历史悠久、文化深厚、文物丰富的国家，公民的博物精神不可或缺。文物知识的匮乏，文物意识的薄弱，其弊端已屡见不鲜。经常可以在报纸上、电视里看到，因在某某田野筑路开渠而毁坏了千年古墓及墓中文物，因在某某居民区拆迁盖楼而毁坏了百年老宅及宅中文物，令人惨不忍睹，但却悔之晚矣。悲剧在于，现代文明的建设者，同时又是古代文明的破坏者。这些工程主事者所失落的，正是一种对历史和未来负责的人文关怀和博物精神。

"中国到底有没有大象？"如果再不重视普及文物知识、弘扬博物精神的话，类似这种本来不是个问题的问题，将来都会成为问题。

2004-05-09

乳虎啸谷少年风

"乳虎啸谷",我一直特别喜欢这四个字,喜欢想象着小老虎在山谷间吼叫是怎样壮观的情景。现在大家都知道,这四个字出自梁启超的名篇《少年中国说》:"潜龙腾渊,鳞爪飞扬。乳虎啸谷,百兽震惶。鹰隼试翼,风尘吸张。奇花初胎,矞矞皇皇……"但在我上中学的时代,还很少有人诵读这篇佳作;后来我才听说,它被选入中学语文课本;再后来我又听说,它被从中学语文课本里抽出去了。或许由于梁启超先生是我的太老师的缘故,我喜爱《少年中国说》,喜爱"乳虎啸谷"的风格。

我的儿子出生后,我非常爱他,但不知道怎样才能向一个尚不懂事的孩子表达自己的爱,恰巧国画大师张大千和张善子先生共同的弟子、以画坛"虎翁"闻名于世的老画家慕凌飞先生要为我画一幅虎,我就请他画了一只稚气可爱的小老虎,依偎在虎妈妈温暖的怀抱里。一年一年过去了,儿子长大了,我愈发地爱他了,就想请慕凌飞先生再画一幅《乳虎啸谷图》以激励孩子成长,可惜他老人家早已不在了。今岁庚寅,又逢虎年,虽然儿子已经二十岁了,我还是特意买了各式各样的布老虎、泥老虎,过年的时候送给他,摆放在他的床头和书桌上。多少年来,我对孩子的爱,贯穿着一个重要内容，就是在他身上寄予了一种从小就生龙活虎、虎虎生威的"乳虎情结"。

小老虎在山谷里吼叫，其威猛雄强的吼声，穿越森林，掠过重峦，使所有的野兽听了都心惊胆战……每想起"乳虎啸谷"的情景，我都不禁血脉贲张；每读到《少年中国说》中的话语，我都不禁激动万分。《少年中国说》，已经被百年历史证明为民族崛起的响亮号角；"乳虎啸谷"，必将是当今青少年奋发有为的恢弘写照。

近些年，我应邀到几所中学演讲，曾听到不少中学生朋友说，自己心里常常郁闷和沮丧，心理压力大，缺乏美好的理想，没有明确的奋斗目标，感到前途渺茫……我理解他们的想法和处境，总是安慰和鼓励他们：青少年时代最不应该自卑与迷惘，因为对于一个人的发展来说，年龄越小，时间越多，空间越大，也就是说，因为你年轻，你想做什么，你都来得及，关键是你要有信心，并且从现在就开始准备做……

我还把清代诗人袁枚写的一首小诗抄录给青少年朋友："白日不到处，青春恰自来。苔花如米小，也学牡丹开。"我想让他们知道，自己即使只是一朵小小的、生长在角落里的苔花，也要努力地像牡丹那样开放，灿烂地绽放，昂然地怒放。我相信他们很快就会明白，这种绝不低头的姿态，自立自强的信念，才是我们的人生观，我们的生命哲学。

乳虎啸谷，苔花争妍，实乃希望之所在。这样的精神，于青少年身上，是至为宝贵的。

2010-07-16

第八辑

文缘雅趣

食读，性也

前些日子很多媒体都搞了纪念改革开放 30 年的征文，其中有几家报刊不约而同地推出了类似"读书改变人生""读书改变命运"这样的专栏，几乎每位作者都说自己在这 30 年中因为刻苦读书，起先穷后来富，起先低后来高，起先孬后来好……更有些文章将读书的作用上升到理论层面，小到使生活富足，大到使国家振兴……这些故事确实感人，这些道理确实正确，不能否认，很多人读书都张扬着或潜藏着可爱的目的性，读书也恰恰能够成为改变他们生活的最初动力，但是我却担忧，如果过分地强调读书的功利性，总是让一些成功人士用成功的事例说明读书与人生存在着那么直接的利害关系，那么读书与人生便都会因易于满足而变得庸俗。这种功利性所导致的庸俗，终将诱使读书达到止境，人生随之封顶。

当我们读了太多太多的中国当代文学作品后，发现当代难出经典的巨著，难出真正的大师。究其原因，固然非常复杂，但其中有一点不容回避，就是很多当代作家从事文学创作的起点不高，或者出发点有问题。我一向认为，如果一个人觉得一旦成为诗人就可以脱离工厂的繁重生产，或者一旦成为作家就可以免除农田的艰难耕作，那么，他很可能只是一个拈轻怕重的劳动的逃兵，而不会对文学抱有起码的尊重和敬畏。这样的人为达到自己的目的，肯定也要读书，但他们读书往往采取的是实用主义的态度，浅尝辄止，自己觉得够用就打住。由此，他们写出来的书，水平可想而知。写书的人自己不读书，已成中国当代文坛一大风景。从根本上说，当作家是文人的事、读书人的事，不是工人的事、农民的事，也不是官员的事、商人的事。难怪有外国学者说，世界历史上任何时期都没有中国当代涌现的作家多。评价一本好书的标准其实很简单，看它是不是读书人写的。要想自己写的书拥有读者，就先要老老实实地做一个合格的读者。一个把读书看得比写书更为重要的人，他写出来的书大抵是不错的。

我在上大学时接触过王力、朱光潜、冯友兰、季羡林等先生，研究过他们的读书历程。他们读书，如山如海，不可方物，不是读书改变了他们的人生，而是他们的人生改变了读书的理念。

我在编辑工作中接触过孙犁、汪曾祺、张中行等先生，也研究过他们的读书历程。他们读书，则恰恰与"读书改变人生""读书改变命运"形成悖论，他们一方面坚守生命方式，一方面通过随缘自适、随遇而安来调剂人生。

我还接触过启功、朱家溍、王世襄、周汝昌、吴小如、钱君匋、谢稚柳、柯灵、黄裳、何满子等先生，同样研究过他们的读书历程。他们读书，各有各道，是真正的成功者，但回望他们走过的征程，似乎也很难以"读书改变人生""读书改变命运"来概括。

对于我自己来说，读书就是生活不可或缺的一部分。我的酸甜苦辣、喜怒哀乐，全在其中。一定要算得失，那也是有得有失，最多是得失相抵，归于零。读书，在我眼里从来就不是梯子之类的东西。

上大学时，我和同学们想方设法读钱钟书、徐志摩等当时还未受到重视的作家的书，积极宣传他们的文学成就，要求老师在课堂上讲他们的作品，给他们以应有的文学地位。与我同室的阿忆（后来成为著名电视节目主持人）几乎每天都在宿舍里朗读《围城》的精彩片段，吟诵《再别康桥》和《沙扬娜拉》，充满了感情，感染了大家。与我同室的孔庆东（后来成为著名学者）曾经说过，是我们这些北大中文系的学生把这几位作家抬进了文学史，这话不算夸张。回忆起来，在这种非功利性的读书背后，涌动着的是求真的热流。

如今，我的藏书已有三万多册。有朋友替我计算过，我这二十多年来用于买书的投资，可以换十几辆汽车。可我家里至今还未买过一辆汽车。为了买书，我家经历过多次寅吃卯粮的日子，真是一言难尽。1991年，我住的平房拆迁，没有周转房，书籍和家具只好分存在亲戚家里。那时我的孩子刚满周岁，就不得不随着我们夫妻到处打游击，借房住，颠沛流离，苦不堪言。在已经没有自己的"家"的情况下，我每天下班依然要逛书摊，借以驱除心中的烦恼和忧愁。一天傍晚，竟然在西马路边道的小书摊见到一本钱钟书的《旧文四篇》，十几年前出版的，我久寻不到，遂立即以五角钱买下。我淘得这本品相上佳的薄薄的大著，如获至宝，高兴了好几天。就这样，多少艰难，多少失意，都被读书冲淡了，化解了。这种境况下的读书，幸福，却又悲壮。

像这样的私人阅读史，饱含着岁月的沧桑，浸透了人生的无悔。这样的读书，得耶？失耶？没有答案。

那天我乘火车去南方，在我对面的下层卧铺上，是金发碧眼的一男一女。他们看上去二十多岁，像是一对热恋的情侣，又像是出门旅游的新婚夫妇，两人长得都很漂亮。男的始终倚靠在车窗旁，一只手搂着女的，女的也一直头枕在男的怀里，着衣不多的身体仰卧着，显得非常亲昵。这样的场面在虽然早已开化的中国，也仍然算得上是"西洋景"了。然而，没有人会把这当作"西洋景"看，因为男的始终在给女的朗读着一本书，女的也一直在专注地倾听着，整个上午始终这样，一直这样，偶尔两人交换一下眼神，发出会意的微笑。我从未见过一对中国人在列车上能有这么长时间的朗读与倾听，不得不对这两位欧洲青年肃然起敬。

尽管男青年朗读的声音很小，我还是分辨出他说的是德语；快到终点站时，我拿过男青年刚才朗读过的书，一看果然是一本德文小说。我便用英语问他：你们是德国人？男青年见我能认出德文，先是惊讶，后是惊喜，用英语连声回答：我们是德国人，德国人！

下车前，这对德国青年让我在那本书上写句话，我就用英文在书的最后一页写了两句话："德国是一个热爱读书的国度。读书真好！"

女青年接过书，马上就在我的话下面也用英文写了两句话："读书真好！读书是我们的生活常态。"

随后的日子里，我常常想起那对漂亮的德国青年，想起他们亲密读书的情景。读书，被他们呈现得极为普通，而又极为美好。

我又想，或许，读书本来就应该是我们的生活常态，是人生根本的欲望，还是不要把它跟生活富足、国家振兴挂得那么紧吧。

列车在前行，时光在转换，生活在变化；不变的，是读书。

归结到本文的标题，是我私改了《孟子·告子上》中的一句名言，变成"食读，性也"，意思大家都明白。倘若有人觉得不合适，那么换一句《礼记·礼运》中的名言，私改一下亦无不可："饮食阅读，人之大欲存焉。"

2009-05-08

杂树生花

我一向喜欢"杂树生花"这个成语。

但"杂树生花",是本应写作"杂花生树"的。它描写的是江南的春景:"暮春三月,江南草长。杂花生树,群莺乱飞。"语出《与陈伯之书》,南朝丘迟写的,千古传诵。至于在什么时代、由什么人、依据什么理由,把"杂花生树"改成了"杂树生花",我觉得其实那并不重要。"杂树生花",很多人都习惯于这样用,因为大家都是这样理解的——各种各样的灌木中夹杂生长着各种各样的花,挺通,挺好。

我喜欢"杂树生花"这个成语,因为我总是借用这个美丽的景语来掩饰书房的凌乱。

当年我蜗居斗室的时候,不要说没有一间自己的书房,屋里就连一张专用的书桌都摆不下。那时高为、刘运峰、倪斯霆诸兄是寒斋的常客,大家一边围坐桌边品茗赏书,一边叹息于文人读书藏书空间之局促逼仄,盼望着我未来能有一个宽敞的书房,至少能把所有的藏书打开,以方便取阅。十三年前我买了现在住的房子,比原来的斗室大了四五倍,专门设置了三间书房,占了整整一层楼;书柜打了十几个,每个柜子里面分七格,每格放两排书。本以为众书能够各归其位，大功告成，从此可以轻松地坐拥书城了，但时过不久，太太便连呼上当，说房子还是买小了——原来存的书尚未安排妥帖，新书又以每年上千册的速度涌入，书柜超饱和，柜顶和地板上堆满了"无家可归"的书，屋里成了书库，满坑满谷，自然显得狭小而凌乱。我最对不起的就是高为、刘运峰、倪斯霆诸兄，十三年来我没有请他们中的任何一位来家里坐坐，只因我觉得我的书房实在凌乱得难入他们的法眼。有时回忆起来，往昔大家围坐桌边品茗赏书的情景，恍如流年梦影。不光是他们，十三年来我从未主动邀请任何一位朋友光临寒舍。2005年春夏之交，苏州王稼句，南京薛冰、徐雁、董宁文，北京止庵等著名藏书家来津参观全国书市，同时也想看看我的藏书。作为地主，我陪这些难得一聚的好友走走逛逛，也理应邀请他们到家里喝茶观书，但考虑到书房一时难以整理好，在这样的环境里待客反而显得不礼貌，便以孩子中考在家复习为名，与他们在茶楼、饭馆里大侃一通，就蒙混过去了。这样的行为，如果须找理论依据，有梁实秋在《雅舍小品》里说过的话："书房的用途是庋藏图书并可读书写作于其间，不是用以公开展览藉以骄人的。"

除了怕家里来人，还怕别人让我找书。依我所见，画家的画室大多凌乱，而文人的书房则大多整洁。我曾经参观过苏州王稼句先生和天津章用秀先生的书房，其硬件与我差不多，也是三四间书房、几万册书，可是他们的书房就非常整齐规范，找书极为便捷。不像我家，一套《莎士比亚全集》，竟"分居"在好几个书柜里。尤其是近几年，太太不忍看那些"无家可归"的书长期堆在地上蒙尘，就寻来几十个纸箱，硬给它们"安家落户"。这样一来，等于给它们判了"无期徒刑"，找起来就更麻烦了。有时为找一本书，轻则夜以继日翻箱倒柜，重则夫妻反目大吵一场。此外，由于书房缺乏管理，既不梳整，又无书账，心里没数，重复买书现象时有发生。太太曾多次捉出两本一模一样的书，就像福尔摩斯侦破了疑难命案一般得意，高门大嗓通报全家，然后将这两本书在书房最显眼的地方摆上十天半月，以此公示我的糊涂与健忘。有的朋友懒得去图书馆，动辄让我查书，随口找我借书，实是不知我之苦衷。

2010年，我被评为"天津市十大藏书家"。评委会主任罗澍伟先生对我的评语是："十大藏书家当中，你的藏书量是最大的，但就是书放得有点儿乱。"

书房的凌乱，固然由于书多，但似乎也可归咎于书杂。与其说是凌乱，倒不如说是杂乱。杂乱之"杂"，实与我的经历和爱好有关。

我幼年好学，但适逢动乱岁月，斯文扫地，教育低迷，只好抓到什么书就看什么书，邻居、亲戚、朋友中谁有学问就跟谁学，在读书学习上吃的是"百家饭""杂粮"。"文革"后期，1972年《地理知识》《文物》杂志复刊，1973年《化石》杂志创刊，当时我只有七八岁，还未上小学，就成为它们的第一批读者。童年闲览之杂，由此可见一斑。从小学到大学，有幸屡遇名师，皆为渊博之士，所学课外知识远远多于课内。北大之"大"，可作"博杂"解，20世纪80年代中期我负笈未名湖畔、博雅塔下，自是如鱼得水，如鸟投林。对王力、朱光潜、冯友兰、季羡林等先生，我或聆听讲座，或课余请教，久而久之，便深切体会到：大师之"大"，依然重在"博杂"二字。他们"博杂"的一面，对我影响最大。

在报社工作了二十四年，干的其实也是"杂活儿"。这二十四年中，我当过五年记者、四年夜班新闻版编辑、十五年副刊编辑，先后编过九个版面，都是既编又写，连踢带打，真是京评梆越昆，生旦净末丑，唱念做打舞，手眼身法步，样样都要会两手，想不杂也不行。茅盾和秦牧好像都说过，写文章要"多几副笔墨"。这"多几副笔墨"用在办报上，同样是大有好处的。

经历如此，爱好也如此。我不仅喜欢收存各种版本的书籍，而且喜欢搜集一些实物，像各种釉彩的陶瓷，各种木质的家具，各种材料的玉石，等等。这些东西不一定都有多么高的经济价值，但我能够通过它们体会历史的源远流长、文化的丰富多彩，并在对它们的欣赏和把玩中得到愉悦和休憩。这些书本以外的瓶瓶罐罐、盆盆碗碗，分布在书柜的里里外外，书房之乱就是名副其实的"杂乱"了。

有不少朋友问我：你不过四十多岁，怎么就出了这么多书？今后你还能写些什么？倘若他们看了我的书房，自能找到答案。我总觉得，书生不是商贩，不能现趸现卖、捉襟见肘。要写，必须先读；但读了，未必就写。例如中医药书和佛教书我各存有上千册，但我至今几乎还没发表过一篇关于中医药或佛教的文章。我在不断地发表、出版，同时我还在不断地积累、充实，今后写作的题材会是无穷无尽的。

"杂树生花"的书房，虽然杂乱，但它能促使我们在读书、写作的时候，增加一些逆向思维、多向思维、边缘思维和立体思维；对人、对事、对别人的作品，多一些宽容和体谅。唯有这样的书房，才能成为如上海藏书家陈子善先生所说的"独立思想得以萌生的策源地""自由精神得以休息的理想场所"。

写至此，又想起丘迟《与陈伯之书》中的那句景语。我在书房外的露台上栽植了很多花木，榕树盆景、茉莉、仙人掌、牵牛花、葫芦、丝瓜、豆角，一片乱绿。清晨，喜鹊、麻雀、蝴蝶和蜻蜓们，上下其间，欢叫飞舞。这不正是"杂花生树，群莺乱飞"吗？

我就在这杂乱的书房里，感受着缤纷的世界。

2011-09-11

温暖的书衣

孙犁暮年，我在他静谧整洁的书房里，看到那些高高低低的书柜里，很多书都包着书皮儿。

书皮儿里包着的，除了书，还有人生的甘苦，岁月的沧桑。1956年以后，孙犁"十年荒于疾病，十年废于遭逢"，不能为文。上世纪70年代初，他身虽"解放"，但意识仍被禁锢，生活中仅有的乐趣就是包书皮儿。他在《书衣文录》序中写道："曾于很长时间，利用所得废纸，包装发还旧书，消磨时日，排遣积郁。然后，题书名、作者、卷数于书衣之上。偶有感触，虑其不伤大雅者，亦附记之。"写作的春天来了，他将这些写于书衣上的文字略加整理，汇集发表，总题为"书衣文录"。他的这些书皮儿文字，在读书界不胫而走，广为流传。

其实，在孙犁包书皮儿的年代里，我也在包着自己的书皮儿。

20世纪70年代初，我的藏书多半是连环画。在我住的那条大街上，在我幼儿园和小学的同班同学中，我拥有的连环画是最多最全的。我家床下，有两个大箱子，里面装满了连环画。我从小养成爱护图书的习惯，这些连环画本来是无须包书皮儿的，但那时的书阅读率很高，弟弟、妹妹要看，邻居、同学要看，乃至弟弟的同学、邻居的亲戚也要看，一本书借出去，十天半个月后转回来，已经有三五个人看过了，弄得不是卷了边儿，就是掉了皮儿，破损污脏，遍体鳞伤。母亲见我常为此事烦恼，就从厂里找来一些废弃的牛皮纸和统计报表，将家里的连环画逐一包上书皮儿。这样，对书本身是一种保护；单调的外衣包裹住了花花绿绿的漂亮封面，借书的人自然也就少了。书皮儿上的书名，大多是母亲用圆珠笔誊写的，书写的风格是她自己的，介乎颜、黄之间，字很大，很有骨力。现在回想起来，母亲为我包书皮儿，不仅是在保护书，而且是在呵护儿子的那颗爱书的心。

渐渐地，我就自己动手包书皮儿了，并且形成了习惯。我喜欢用过期的挂历纸包书皮儿，量体裁衣，细折慢叠，把书衣弄得整整齐齐、熨熨帖帖。每学期学校发的新课本，当天回家都要包上书皮儿，转天上课老师检查时，总是夸我的书皮儿包得好。我不免沾沾自喜，私下里说："无他，但手熟尔。"那时，人们居住空间普遍狭仄，没有专门的书房，吃饭、睡觉、读书都在一间屋；尤其到了冬天，室内点上取暖的煤炉，做饭、烧水就在这炉上，散发出来的灰尘、水汽很容易侵害屋里的书籍。因此，给书包书皮儿是非常必要的。在寒风凛冽的冬夜，听着火炉上水壶里咝咝的蒸气声，半躺在橘黄色灯光下的被窝里，看着一本包着书皮儿的干干净净的书，身心都觉得温暖。

上高二时，我的同学吴震薇小姐发现我的数学较弱，就提出帮我补数学，发愿让我考上北大。同时，她也让我帮她复习历史和地理。当时我家另有一间空闲的小屋，离她家也不远，于是我和她每天一放学就到那间小屋，一起复习。尽管高考复习非常紧张，一天时间恨不得当三天用，我也没有放弃看闲书。我常去离学校不太远、开业不久的烟台道古籍书店买书，几乎几天就买一本，多为普及古典文学和历史方面的书。吴小姐每次都把我买的书带回自己家，用较薄的外文画报纸精心地包好书皮儿，转天再给我带回来。我从未亲眼见过她包书皮儿，不知道她怎么能把书皮儿包得那么可丁可卯，严丝合缝。据百度百科介绍，吴震薇小姐如今已是享誉大洋两岸的"世界杰出女性、海外优秀华人"了，但谁又会想到，少女时代的她，曾经是那么的精致，那么的细腻呢？

20世纪80年代末我结婚后，家里有了专门的书柜。妻子是学图书馆学的，又在书店工作，出于专业和职业的习惯，也为求书柜美观，更为方便我找书，她就把家里所有书的书皮儿都撤了下来，让它们通通露出了庐山真面目。从此以后，除了儿子的课本，我家的书再也没有包过书皮儿。到上世纪末，家里的书已经占了满满一层楼，而且一直以每年至少一千多册的速度不断地增加着，就是想包书皮儿也包不过来了。

然而，真正让我放弃包书皮儿的原因，还是社会的开放，文化的多元，以及由此而衍生的图书装帧的丰富多彩，琳琅满目。今天，畅观自己的书房，饱览自己的书架，我们便可从千万种书封和书脊间发现，图书装帧已经成为交流与理解的艺术。在图书内容与读者之间、各种信息与观念之间、多种文化与视觉审美之间，设计者通过书衣来游走，来统摄，最终显示出地球的万千气象，人类的无限风情。

如此，优秀的书衣，便公然成为一件绝美的艺术品。南京书衣坊工作室主人、两次荣获"世界最美的书"的设计者朱赢椿先生，就是一位著名的优秀书衣设计师。南京的大藏书家薛冰先生曾说过，朱赢椿"常常是以为女儿做嫁衣的心情，来为图书做装帧的"。我出版过二十多种著作，其中在南京出版的《与时光同醉》《七十二沽花共水》两种，就有幸出自朱赢椿的设计。书友们看了都说，这样的书，凝结着设计者对每一个完美细节孜孜以求的创意，它们是多么的温柔、可亲，它们除了让人阅读之外，也是供人把玩的。

我曾经编发过姜维群先生的美文《包书皮儿》，记得里面有这样一段话："我喜欢包书皮儿，甚至不论是什么书。只要它印成铅字，就有一种神圣的感觉。眼睛的直视流露心底的爱，然而对手的触摸却以为是亵渎，然而读书离不开手，于是书皮儿隔绝了亵渎，在心灵留给它一席圣洁的位置，这是一种钟情，也是一种爱。"对我来说，书皮儿以及包书皮儿的事，早已遁入历史的山林，但书皮儿里包裹着的爱，却将永远陪伴着我，温暖着我。

2010-05-25

旧书市，新感觉

俗话说"铁打的营盘，流水的兵"，世代绵延的旧书市好比是"铁打的营盘"，我们这些书虫自然就是那"流水的兵"了。书市映照世事，世事亦如流水，我们置身其中，总会随之流动出新的感觉。

在天津的快乐生活之一，就是逛旧书市。在这样的快乐生活中，天津产生了许多重量级的藏书家。在中华书局最近出版的苏精所著《近代藏书三十家》（增订本）中，与天津密切相关的大藏书家就列有卢靖（木斋）、李盛铎、章钰、陶湘、傅增湘、梁启超、周叔弢等。此外，现当代大藏书家阿英、黄裳、姜德明，以及近些年涌现出来的著名藏书家韦力，都与天津旧书市有着很深的渊源。久居津门的文学大师孙犁，特别喜欢藏书，他晚年发表了大量书话作品，广受读者喜爱，他的很多藏书，都来自天津的旧书摊、旧书店。天津的旧书市，实是造就藏书家的沃土。

像逛旧书市这样的快乐生活，捉襟见肘的穷书生愿意过，著作等身的大学者也愿意过。实际上，很多穷书生就是因常年泡在旧书市里寻寻觅觅，挑挑拣拣，翻翻看看，写写记记，逐渐提升了自己，终于成为大学者的。天津的旧书市，就是这般的成事、养人。近代以来，天津的旧书摊、旧书店和旧书市十分繁荣，是海河岸边一道引人注目的文化风景线。新中国成立以来，特别是改革开放以来，天津的旧书市旧貌换新颜，为丰富广大市民的精神生活发挥了特殊的作用，也为外地游客提供了一个观光淘宝的好去处，光大了天津的城市文化形象。

我自幼喜欢买旧书，对天津旧书市充满了感情，也熟悉新中国成立以来天津旧书业的行进历程。近二十多年来，我作为《天津日报》的文化记者和副刊编辑，尤其是在编辑"书林"和"收藏"这两个与旧书相关的副刊的过程中，通过常年的采访和调查，亲眼目睹了改革开放以来天津旧书市发展变化的每一个细节，同时也多次在天津旧书市发展转折的关键时刻予以及时报道，引起有关部门和广大市民的重视，促使旧书市摆脱困境，健康发展。

大约在世纪之交前后，坐落于河东区天津市历史博物馆院内的旧书市，由于场地的原因，要被撤销。当时它是天津最大的以连环画为主要特色的旧书市场，我在报道中称之为"民间藏品交流区"。在这里，曾经举办过颇具规模的天津市连环画收藏展，吸引了全国各地的爱好者。因此处离我家不远，所以几乎每到双休日上午我都要逛逛。这天，我在历史博物馆院门口看到书市被撤销的告示，同时看到一些摊主不得不挪到院外路边摆摊，买书的人依然不少。了解情况后，我很快就在我编的"收藏"版上以头条位置发表了一篇报道，呼吁社会各界关注此事。所幸有关领导看到报道后非常重视，不到一周，问题就得到圆满解决，书市移至与历史博物馆仅有一墙之隔的天津市第二工人文化宫，继续经营。我马上又写了一篇跟踪报道，把这个好消息告诉广大市民，同时也对积极解决问题的有关部门提出表扬。摊主和读者们对我为解决这个问题所做的工作也给予高度评价，纷纷给报社寄来了感谢信和表扬信。

我是一个真正在旧书市里摸爬滚打出来的编辑、记者，了解旧书市的明明暗暗、里里外外。尤其是看到很多摊主都是老弱病残和下岗职工，生活比较艰难，全家人靠摆旧书摊吃饭，我的心里就充满了同情。我在旧书摊买书，很少划价，只要自己喜欢、有用，就觉得买得值。其实这里面也包含着对摊主劳动价值的理解和尊重，以及对他们生活状态的体贴和安慰。久而久之，很多书摊主人都成了我的朋友。他们很懂书，也以能助人买书为乐。这样的摊主，是有益于社会和谐的。我坚持认为，对路边的旧书摊，包括那些违章占道的旧书摊，不能只是一轰了事，一扫而光，要想办法，要给出路。引导重于取缔，疏通重于堵塞，才是更接近人性化的做法。上世纪八九十年代，天津小海地、八里台等处盛极一时的夜书摊，其满足广大市民业余文化生活的有益作用，是难以否定的。

改革开放以来，天津旧书市的面貌不断在变化：从小海地、八里台到历博、二宫，从文庙、三宫、新世纪广场、沈阳道、鼓楼南街到古文化街，从路边自发摆摊经营，到固定场地规范经营，再辅以越来越活跃的网上经营，给人的感觉是越来越新鲜。二十多年来的天津旧书市，熏陶和滋养出了一大批中青年学者、艺术家，知名的如章用秀、阎纂业、姜维群、刘运峰、倪斯霆、高为、李鸿钧、王勇则、缪志明、曲振明、王振良、张元卿、邵佩英、黄雅丽等。他们都是旧书市的常客，是我的书友，也是《天津日报》的作者。近年兴办的古文化街文化小城大型旧书市场，是新中国成立以来天津条件最好的旧书市场，让人们看到了天津旧书市的美好前景。我经常陪同全国各地著名藏书家、学者逛天津旧书市，如徐雁、薛冰、王振羽、董宁文、王稼句、止庵等，他们都有一个共同的感受：与国内其他大城市相比，天津的旧书价格比较便宜，这一方面说明天津文化积淀深，旧书货源多，一方面也说明天津人厚道，不愿漫天要价。因此，在天津逛旧书市，除了能获得"得来全不费工夫"的喜悦，还能感受到一种浓重而温馨的人情味。这种诱人的软环境，使得天津的旧书市常逛常新，魅力无穷。

2009-09-08

津门百衲"二十四史"

我的"二十四史",是最常见的中华书局出版的32开点校本,并不是商务印书馆在20世纪30年代选用多种不同善本拼配影印的"百衲本二十四史"。但是,我的这套"二十四史"又确实像一件补缀很多的百衲衣,通过不同的购买途径,由不同版次印次的分册"百衲"而成。

高中时,我最喜欢学历史,特别想买一套"二十四史"。那时是20世纪80年代初,一套"二十四史"大概需要二三百元,简直就是天文数字。1984年初,我刚上大学,就买了一套《史记》,花了10元零1角,相当于10天的伙食费,但非常欢喜,似乎看书真的能够代替吃饭。我的大学毕业论文即是关于《史记》的,当时就在学术刊物上发表了。大学期间,我买书很多,其中就有"前四史"和《明史》。1987年我工作后,买书更狠,总想购齐"二十四史"。有好几位朋友为我提供线索,帮我买"二十四史",但因当时天津的书店并不常备"二十四史"的每一种,所以我始终没有机会买全"二十四史"。

20世纪90年代初,天津出现了一阵可喜的买书热。旧书和特价书尤其受欢迎,特价书店生意兴隆,旧书摊在夏天的晚上一摆就摆到十一二点。我在买书时发现了一个问题，就是几乎每家书店都有不成套的书，即"失群"的散本。造成这种现象的原因，一是过去同一套书中的各册往往不是同时出版的，而且各册的印量也不同，书店订了上册却忘了订下册，或上册订了二百册而下册却只订了一百册；二是计划经济后遗症，书店之间互不沟通，散本只好长期"守寡"，同一套书，上册在甲书店，中册在乙书店，下册却在丙书店，难以团聚。针对这种情况，我以《何不调配成套》为题，发表文章，呼吁让"死书"变"活"。这篇文章受到很多书店的重视，其中古籍书店动作较大，将各门市部积压的散本集中起来，统一调配后再以特价出售。烟台道古籍书店门市主任纪玉强先生知道我需要买齐"二十四史"，就主动提出帮我调配，让我开列所缺书单。这样，书店可以处理一批积压的书，我也可以因特价而减轻一些买书的负担。但配齐这几十本书并不是一件容易的事，需要从好几间库房的书中一一寻觅。每次我去书店，都看到为我配书的房黎虹小姐带着套袖，不停地翻书、搬书、拭书。至今回想起来，仍然十分感动。

半年以后，我的"二十四史"终于配齐了。这是一套真正的"百衲本"：241册书的书脊，不仅《明史》与《宋史》的颜色不同，前者偏新，后者显旧；而且《宋史》中的每册颜色也不同，有的偏绿，有的显黄。新旧绿黄，述说着印刷年代的不同。好在它们版次不同而内容未变，虽然是"凑"齐的，却丝毫不影响查阅。

然而，买"二十四史"的故事并未就此结束。过了七八年，1999年初，我搬到现在住的地方。寒舍稍宽，便将散存各处多年的书籍聚拢过来。书柜做好后，我首先安排"二十四史"，将它们按顺序装在一个朝阳的书柜里。虽然新旧绿黄，但却整整齐齐，看着心里就舒服。看着看着，我突然发现缺了一册《宋书》第六！到处找，也找不到。想一想，可能是当初根本就没配齐，差一册而不知觉；也可能是搬家次数太多，搬丢了一册；还有可能就是没丢，但因藏书太多，疏于整理，一时找不到。虽然我并不着急查阅这一册，但心里总是系着个小疙瘩，感觉美中不足。

一晃，又是四五年过去了。今年春节，鞭炮声刚刚响过，寒气未退，冷风犹威，我便迫不及待地去逛沈阳道古物市场，希冀在新春伊始淘到一件称心如意的宝贝。路过哈密道一家专售文物图书的小书店时，我习惯性地踱了进去。一个不起眼的角落使我眼前一亮，几册"二十四史"散本中居然有一册《宋书》第六！高兴之下，不知是怀疑自己的眼睛，还是怀疑自己的记性，我竟先往家里打电话，请太太核实。半分钟后，太太回电，给我的当然是肯定的回答。佳节巧遇好书，一了多年心愿，用范伟师傅的话说，缘分啊！书店老板刘玉华先生是真朋友，见我如获至宝之情状，不但没有像很多古玩商那样趁机"宰"我一刀，要个高价，而且替我高兴，将书包好，慨然相送，分文不收。

算来，我买"二十四史"，整整花了20年的时间。搜购这套书，我经历了辛苦和等待，也感受到喜悦和满足。梁任公先生曾说："二十四史非史也，二十四姓之家谱而已。"诚为一家之言。但我每次捧读这套书中的任何一册，总是觉得沉甸甸的。沉甸甸，并不因为它是重要的史书或"家谱"，也不因为它承载着那么多的帝王将相和刀光剑影，而是因为它是来之不易的"百衲本"。它百衲的，是书友的浓浓关爱，是津门的郁郁书香。

2005-05-22

好大学不如好高中

"好大学不如好高中",这句话是南开大学教授、鲁迅研究专家刘运峰先生多年前对我说的,它让我品味了许久。依我的亲身经历和感受,深觉此乃至理名言。

我与运峰兄都是1983年考上大学的,相当于旧时科考的"同年",但他准备高考时,白天要在工厂上班,只有利用晚上和星期天上补习班,条件自然十分艰苦,因此非常羡慕像我这样通过在重点中学上高中而考上大学的同龄人。而我与运峰兄对"好大学不如好高中"这句话另有一个共同的认识,就是高中阶段的学习至关重要,它对一个人学业、事业乃至整个人生的影响,甚至比大学阶段更为重要。

令人惋惜的是,我的高中岁月显得有些短促了。

1983年我参加高考时,正处于全国高中学制从两年改为三年的过程中。就天津来说,市直属五所重点中学——南开、一中、十六中(耀华)、新华、实验当时都已改为三年制高中,而我就学的海河中学是市属区管重点中学,虽然当时仅仅排在"市五所"后面,但却仍是两年制高中。也就是说,那一年我校毕业生是以高二学历参加高考的,而主要竞争者却是"市五所"的高三毕业生。面对这无法逃避的不公平的竞争，我们每个人都承受着巨大的精神压力。

我们面临的具体困难是，时间根本不够用。像历史和地理这两门文科课程，都应该是在高二以前讲完的，但那时没有任何学校重视这样的"副科"，以我来说，这两门课基本上就是自学的。因此，到了高二，老师不得不拿出一个多学期的时间，填鸭式地从头讲这两门本来要用两三年才能讲完的课程。这样一来，真正的复习时间只剩下可怜的两三个月。我们真正应对高考的时间，也就是这两三个月。

现在回想起来，对于我和我的同学们来说，历史是多么的无情，环境是多么的残酷，战斗是多么的惨烈，结局又是多么的悲壮。时至今日，四分之一个世纪过去了，我心里依然为此保存着一份"苍山如海，残阳如血"般的激越情怀。

毕竟，我和我的同学们胜出了。无论是从高考分数看，还是从高校录取率和重点高校录取率看，我们考得都不比别人差，真正做到了以少胜多，以弱胜强。整整一年"快马加鞭未下鞍"的老师和同学们，面对最终的结果，大多都有"惊回首，离天三尺三"的感觉。我们创造了"哀兵必胜"的新例，这样的战绩足以成为天津高考史上的一段佳话。历史所青睐的，固然是骄人的成绩；而历史更乐意记载的，是在特殊境遇下取得的骄人成绩。

尤其是我，更是一个让同学们羡慕不已、让老师们夸赞不绝的胜利者；用大家的话说，是胜利者中的佼佼者。作为我校文科高考成绩第一名，我以高分被北京大学录取，成为恢复高考以来海河中学第一个考上北大的学生。还有消息说，我是1983年全市高二应届毕业生高考成绩的"文科状元"。多少年来，朋友们见到我常常称我为"状元"，而我总是把"状元"前面应该加上的定语告诉大家——我认为"状元"每年都会产生，而这个定语则是属于我自己的，更加值得珍惜。

临考的那一年，为了给自己打气，也为了舒缓神经，我在复习的间隙最爱听贝多芬的《命运》和《英雄》。每天听，反复听，乃至很多时候边复习边听，一年下来，录放机里的音乐磁带磨坏了好几盘。高考前，更多的是听《命运》；拿到考分、接到大学录取通知书后，就更多地听《英雄》了。从那往后，《英雄》和《命运》的旋律始终回荡在我耳边，激发或消磨着我的酸甜苦辣、喜怒哀乐。

　　现在回想我这几十年中，高中生活，尤其是高二临考那一年的生活，是最紧张的，也是最快乐的。快乐，总是伴随着紧张；没有紧张，也就没有快乐。

　　好大学不如好高中，好高中要有好老师。首先要感谢的，是我那几位高二老师。我常常自得的是，从小学到大学，我有幸遇到了很多名师。他们对我的赏识，对我的关爱，对我的哺育，使我形成了一个良好的进取心理，总是觉得身后有这么好的老师在支持着我，自己不能不好好学习，不能不学出个样儿来。那年海河中学高二文科班的教师阵容就极为强大和整齐，各科都安排了经验最丰富、素质最优秀的老师，有的老师在全市都很有名望，而且他们之间也配合得十分默契。师生们为了一个共同的高考目标走到一起来了，课上课下都很团结、融洽。

　　班主任兼语文老师张大耀，知识渊博，语言幽默，不仅课讲得好，而且人缘特好，其他老师都买他的账，同学们没有一个不听他话的。他有着统揽全局的智慧和才能，是我们班高考取胜的核心人物。张老师深知我的潜力，充满热情地力挺我，真是全力以赴，不遗余力。我们毕业后他当了校领导，退休后又积极探索社会力量办学，后来又被海河中学返聘从事教学督导工作。这位天津著名的教育家，把我视为他几十年教育教学生涯中最得意的学生，这对我来说，是终生的激励和鞭策。

　　历史老师钱宗婕，性情温和，常常面带微笑，让同学们觉得可亲可敬，但她授课思路却非常缜密严谨，滴水不漏。我曾到西南楼爱国道钱老师家里向她请教，看到她一家三口住在筒子楼一间不大的屋子里，甚至摆不开一个写字台，她每天只能趴在床上备课、批改作业，让我十分感动。钱老师特别希望我将来考历史系，后来我虽然上了中文系，但直到现在，从未放弃学习和研究历史，这实与钱老师的影响和期待分不开。我上大学后，钱老师还买了价格不菲的《辞源》送给我，她的关爱永远温暖着我。

年级组长兼英语老师刘旰杲，则是一位典型的"严师"。可能与他当过兵有关，他对学生的要求就像部队里军官训练士兵那样严格。他一进教室就绾着眉毛，瞪着眼睛，时常声色俱厉，不留情面，让人不敢偷懒，无法懈怠。好在同学们都明白刘老师的严格要求是为我们好，大家就都认真学习，英语成绩考得普遍较好。刘老师是天津教育界公认的应对英语高考最有经验的专家，如今虽已七旬高龄，仍宝刀不老，发挥余热，辅导学生。2008年，我的孩子参加高考，慕名求教于刘老师，经过一年时间一对一精心辅导，不仅考试成绩大幅提升，而且学习能力显著增强。古人说"大恩不言谢"，刘老师无私地教育、培养了我们父子两代人，这是真正的"大恩"。

此外，政治老师余伯钦、地理老师李竹青等教课都很有特色，很讲效率，使同学们受益匪浅，进步很快。一上高二，这几位老师很快就发现了我，估计他们很快也就达成一致意见，要重点培养我。在我十几年的学生生涯中，高二那一年是我与所有任课老师关系最亲密、最和谐的时期。近几年，每年我都与身体依然非常健康、思维依然非常敏捷的张大耀老师、刘旰杲老师小聚一两次，追忆往事、增进情谊而外，我有幸再次聆听老师的教诲，常听常新，如沐春风。

不能不提的一个人，是我的同学吴震薇小姐。刚上高二不久，她发现我的数学较弱，就提出帮我补数学，好让我考上北大。同时，她也让我帮她复习历史和地理。当时我家另有一间空闲的小屋，离她家也不远，于是我和她每天一放学就到那间小屋，一起复习。吴小姐是名门之后，气质超凡，身材高挑，皮肤白皙，脸盘漂亮，加之从小就说一口纯正的普通话，自幼就练舞蹈，又准备报考外语专业，显得洋味儿和艺术味儿十足，异常迷人。我上大学后，考上南开大学的吴小姐曾到北大看过我，我的大学同室同学孔庆东见过她，90年代孔庆东在他的名篇《北大情事》中曾提到吴小姐，说她是南开大学的"校花"。高二那一年，吴小姐不仅督促我学习，而且周到地安排我的生活，我生病都是她给我吃药。有聪明而温柔的美人相伴，我的学习劲头儿就更大了。我有生以来最紧张的一年，因此成为最快乐的一年。

尽管复习那么紧张，一天时间恨不得当三天用，我也没有放弃看闲书。一是在学校里钻图书馆，在阅览室看《文史知识》等杂志。二是常去离学校不太远的烟台道古籍书店买书，几乎几天就买一本，多为普及古典文学和历史方面的书，回家后吴震薇小姐都用画报纸精心地给包上书皮。其他书店也常去，主要是买连环画，几十本一套的《红楼梦》和《水浒》连环画就是那时一本一本配的。三是吴震薇小姐从她父母的朋友、当时在河东区教师进修学校任教的果津生老师那里借书给我看，主要是《语文学习》《语文研究》杂志的合订本。此外，校外的董鸿韬老师、靳波同学，同班的柳昭同学等也都借给过我书和杂志看。

回顾自己的高二学习生活，大致有几点所得，可归纳为八个"不"字，愿作当今青年镜鉴：

第一是不与人比，不与人争。这是我从懂事起一直保持至今的习惯，尤其是不与身边人比，包括亲属、同学、同事和朋友。我总是想：世界这么大，历史这么长，为什么要跟身边这些人比？高二时，我就不跟同班同学比，因此，不仅我的考试成绩平时就遥遥领先，而且我的高考总分比我班第二名高出大几十分。班里比我低八十多分的同学都被南开大学录取了。如果我平时就总跟同学们比成绩，那我高考会超过他们这么多分吗？唯一一次争比，还是教历史课的钱宗婕老师让我争比的。高考前夕，钱老师对我说：迄今为止，全市高考历史科目最高分是 94 分，看你今年能不能突破 94 分。结果我的历史科目考了 94 分，虽然没有突破历年最高分，但仍是全市最高分。

第二是有条不紊，临阵不乱。这是我的复习考试经验，也是我的生存处事原则。那时的高考，由于录取率很低，落榜后又很难进入开放程度还很低的社会，是名副其实的"一考定终身"，所以那时的考生比现在的考生所承受的压力要大得多。我们是以高二学历参加高考，我又是众望所归的"尖子生"，压力就更大。但我能在提前准备、充分复习的基础上，做到举重若轻，轻松上阵，所向披靡，收效甚好。在后来的二十多年里，我常想：那样的高考我们都经历了，还有什么事能难倒我们？

第三是不急功近利，不放弃理想。也就是将短期目标与长远打算有机地结合起来。在我看来，高考这个"龙门"不得不跳，这个天大的机遇必须充分利用好；只有利用好，才能更好地发展自己，实现自己的理想。同时，我童年和少年时的很多兴趣爱好并没有因准备高考和高考成功而放弃，这些兴趣爱好在我成年后得以增容和升级，丰富着我的生活，推动着我的事业，滋养着我的况味，充实着我的梦想。

第四是家长不问，老师不管。这不等于说家长和老师不关心考生，而是确实要减少不必要的干预。当时家长和老师对我是比较宽容的，而有的同学的家长则目标过高、管教过严，结果适得其反。

我就是这样听着音乐、读着闲书、谈着恋爱考上大学的。填写志愿时，我毫不犹豫地选择了当年高校文科招生填报指南上的第一所大学的第一个系的第一个专业——北京大学中国语言文学系中国文学专业,并且如愿以偿。北大中文系文八三班,人才济济,群星闪耀,光是各省文科状元就有十几位,毕业后成为知名人士的也不在少数,用我班同学、现北大名教授孔庆东的话说,这个班在近三十年中国高教史上是"空前绝后"的。

学者们有这样的共识:20世纪中国的文化教育出现过两个黄金期——20年代和80年代,其中80年代以初期和中期为最好。80年代初期和中期,正是我的高中和大学时期,我成为黄金时代的受益者。是海河中学这个好中学,让我上了北京大学这个好大学。

海河中学旧称德华中学、直隶省立女子中学、河北省立天津女子中学和天津市第一女子中学,是一所享誉中外的历史名校。它的校园是中国近代第一所高校——北洋西学堂(设立于1895年,曾改称北洋大学,今为天津大学)的发祥地,作为北洋西学堂的二等学堂,海河中学也就成为中国最早的公立中学。同时,海河中学也是我在天津上过的四所中小学当中至今唯一一所仍保留原校名、原校址和原师资的学校,即我在天津的唯一"母校"。因此,我对海河中学的感情是极为特殊和深厚的。2007年,海河中学举办纪念德华中学建校一百周年活动,经张大耀老师推荐,学校领导命我撰写《海河中学百年赋》。这篇赋不仅庄重地印在纪念册的首页,而且作为纪念大会的第一个节目由天津最著名的播音艺术家关山先生在《命运交响曲》的配乐中激情朗诵,还安排刊发在纪念日当天出版的报纸上,这是母校给我的巨大奖励和最高荣誉。

"海河滨西,大营门外,古来兴学沃土,洵为育人宝地……海河流霞,沽水汤汤,东注大海,一泻汪洋……"《海河中学百年赋》中这些发自心底的语句,既表达了我对伟大母校的深情赞美,也蕴涵着我对自己美好高中时代的铭心眷恋。

2009—05—23

遇堵车拐进故宫

那一天，我还真遇到了一个岔路口。

那一天，大约属于1984年的秋季，我被堵在了北京西城的一个岔路口。当时我乘公交车从西郊的北大进城，想到城南天坛附近我舅舅家。当时我在北大上学，我唯一的舅舅是我在北京唯一的亲戚。当时我经常在周日到舅舅家，四川来的舅母喜欢用红辣椒炒菜招待我，我也特喜欢吃辣椒炒菜。但是那天我辜负了舅母，她的辣椒炒菜我没吃成，因为我乘的公交车被堵在了西城的一个岔路口。

那一天，我坐在被死死堵住前方道路的公交车上十分焦急。堵车的原因当时我并不知道，现在我还是不知道，也许是前面发生了什么交通事故吧。当已经堵了一个多小时的时候，我忽然想起那年4月底我曾经有过一次被堵得好惨的经历。那天我已提前买好了火车票，一大早就从北大出发，乘公交车到北京站，打算回天津过"五一"，谁知正赶上美国总统里根访华，北京部分道路实行交通管制，我乘的公交车被堵在离钓鱼台不远的路上等了好几个小时，待路通后我到北京站时已经是下午两点多了，因误了上午的火车时刻，只好又拿着火车票排长队改签下午的车次，而后在拥挤的火车上站了一路，回到天津已是万家灯火。想到4月底那次惨痛经历，秋天的我毅然决定不能再在公交车上傻等下去了，要赶紧寻找出路。

那一天，面临岔路口，我有3个选择。一是待路通后继续乘公交车往南到舅舅家，但我已经说了我不想等，因为我不愿浪费时间；二是掉头往北返回北大，只当白跑了这十几公里路，但我不想半途而废；三是往东拐，钻过几条胡同再寻机往南，这样可以绕过堵车的路段。于是，既不愿浪费时间又不想半途而废的我，既被动又主动地选择了往东。然而，当我下了公交车往东钻过几条胡同再往南望时，却发现南边的道路似乎依然堵塞着。我只好继续往东，继续钻胡同。钻来钻去，猛一抬头，已到了故宫高高的红墙下。

那一天，为躲堵车，我买了一张紫禁城的门票。故宫里秋高气爽，静谧安宁，令我心旷神怡，方才的急躁情绪一扫而光。我知道舅舅舅母在等我吃午饭，可当时两头都没有电话，无法联系，我想我还是既来之则安之，塌下心来好好逛逛这古老的宫殿庭院吧。

那一天，我真正认识了故宫，认识了丰富悠久的中华文明。此前也去过几趟故宫，但注意的不外这几样：其一，宁寿宫后面的珍妃井，体现封建统治者的残恶；其二，隆宗门匾额上的箭头，体现农民起义的威力；其三，乾清门前被刮掉鎏金的铜缸，体现外国侵略者的贪婪。而直到那一天，我才有机会细细地品味故宫，品味它的每一座建筑，每一件文物，并将它们精心地镶嵌在我的记忆里。除了大家熟悉的珍宝馆、钟表馆，我还有幸参观了故宫博物院为庆祝建国35周年而举办的大型文物展，五光十色、琳琅满目的国宝令我赏心悦目，使我受益匪浅。我忘情地陶醉在那远离喧嚣的高雅文明中，不知不觉天色已渐黄昏。此后，我又连续多次专程进故宫赏宝，每次揣个面包夹瓶水，一看就是一整天。

那一天，我改变了一个观念，完全摒弃了过去那种（至今也还有人这样做）从书本到书本、从理论到理论的读书治学方法，特别注意文物在读书治学中的重要作用，由此更加广泛而深入地观察生活，了解社会，印证历史，体会人生。1998年秋天，在全社会收藏热的推动下，我供职的报纸要创办"收藏"版，许多编辑都跃跃欲试，竞争十分激烈。我本来不是搞文物专业的，但陡然回想起1984年那个秋天我拐来拐去拐进故宫的情形，觉得不妨借编"收藏"版调动和发挥一下自己多年来在文物方面的知识积累，所幸如愿以偿。时至今日，不仅这块"收藏"版我已编了整整10年，吸引了众多的读者，而且我还出版了十来种与文物收藏相关的专著，得到社会好评，这也算是人生的一点点收获吧。

那一天，我遇到了一个岔路口，拐进了一片新天地。

2008-04-01

遭遇明偷暗盗

2002年4月，北京蓝天出版社为我出版了一本文物艺术品市场研究专著，名叫《字画好看好赚钱》。初版印了12000册，2003年3月又加印了5000册。这本书出版时，适逢天津图书大厦开业，经营者专门在一楼为它设置了一个展示架，摆上数十本，陈列了好几个月。香港中华书局门市部也很重视，为它打出了繁体字广告。时至今日，虽然这本书已经出版两年半了，但《收藏》《收藏界》《中国收藏》等几家著名的收藏类杂志的图书广告专栏仍在宣传它，数十家网上书店还是把它当作热门图书来推销。蓝天出版社正在进行发行该书海外版的谈判。我也收到了大量的读者来信，有的远自美国、日本、菲律宾等国的华人华侨。所有迹象都表明，它是一本畅销书。

说它是一本畅销书，还因为不仅有很多知其名的和不知其名的朋友在做正面的推销和宣传，而且有另外一些目前尚不知其名的"朋友"以自己特殊的方式"帮忙"，他们造成的社会影响同样能起到推销和宣传的作用。这些"朋友"的技法，一是明偷，一是暗盗。

先说暗盗。2003年7月17日，浙江杭州《钱江晚报》发表该报记者采写的通讯《谁在拿图书开刀》，报道杭州庆春路购书中心进来看书的人多了，被破坏的图书也越来越多。其中提到："一本名为《字画好看好赚钱》的图书被人挖空撕页，已是面目全非。"见到这个消息，我除了知道自己写的书已经到了个别读者喜欢得不惜冒着风险割盗的地步外，也着实想批评这位"朋友"一通：您写封信或打个电话或发个电子邮件来，我给您寄去一本就是了，何必出此下策？！去年，山东济南一位素不相识的朋友寄钱来，要买这本书，并让我签上名。我前脚把书寄去，我太太后脚就把钱给退回去了。

再说明偷。虽然是明偷，但同样抓不着。上周四上午，我逛天津沈阳道古物市场大集，在一个专卖古玩书的地摊前，偶然发现一本《怎样收藏字画》。我对这类书很感兴趣，拿起来一看，作者竟是"罗文华"，出版者是"蓝天出版社"。我立刻意识到，自己的著作《字画好看好赚钱》被盗版了。我决定买一本回去"研究研究"。摊主虽然不清楚我是谁，但知道我总逛沈阳道，还对我挺"照顾"，主动告诉我这本《怎样收藏字画》是盗版书，定价32元，他只要我15元。我自认"便宜"，买了一本，已无心再转琳琅满目的各种古玩摊，钻过熙熙攘攘的觅宝人群，专找书摊看。果然，其他几个书摊也都赫然摆着这本盗版书，而且还真有人买走。

回到家里，十分感慨：以前每次逛沈阳道回来，都是研究买来古玩的真伪；而这回呢，却要研究自己著作版本的真伪。伪书《怎样收藏字画》出版日期标为"2004年10月"，印数标为"5000"册。真书《字画好看好赚钱》为大32开本，封面为绿地，配有清代李鱓《城南春色图》；伪书《怎样收藏字画》为小32开本，封面为红地，配有五代南唐顾闳中《韩熙载夜宴图》局部的真赝对比。在内容上，伪书基本照录真书，但错字较多，图片也模糊。此外，伪书还"穿靴戴帽"，前面加了几页真赝对比的彩色字画——自己印假书却告诉别人怎样认假画，真够"黑色幽默"了；后面则加了二十多篇文章，是从著名收藏家章用秀先生的著作里摘录过来的，而且内容"扩大"到古籍、佛像、瓷器、家具等，错字更多，如"钱钟书"成了"钱锤书"、"张大千"成了"张大干"、"赵之谦"成了"赵之廉"、"梁崎"成了"染崎",令人哭笑不得。这种典型的"移花接木",不仅侵犯了我的著作权,而且侵犯了章用秀先生的著作权和名誉权。

有人曾形象地把盗版比喻为出版界的牛皮癣,是难以治愈的顽症。比起这种明目张胆的盗版行径,在书店里挖空撕页只能算是小偷小摸了。小偷小摸者尚存恐惧心理,而大肆盗版者会不会还在大摇大摆呢?有朋友劝慰我说:盗版书仍然印上你的名字,说明你在这个领域还有被利用的价值。然而,我端详着盗版书上印着的我的名字,觉得似曾相识却又不相识,只能发出一声无可奈何的叹息。

2004-11-28

自买盗版书

读书遭遇盗版，如同买菜找回假币，于今已是家常便饭。就在前几天，我在鼓楼附近的一个书摊上，见到一本中华书局出版的《于丹〈论语〉心得》，系央视"百家讲坛"丛书之一种，近来炒得挺火，想翻翻，就买下了。回家静心一读，发现有些不对劲儿，如"不好犯上，而好作乱者，末之有也"，书中很多"未"字都排成了"末"。虽然此书封面、环衬、纸张、印刷看上去做得都很规范，但中华书局出的书绝不会有这么多错字，当属盗版书。读着别人的盗版书，不禁又想起自己出的书的相同遭遇。

前年，我曾就拙著《字画好看好赚钱》被盗版之事，写了一篇《遭遇明偷暗盗》。文章发表后，一些朋友来信来电，除了表达对盗版者的愤慨和对我的同情外，更多的是对目前十分猖獗的盗版行为表示出一种无奈。我想也是，像我这样的作者实在没有时间和精力去举报和参与调查，出版社方面大概也觉得打盗版官司非常麻烦而且得不偿失，所以双方就都只好自认倒霉了。

然而，事情的发展并不以善良者的愿望为收束。那些不知隐藏在哪个山洞里的盗版妖魔们，竟把我写的书当成了唐僧肉，个个都想吃上一口。自盗印拙著《字画好看好赚钱》的伪书《怎样收藏字画》2004年10月出版后，我在逛图书市场时又陆续发现了好几种侵犯我的著作权的盗版书。在此仅举出三种，或许可以帮助读者在购书时加以识别。一种伪书是《字画鉴定与收藏》，著者标为"叶子"，出版社标为"上海人民美术出版社"，出版日期标为"2006年3月"，印数标为"10000"册。这本书分三个部分，其中第三部分"书画的收藏技巧"全部盗自拙著《字画好看好赚钱》。此书定价36元，我是花10元买的。另一种伪书是《收藏名家话收藏》，主编者标为"王敬之"，出版社标为"文物出版社"，出版日期标为"2006年4月"，印数标为"5000"册。这本书分八个部分，其中第一部分"罗文华说紫砂壶"全部盗自拙著《罗文华说紫砂壶》。此书定价39.8元，我是花12元买的。再有一种伪书是《紫砂茗壶鉴赏》，著者标为"罗文华"，出版社标为"上海古籍出版社"，出版日期标为"2006年5月"，印数标为"13000"册。这本书除更换了几页藏品彩图外，全部盗自拙著《紫砂茗壶鉴赏》（初版时名为《紫砂茗壶最风流》）。此书定价32.8元，我是花12元买的。这三种假货，代表了三种不同的盗版手法和目的：一是盗你的版，却不署你的名，因为怕你发现；二是盗你的版，也署你的名，但插在另编的一本书里，鱼目混珠，让读者难辨真伪；三是既盗你的版，也署你的名，就是想借你的名气赚钱。

不管出于什么理由，买盗版书就等于给盗版者捧场，所有读者都明白这个道理。我自身深受盗版之害，本来更不应该买盗版书，但又不得不买下这几本与自己有关的盗版书。原因很简单，一些买过我出版的正版书的读者，不小心误买了这几本盗版书，阅读时发现它们与我出版的正版书内容相同，并且图片模糊不清，还有大量错字乱码，于是大有上当之感，却又不知道它们是盗版书，便兴师问罪于我，有的当着面讽刺挖苦，有的在电话里大发雷霆，指责我为什么重复出书，自己多赚一笔稿费，却让他们白掏一次腰包；针对他们的质问，我就要结合我买下的这几本盗版书的情况，告诉他们那些书是盗版书，并指出正版书与盗版书的区别，以便洗清自己。因此，我自买盗版书，实在是不得已。

顺便提一句，有人盗我的书，还有人仿我的画。读者若不信，现在就上一下"翰墨网"，便会看到上面正在卖"罗文华"的画，并且清清楚楚地注明了我的身份。上面正在卖的两幅国画，每幅标价2000元，还标明"取自画家本人"。后面有"翰墨画廊"郑重其事的承诺："1.本画廊书画作品标价为实价……谢绝还价，敬请谅解。2.本画廊所售作品……100%保真，如经权威鉴定机构、国家级鉴定家或艺术家本人确认为赝品，作品可随时退还本画廊，画廊全额返还价款并付10%赔偿金……"读者如果在该网站上前前后后点击几下，很快就会发现，仿我的画价位可不算低，与上面一同展示的阮克敏、史如源、孙贵璞等津门著名画家的作品价位几乎不相上下。连我的假画一幅都能卖2000元，看来今后我要多画些画发财了。

我把这些盗书仿画之事与一位德高望重的文化老人说了，他笑曰："王国维在《人间词话》中说：古今之成大事业、大学问者，必经过三种之境界：'昨夜西风凋碧树。独上高楼，望尽天涯路。'此第一境也。'衣带渐宽终不悔，为伊消得人憔悴。'此第二境也。'众里寻他千百度，蓦然回首，那人却在，灯火阑珊处。'此第三境也。当今文艺创作及影响，也可以分为'三境界'，第一境是书能写，画能画；第二境是书有人读，画有人看；第三境是书有盗版，画有仿作。达到前两境，尚可以靠自身努力；而达到第三境，却是最难，因为它全靠那些不知其名的'朋友'以特殊的方式'帮忙'。如今难得你已达到了第三境，还要感谢那些'朋友'的'帮忙'呢。"

老人的话虽有调侃，但暗含机锋，对悟现实，深觉不失为读书一趣。

2006-12-17

系友书缘

今年是中国高校第一个中文系——北京大学中国语言文学系建系 100 周年。10 月 23 日上午，我和近两千名北大中文系系友及嘉宾相聚在北京大学百周年纪念讲堂，参加了建系 100 周年庆祝大会。会后，我阅读《北京大学中文系系友名录（百年版）》，从中看到许多我熟悉的系友的名字，遂油然联想起他们与我之间由系友之情而产生的深厚书缘。

广义的"系友"，包括同学，也包括从本系毕业的老师。老师之中，将自己的著作赐赠给我最多的，是吴小如先生。吴先生青年时代上过京津两地的四所大学，1949 年毕业于北大中文系。在《北京大学中文系系友名录（百年版）》中，1945 级本科生名录里有"吴同宝"，那是吴小如先生当时的名字。吴先生今年 88 周岁，已臻米寿，然而宝刀不老，依旧笔耕不辍，我最近收到的他的新书，是《吴小如手录宋词》和《吴小如录书斋联语》。

再看同学，我们北大中文系 1983 级学生毕业后写书出名者众，真可谓群星璀璨。仅与我同住过一间宿舍的，就有孔庆东、阿忆（本名周忆军）、臧棣（本名臧力）、王怜花（本名蔡恒平）、张志清等同学，或为社会公众所熟知，或是各自研究领域的顶尖人物，都是鼎鼎大名。其中的张志清是我在北大图书馆借阅线装古籍时相遇最多的同学，如今他已是中国国家图书馆副馆长、国家文物鉴定委员会委员。1984级的吴晓东、王芃等，也是当代治学著书的高手名家，上学时便与我如切如磋，交往密切。此外，同学中还涌现了一批优秀的图书编辑，如现任北京大学出版社副总编辑的张凤珠等，他们也时常将自己编辑的好书送我，洵为书缘与友情的另一种映现。

狭义的"系友"，即除了同学及从本系毕业的老师以外的系友，也是通常意义上的系友。已故的老系友中，生前将自己的著作赐赠给我最多的，是张中行先生。在《北京大学中文系系友名录（百年版）》中，1931级本科生名录里有"张璇"，那是张中行先生的学名。张先生去世后，我在重读他题赠给我的那些书之余，常常这样想：名牌大学的中文系，培养出一些写作名家，并不稀奇；但像汪曾祺先生（见于《北京大学中文系系友名录（百年版）》1939级本科生名录，时称西南联大中文系）六七十岁出了大名，张中行先生七八十岁出了大名，张充和先生（在《北京大学中文系系友名录（百年版）》1934级本科生名录中，她的名字是"张旋"）八九十岁出了大名……这些大器晚成的典型人物，在改革开放以来的中国文坛逐一亮相，而且几乎都能形成旋风般的气势，在读书界引发影响持久的阅读热潮，这可不可以视为北大中文系所特有的一种系友现象？这种现象值不值得重视与探究？

20世纪50年代，是北大中文系历史上招生最多的时期，这几级的系友与我以书结缘的也最多。例如1955级的沈金梅先生（笔名金梅），曾任《天津文学》副主编，他当编辑时，上班读别人的稿，下班写自己的书，几十年下来，他出了几十本书，仅他编著的与孙犁直接相关的书，就出版了六七种。二十多年来，他不断地送给我他的新著，像《文海求珠集》《傅雷传》《创作通信——文学奥秘的探寻》《孙犁的现实主义艺术论》《悲欣交集——弘一法师传》《理想的艺术境界——傅雷论艺阅读札记》《寂寞中的愉悦——嗜书一生的孙犁》等。他写的关于李叔同、傅雷等文化名人的传记，屡印屡罄，经久不衰。我在全国各地的众多书友，没有不知道金梅其人的。再如与沈金梅先生在1955级同学的吴泰昌先生，曾任《文艺报》副总编辑，也是著作等身。就在前些天，我一下子收到了他写的三本书《我知道的冰心》《我亲历的巴金往事》（修订本）和《我认识的朱光潜》（修订本）。这些卓有成就的前辈系友，长期对我鼓励帮助，是我十分近便的学习榜样。

在《北京大学中文系系友名录（百年版）》中，还列有几届作家班的名录。这些作家，后来有不少都成为我所编报纸副刊的作者，有的还成为交往更深的书友。如1984级作家班的聂鑫森先生，早已是湖南的著名作家，写书之余，酷爱藏书、读书。不久前，他寄来三部新著《中国老游艺说趣》《中国老兵器说谜》和《溯源俗语老典故》，皆是我极感兴趣的题材。毋庸置疑，我们之间的深厚书缘和友情，自然与我们都曾在未名湖畔、博雅塔下浸润过燕园的书香，有着很大的关系。

那天，在从天津去北京参加北大中文系建系100周年庆祝大会的路上，与我同行的是两位年轻的系友鲍国华和石祥。鲍国华君已出版《鲁迅小说史学研究》一书，目前他正在与石祥君合作进行"鲁迅辑校古籍研究"。在京津城际列车明净的车厢里，我听到他们一直在小声而认真地讨论着这个课题的进展情况。我知道，很快，我的系友书缘就要再续新篇了。

2010-10-25

我心开放

诗人北岛说过:"回想80年代,真可谓轰轰烈烈,就像灯火辉煌的列车在夜里一闪而过,给乘客留下的是若有所失的晕眩感。"我怀念80年代,因为我在"若有所失"中"实有所得"。在那个开放的年代里,我的心是开放的,最直接的表现就是学习外语。

80年代初,我十五六岁时,经过两轮课外学习,日语达到初级程度,可以翻译日本报刊上的短文,也能用日语写千字文。虽然是初级程度,但我学的是北京大学东语系日语专业的教材。这套教材的第一册,我学习的时候尚买不到,日语老师就让我把他用的那本教材全部抄了一遍。1983年我考进北大没几天,就到北大出版社服务部买了一本原书,以作纪念。和我们一起听中文课的,有几位日本留学生,有的还到宿舍找我借听课笔记,有时我就与他们在课间休息时进行简单的日语对话。

我的大学室友孔庆东,来自哈尔滨,学的是俄语。他在近年出版的《醉侠孔庆东看北大:千杯不醉》一书里选录了几段他的大学日记。1983年9月,大一开学不久,他记道:"开得俄语买书证,给罗文华也买了一套。"当时我是想和孔庆东一起学俄语的,但是没想到他的俄语水平高得出奇:他一个中文系的学生,与俄语系的学生一起上课,但每次考试成绩都比俄语系的学生高,最后俄语系决定让他免修一年俄语。我每天在宿舍里听孔庆东读俄语,也跟着练习打嘟噜。大学毕业后,我试着自学俄语,喜欢选读些文学名篇名段。

我喜欢法国文学。喜欢深了,就特别想学法语。80年代末,与在大学里教外语的高为先生结为书友,他鼓励我学习法语,还把他自己用的一本《法英双语词典》送给我。其实,不光是法语,那些年,我一听说电台或电视台要播出外语教学的节目,就赶紧买来教材跟着学习。学了一段时间,由于工作忙、家务多,实在没能跟上,就等待下次播出时再买新教材跟着学。因此,在我的书柜里,保存着我用过的许多不同年份出版的德语、意大利语、西班牙语、葡萄牙语等语种的教材,以及相关读物和大小词典。但对法语,我确实更偏爱些。

读外国经典作家写的书多了,总觉得拉丁文十分重要,但在80年代,我不仅找不到一位拉丁文教师,就连一本简单的拉丁文教材也买不到。一天,我太太一位在医院图书馆工作的同学打来电话,让我太太带着我赶到她所在的图书馆,从该馆即将处理掉的旧书中挑走几本我有用的。在熏染着医院消毒水味道的泛黄的旧书堆里,我一眼就看到了一本薄薄的《医用拉丁文》,如获至宝,拿回家后翻来覆去看了好几天。后来,无论看什么书,只要书中有译自拉丁文的引文,我都要设法查查原文,因为我知道那些原文不是警句就是睿语。

80年代后期,天津市世界语协会十分活跃。该会负责人高成鸢先生积极动员我参加活动,并指定专人帮助我提高世界语水平。那个时期,我几乎每个周末的晚上都去马场道市社联参加世界语交流活动,在明亮的灯光里深深地感受到天津"世界语者"们的热情与友好。高成鸢等先生还举荐我成为中华全国世界语协会会员、天津市世界语协会常务理事。我也根据大家的意见写过内参,为世界语能够成为天津市职称考试语种做出努力。

英语是我的第一外语，从小学到大学，我在课堂里学了十来年，其中大部分时间也在 80 年代。我大学的几位女同学，中文好，英语也好，后来到国外深造，现已成为美国、加拿大等国大学和研究机构中知名的汉学权威。对于我来说，与很多同龄的中国知识分子一样，学英语肯定是投入大于产出，但我从不因此而后悔。我觉得，英语不只是一种语言，它还是我们放眼世界的窗户。离开 80 年代已经二十多年了，有个习惯我却没有变：在我每年购买的图书中，英文书都要占有一定的比例。

瑞典诗人特朗斯特罗默有这样的诗句："我受雇于一个伟大的记忆。"如果说记忆是时间之神的赏赐，那么 20 世纪 80 年代就是无尽的历史对我们有限的人生的赏赐。回顾自己学习外语的点滴琐事，记住这样一个时代，不仅仅是为了缅怀过去，更重要的是，它能帮助我们永远葆有一颗开放、进取的心。

2011-11-26